Roy Braverman

Plus connu sous le pseudonyme de Ian Manook, Patrick Manoukian, alias Roy Braverman, est l'auteur de la trilogie mongole à succès *Yeruldelgger*, parue chez Albin Michel entre 2013 et 2016. Le premier opus de la série a été récompensé en 2014 par seize prix des lecteurs dont le Prix des Lectrices de *ELLE*, le Prix SNCF du Polar et le Prix Quais du Polar.
Hunter (2018) est le premier titre d'une trilogie américaine publiée chez Hugo Thriller. Il est suivi de *Crow*, paru chez le même éditeur en 2019, et *Freeman*, à paraître en 2020.

HUNTER

ROY BRAVERMAN

HUNTER

Hugo Thriller

MIXTE
Papier issu de sources responsables
FSC® C003309
FSC www.fsc.org

Pocket, une marque d'Univers Poche, est un éditeur qui s'engage pour la préservation de l'environnement et qui utilise du papier fabriqué à partir de bois provenant de forêts gérées de manière responsable.

ISBN : 978-2-266-29294-8
Dépôt légal : mars 2019

À Paul Eyghar, Jacques Haret et Ian Manook,
À Françoise et à Anita Braverman,
À moi !

Préface

En 1969, après plusieurs semaines à travers les déserts de l'ouest, nous arrivons à San Francisco. Un soir venteux, brumeux et frisquet malgré l'été, qui nous cueille au dépourvu après une journée de bus surchauffé et mal confortable. J'ai dans la poche un numéro de téléphone dont je ne sais ni de qui il est, ni qui me l'a donné. J'appelle quand même. Une voix de femme me répond. Je lui dis qu'elle ne me connaît pas et que je ne sais ni comment ni pourquoi j'ai son numéro, mais que nous sommes à la gare routière, fatigués et transis, et que nous ne connaissons pas la ville. Je lui demande si elle pourrait nous indiquer des hébergements pas chers. Elle propose le YMCA, mais nous sommes cinq et parmi nous une fille. Elle propose quelques autres solutions, que je trouve toujours une bonne raison de refuser. Alors elle me dit de sortir de la gare et d'attendre à un carrefour. Vingt minutes plus tard, une vieille *station wagon* s'arrête devant nous et, sans descendre de la voiture, une femme nous fait signe d'y monter. Puis elle lance sa voiture à l'assaut d'une colline et s'arrête devant une belle maison en bois qui domine toute la ville, à deux pas du carrefour de Haight et Ashbury, la Mecque du mouvement hippie.

Comme il est tard, elle nous propose de dérouler nos sacs de couchage dans la véranda, nous souhaite bonne nuit, et disparaît.

Le lendemain matin, un peu honteux de lui avoir si impoliment forcé la main, je me lève de bonne heure pour présenter mes excuses. La maison est confortable et chaleureuse, mais elle est vide. Je cherche la femme partout, regarde dans toutes les pièces, frappe à la porte de chambres vides, jusqu'à la cuisine où le petit déjeuner est servi. Pour cinq. Abondant, copieux, comme un buffet de garden party. C'est alors que j'aperçois une enveloppe posée bien en évidence sur un des cinq mugs.

Bonjour mes amis, j'espère que vous avez bien dormi. Nous avions prévu depuis longtemps d'aller faire des régates dans la baie avec quelques amis. Nous sommes partis tôt et n'avons pas voulu vous réveiller. Nous serons absents trois jours. La maison est à vous. La voiture est dans le garage, vous pouvez en profiter pour visiter la ville et ses environs. C'est merveilleux ici. Si vous deviez repartir avant notre retour, rentrez la voiture au garage et claquez juste la porte de la maison, nous avons un autre jeu de clés. Bon séjour chez nous.

Voilà comment les Braverman nous ont hébergés. Cette année-là, nous avons dû repartir avant qu'ils ne rentrent. Je ne les ai vraiment connus que dix ans plus tard en repassant par San Francisco, puis nous nous sommes revus tous les dix ans environ, aux États-Unis ou en France. La dernière fois, j'avais déjà publié le premier tome de *Yeruldelgger*, et nous avons parlé livres et écriture. Ce pseudo de Braverman est un hommage à ces hôtes généreux et bohêmes, un signe de reconnaissance, un remerciement à travers le temps et l'espace.

J'ai toujours écrit sous pseudo. C'est une façon de travailler pour moi. Un seul livre a été édité sous mon vrai nom d'état civil, Patrick Manoukian. Les autres ont été signés Paul Eyghar, Jacques Haret, Ian Manook… Ils correspondent soit à des styles d'écriture différents, soit à des atmosphères particulières. C'est aussi pour moi une façon de m'immerger dans des univers nouveaux. Pour cette série de thrillers qui se dérouleront dans les Appalaches, puis en Alaska et en Louisiane, j'ai ressenti le besoin d'un pseudo à l'américaine. C'est probablement irrationnel, je le sais, mais j'ai passé l'âge de me soumettre à la raison et de chercher à construire une œuvre ou une carrière raisonnables. J'aime écrire. J'aime jouer avec les lecteurs et mes personnages. Et j'aime rendre hommage à des gens que j'ai aimé croiser dans ma vie. Voilà pourquoi, pour cette série, j'avais envie d'être Braverman.

Chapitre 1

Où toute enfance n'est que violence

Leur putain de mère s'est tirée. Leur putain de mère à tous les deux. Un père et un nom pour lui, un autre père et un autre nom pour son frère. Tous les deux de passage, les pères. Un à seize ans, l'autre à dix-huit ans, et à vingt et un ans elle se tire avec un courtier de New York en vacances qui abandonne femme et mômes dans son chalet de location pour le petit cul de leur maman moulé dans un short en vichy rose trop court. Ce fumier d'assureur leur a piqué le peu de mère qu'ils avaient encore avec ses taloches à tout-va, ses repas de conserves, ses coucheries hurlantes et ses gueules de bois à la semaine. Elle se laissait prendre devant eux, tous les deux debout au garde-à-vous au pied du lit quand ses amants tordus l'exigeaient, en la baffant à grands revers de chevalières. Il sent encore la main de son frère serrer la sienne jusqu'à s'en blanchir les articulations, pour qu'il arrête de pleurer et ne se prenne pas la gifle de trop qu'il ne pourrait pas encaisser dans sa petite gueule de simplet. Et quand ces types en rut étaient partis, elle les attrapait et les serrait fort contre elle, contre son corps nu et chaud sur le lit défait, encore tout visqueux de tous ces cons.

Il enfouit son visage dans ses poings blanchis par la rage et se frappe le front pour chasser le goût amer de la peau de sa maman, quand il chialait dessus en reniflant. La sensation du grain de ses tétons marron encore bandés dans la paume de sa petite main de môme. L'odeur aigre de son sexe ouvert comme une blessure. Sa maman, sa petite maman ! Il s'en veut d'en bander encore quand il y repense. Il s'en frappe la tête tous les soirs à cinquante ans passés. Il se donne des coups comme ceux qu'elle prenait quand ces types s'énervaient contre elle, avec leurs braquemarts bringuebalant dans la bagarre. Comme des armes dont ils réussissaient toujours à la pénétrer. À la clouer quelque part. Dans des rugissements qui finissaient en borborygmes. C'est là qu'il avait appris que l'amour se donne et se prend dans les pleurs et la douleur. Dans la haine, dans la hargne, dans les coups. Dans ces hurlements injurieux qui se terminaient toujours en supplique. Et soudain Lyvia, la petite Lily, leur petite maman, jeune comme une grande sœur, finissait debout, pantelante, écartelée, transpercée, clouée au mur par le sexe de ces gros dégueulasses. Comme morte, les pieds à trente centimètres du sol.

Chapitre 2

Où l'amour accouche d'un oiseau de malheur

C'est la première fois qu'il le fait avec un homme et ça n'a pas de sens. Ça ne ressemble plus en rien à sa vengeance. Rien à voir avec la belle Eileen. L'amour de ses quinze ans. De leurs quinze ans, quand Eileen portait leur enfant dans son petit ventre blanc. Eileen qu'il voulait marier pour ça, et qu'ils voulaient faire avorter parce qu'elle nourrissait de leur sang blanc un oiseau de malheur dans ses entrailles. Un même pas blanc. Un fils de *crow*. Un enfant de corbeau. Ils l'avaient tabassée pour ça. Pour qu'elle perde l'enfant toute seule. Sans médicament. Pour ne pas offenser leur dieu. Il se souvient de leur fuite. Eileen pleure et gémit sur la banquette arrière de la vieille Impala verte qu'il a volée sur le parking du Mexicain, derrière Custer's, à Hardin. Hardin et ses trois mille cinq cents abrutis à tous se haïr les uns les autres. Ses 50 % de petits blancs et ses 40 % d'indiens consanguins à se surveiller dans la haine et le plus grand mépris de tout ce qui reste. Les 1 % de nègres, les 7 % de latinos et les 2 % de n'importe quoi, surtout des bites de riz. Hardin et sa prison vide à vingt-sept millions de dollars qui n'a jamais hébergé un seul condamné. Qui a laissé ses centaines d'apprentis matons sur le carreau. Sans rien. Même pas indemnisés. Hardin et ses centaines de volontaires monolobés qui reconstituent chaque année la défaite de Custer à Little Big Horn, pour que des milliers de *rednecks* jubilent en silence de tout ce que la nation indienne allait déguster ensuite par vengeance.

Lui vivait dans Buffalo Trail à Crow Agency. Un mobile home délabré comme tous les autres, mal alignés dans un champ d'épaves de bagnoles à quinze kilomètres au sud de Hardin. Eileen habitait dans Blue Sage Court à Hardin South. Pas beaucoup plus grand, mais plus coquet. Une pelouse, des lampadaires peints en blanc le long des trottoirs, des hors-bord de faux riches à l'arrière pour aller frimer à Arapooish Recreation Park sur la Big Horn River. Le hamburger du dimanche au Four Aces et de temps en temps à la Chalupa pour des tacos. L'office du dimanche à la Saint Joseph Catholic Church au croisement de Custer et de la 8e ouest. Il a rencontré Eileen pendant un match entre les Bulldogs de Hardin et les Bisons de Crow Agency. Pas du genre cheerleader qui tétanise la libido des quarterbacks dans le couloir des vestiaires. Juste un regard de gamine à la buvette entre deux sodas. Timide. Un désir de sa peau blanche. Un frôlement de leurs mains dans la foule des autres. Et eux seuls, tout le match, à se regarder d'une tribune à l'autre.

We've got spirit, yes we do
We've got spirit, what about you !

Ils se sont vite aimés, dans une bicoque abandonnée au beau milieu d'une prairie, quelque part à l'ouest de Hardin sur l'ancienne route 87. D'abord ils ont bu, puis ils ont fumé pour se donner le courage d'essayer. Il l'a fait. Mal. Lui a fait mal, un peu. Puis elle a voulu recommencer pour leur redonner une chance et alors le ciel s'est ouvert au-dessus d'eux sur des aurores infinies. Ils n'en revenaient pas d'un tel bonheur. Ils s'aimaient dès que possible, puis restaient des heures entières, allongés côte à côte, à s'en étonner. Souvent elle ne lui laissait même pas le temps d'enfiler une capote et un jour elle s'est aperçue que quelque chose ne tournait pas rond dans son ventre. Elle était enceinte et ils en ont été heureux. Sûrs que tous autour d'eux en seraient heureux aussi, puisque eux l'étaient. Ils sont allés l'annoncer ensemble aux parents d'Eileen et son père l'a giflée si fort que sa tête a cogné le chambranle et qu'elle est tombée sans connaissance. Lui a voulu la retenir, mais monsieur Novak a tiré Eileen à l'intérieur par les cheveux et a laissé ses deux fils le tabasser sur le perron, devant tous les voisins immobiles qui ont tourné la tête pour continuer à arroser leur gazon. Il a fallu qu'une vieille noire, femme de ménage dans le voisinage, intervienne pour qu'ils ne le battent pas à mort. Il a appris plus tard qu'elle en avait perdu son job. Alors ils se sont enfuis. Il a volé la caisse. Il a attendu la messe. Impure et souillée, Eileen ne pouvait plus y assister. Enfermée à la maison, gardée par ses frères. Il les avait défoncés à coups de batte de baseball, puis à l'étage il avait fracassé la porte de sa chambre de petite fille qu'il n'avait jamais vue.

Et ils étaient partis sur les chapeaux de roue devant les mêmes voisins immobiles qui arrosaient toujours leur gazon en se forçant toujours à ne rien voir. Ils se marieront quand même. Il connaît une chapelle, dans le comté de Rosebud. Saint Labre Chapel, à Ashland, sur les rives de la Tongue River. Si le prêtre ne veut pas, ils se marieront eux-mêmes, derrière la pyramide de pierre en forme de teepee de la petite église, sous la croix penchée. Il a pensé à tout. Puis ils auront l'enfant et ils parcourront le monde avec lui.

Eileen, you can lean on me
Baby I'm dead in a cruel world without you
Eileen lean on me
Lean on me
Eileen baby won't you lean on me

Mais tout a mal tourné. Ils sont repassés par chez lui et il a tout saccagé dans la chambre de son père, ivre mort face à la télé, pour retrouver la robe de mariée de sa mère. Il ne l'a pas connue. Trop petit pour s'en souvenir. Alors il l'aimait, elle, au moins. L'émotion l'a submergé quand il a enfin trouvé le carton, enseveli sous des piles de *Hustler* et des vidéos porno. Les larmes aux yeux. Eileen allait être belle dans cette robe. Comme une nouvelle mère. Il l'a soigneusement pliée dans son sac à dos et il a rejoint Eileen dans la voiture.

Puis ils sortent de la ville, mais elle souffre à l'arrière de l'Impala. Trois jours qu'ils la battaient. Qu'ils la forçaient à boire des choses. Sa mère a essayé de les retenir, mais Novak l'a giflée elle aussi. Sur la 212, à deux cents mètres sur la gauche du côté de Stebbins Creek, il aperçoit une grange abandonnée et quitte la route. L'endroit est désert depuis longtemps, le toit à la fois vermoulu par l'hiver et desséché par les canicules. Des planches manquent aux murs. Mais c'est presque comme un autre chez eux. Une crèche pour leur enfant. Comme la cabane de la route 87 où ils se sont aimés pour la première fois. Eileen est faible. Il la prend dans ses bras et l'embrasse. Son corps est chaud. La fièvre l'engourdit. Elle ne veut rien montrer de ses douleurs, mais ses beaux yeux clairs se creusent de sienne et d'ocre. Elle se méprend sur ses intentions.

— Ça va aller, le rassure-t-elle, ça va aller, mais je ne peux pas, pas maintenant, tu comprends...

— Je sais, Bébé, je sais. J'en ai envie, mais je comprends. Ça va passer. On va se reposer ici et ça va passer. Tu vas reprendre des forces et on le fera après. Si tu veux. Quand tu voudras. On a tout le temps pour ça maintenant. Toute la vie...

Elle essaye de sourire. Une larme mouille le coin de son œil.

— Hey, ne pleure pas mon ange. Attends, j'ai un cadeau pour toi. Ferme les yeux et laisse-moi faire.

Elle obéit mais devine qu'il déboutonne son corsage. Elle ouvre les yeux et lui caresse la joue, désolée.

— Non, je ne...

— Je ne te toucherai pas, Bébé, je te l'ai promis et tu peux me croire. Ferme juste les yeux, fais-moi confiance...

Alors elle se laisse faire. Il déboutonne son corsage et le glisse le long de ses bras. Puis il prend ses mains dans les siennes pour qu'elle les pose sur ses épaules. Elle comprend qu'il faut qu'elle garde l'équilibre quand il défait son jean. Il a oublié les chaussures et elle tangue un peu. Ils en rient. Elle reste debout. Elle s'imagine en culotte et en brassière au milieu de la bicoque. Au milieu de Stebbins Creek. Au milieu de Rosebud County. Dans le Montana. Aux États-Unis. Seuls au monde. Puis elle l'entend dézipper son sac à dos. Froissement d'un tissu qu'on déplie. Des plis qui glissent. Puis du satin la frôle et la caresse inattendue hérisse le bout de ses seins sous sa brassière. Elle sait maintenant. Elle comprend. Elle sourit. Il lui passe une robe. Une belle robe de tissu brodé. Alors elle ouvre les yeux et pleure de bonheur. Lui aussi. Il est comme un gamin. Il court à la voiture, défonce un des rétroviseurs à coups de pied en hurlant de rire, et rapporte le miroir pour qu'elle se voie. Elle est en robe de mariée devant le garçon qu'elle veut aimer jusqu'à la mort. Elle lui sourit malgré la douleur dans son ventre, heureuse de le voir encore plus ému qu'elle. Puis ses jambes la trahissent et il la retient de justesse. Il croit à trop d'émotion. Il s'en veut. Il se glisse dans son dos, la plaque contre lui, passe ses bras sous les siens pour la retenir, pose une main sur son ventre et s'agenouille pour l'allonger doucement sur le dos. C'est dans ce geste qu'il sent la poisse tiède sur sa main rouge de sang. Rouge comme la tache qui grandit sur le tissu blanc. Eileen ne se réveille pas de sa syncope. Son corps saigne en abondance quelque part sous sa jolie robe. Son teint pâlit à mesure que sa robe rougit. Il ne sait plus quoi faire. Il regarde sa main ensanglantée, s'affole s'il la repose sur Eileen de tacher la robe déjà souillée. Qu'est-ce qu'il faut faire ? Qu'est-ce qu'il faut faire ? Est-ce qu'il doit appuyer sur son ventre pour arrêter l'hémorragie ? Est-ce que ça ne risque pas d'étouffer l'enfant s'il fait ça ? Il panique. Il hurle, appelle à l'aide, implore au secours. Il marche en rond, les poings contre son front, puis se frappe le visage. Il a du sang plein la figure maintenant. Il ne sait pas quoi faire. Ils ne sont que des gosses, deux gosses, rien que des gosses ! Il sort hurler contre le désert immobile. Quelqu'un pour leur venir en aide ! Quelqu'un, s'il vous plaît ! Eileen meurt, bordel de merde ! Eileen meurt, quelqu'un pour les aider !

Ce jour-là, en désespoir de cause, il s'est couché contre elle, en sanglots dans la poussière de la cabane, et a bercé Eileen jusqu'à ce qu'elle ne saigne plus. Et beaucoup plus tard dans la nuit, sous un ciel démesuré d'étoiles et de constellations, alors que rôdaient les coyotes, il a déshabillé son amoureuse en pleurant et l'a enterrée loin de la grange abandonnée. Puis il a bredouillé une prière de colère contre sa putain de famille. Contre ces putains de blancs. Contre cette putain d'Amérique tout entière. Et il est parti, la robe ensanglantée dans son sac à dos.

Chapitre 3

Où un terrible chaos naît de la vengeance

Il neige sur le parking depuis que la nuit est tombée. Des flocons lents et espacés. Légers comme des duvets. Ils se posent en silence sur le pare-brise, baisers mouillés qui pleurent aussitôt des larmes hésitantes. Freeman aspire entre ses lèvres la surface d'un café brûlant dans un gobelet en carton, la thermos entre les cuisses. Il se dit qu'il fallait être un sacré fan des sixties pour baptiser son restaurant Alice's dans un patelin comme Notchbridge. Bon film pourtant. Bonne musique. Sorti tout juste deux jours après Woodstock, il s'en souvient encore. Il y était ! Il a eu vingt ans à Woodstock, et maintenant il est flic. Ou plutôt ex-flic. Ex-hippie. Ex-tout… *Make love, not war* : tu parles !

You can get anything you want
At Alice's Restaurant

Pas sûr que Hunter apprécie ce qu'il va prendre, lui, contrairement à la chanson d'Arlo Guthrie. Douze ans de traque et il va enfin lui mettre la main dessus. Lui faire avouer où il a caché le corps de Louise. Sa Louise. Sa fille. Sa petite Lou. Son bébé. Dix-sept ans quand cette ordure l'a enlevée. Elle en aurait trente et un aujourd'hui, mais il préfère ne pas savoir. D'un seul coup la haine lui monte à la gorge de se résoudre à souhaiter qu'elle soit morte plutôt que de l'imaginer captive et asservie quelque part.

À travers le pare-brise de sa Camaro, il observe la Sedan garée devant la véranda du restaurant, la carrosserie bariolée du reflet des guirlandes qui clignotent. C'est encore bientôt Noël, comme à chacune des quatorze dernières années sans Louise. Les décorations, les faux pères Noël accrochés au rebord des fenêtres enguirlandées, les rennes factices cambrés sur les toits avec leur faux traîneau. Les faux cristaux de neige et le faux givre aux fenêtres. Les réclames au néon pour la bière de Noël. Et tous ces *Merry Christmas* et ces *Happy New Year* dégoulinant de bonheur. Tout ça sans Louise. Sans Joyce non plus, morte d'avoir perdu Louise. Et sans Doug, parti au bout du monde pour ne plus avoir à chercher sa sœur ici. Et voilà qu'il va enfin pouvoir mettre un terme à tout ça. Pas à la souffrance, évidemment, mais à la rage. Enfin !

Si ce malade croit que dix ans de prison ça va lui suffire. S'il pense qu'il pouvait s'évader en estimant avoir payé sa dette !

You can get anything you want
At Alice's Restaurant

Sûr qu'il va prendre. Il a beau descendre de sa Sedan comme si c'était la sienne et qu'elle n'était pas volée, marcher vers l'entrée du restaurant en s'amusant des lumières joyeuses, pousser la porte dans un frisson comme s'il était vraiment heureux de se mettre au chaud, il se trompe. Qu'il en profite, parce que bientôt il va payer. Cher.

Quand la porte se referme sur Hunter, Freeman glisse sa vieille Camaro rouge derrière la Sedan, pare-chocs contre pare-chocs. S'il cherche à lui échapper, il faudra qu'il le fasse à pied et il aura intérêt à courir vite. De l'autre côté du parking, sur la droite, avant l'allée sombre qui contourne le restaurant vers les cuisines, Freeman n'aperçoit qu'un jeune rouquin en veste de trappeur. Il s'acharne sur le démarreur d'une vieille Mercury bleue dont le moteur s'enroue plusieurs fois sans vouloir ronronner. Le type est furieux. Sa caisse têtue comme une ânesse ne veut rien savoir. Quoi qu'il arrive, ce type ne sera pas un danger.

Soudain deux faisceaux de lumière blanche percent la Camaro de part en part à travers la lunette arrière et aveuglent Freeman en se reflétant dans le rétroviseur. Il se retourne d'un geste trop brusque et se renverse du café sur les cuisses. Il lâche un chapelet de jurons. Dehors, un ouvrier transi court déjà se réchauffer dans le restaurant. Il a garé n'importe où en biais au beau milieu du parking un énorme chasse-neige, moteur au ralenti et phares allumés. Par réflexe, Freeman déchiffre à l'envers la marque de l'engin. Komatsu WA320. Puis, de l'autre côté du restaurant, la nuit se met à pulser d'un cœur rouge et essoufflé. Comme dans la chanson, la voie de chemin de fer passe juste derrière le restaurant, et à cent mètres sur la gauche un passage à niveau baisse ses barrières. Un signal lumineux clignote et la cloche mécanique tinte dans la nuit comme une bouée naufragée en pleine mer. Décidément…

Walk right in it's around the back,
just a half a mile from the railroad track
An' you can get anything you want
at Alice's Restaurant

Freeman descend de la Camaro et se dirige vers le restaurant. Une grande salle en bois à la cow-boy avec des trophées accrochés aux murs. La tête monstrueuse d'un orignal décapité, deux lynx, un chat sauvage, des renards et des chevreuils. Il a aussitôt compris que la plupart des abrutis consanguins qui s'abîmaient dans leurs bières de Noël auraient bien aimé y empailler aussi sa grande carcasse de vieux nègre de la ville. Du côté des toilettes, un loup naturalisé et teigneux déchire entre ses crocs vernis un string distendu coincé à l'autre bout dans la charnière de la porte des toilettes pour femmes. Et debout à l'entrée, histoire de surprendre le touriste, un ours noir dressé sur ses pattes arrière. Bienvenue chez *Délivrance*, pense Freeman qui laisse un groom mécanique fatigué refermer la porte embuée en couinant derrière lui.

Mais dès qu'il entre, dès qu'il fait semblant de découvrir la salle en soufflant dans ses doigts gelés, il sait que Hunter l'a repéré. Il n'a pas si mauvaise allure. Plus rien du demi-sang simplet et solitaire que la police avait débusqué au fond des bois, sa hutte d'ermite décorée des bijoux volés aux cinq femmes disparues, et des vêtements maculés du sang de leurs hommes assassinés. Accoudé au bar, il porte même plutôt beau. C'est donc à ça que sert la prison, se dit

Freeman. À redonner figure humaine aux monstres. À bien les nourrir et à les garder en forme. Dix ans que ce salaud traîne de salle de télé en salle de sport, de bibliothèque en promenade, de réfectoire en infirmerie, à se reconstruire pendant que lui, Freeman, se déglingue depuis tout ce temps corps et âme dans les débris fracassés de sa vie.

L'indien n'a pas un regard. Il sent juste sa présence et devine qu'il est là pour lui. Il boit une longue gorgée de bière rousse sans mousse puis se penche vers la serveuse maigre et fatiguée pour lui murmurer quelque chose à l'oreille. Sans sourire, elle lui désigne la porte des toilettes. Alors il vide son bock et quitte le bar. Il a pris au moins vingt kilos en prison, constate Freeman. Que du muscle. Plus rien du gringalet à la Arlo Guthrie que le shérif de Pilgrim's Rest avait épinglé à son tableau de chasse. À l'époque il semblait si effrayé et si paumé qu'on avait failli le croire incapable de toutes ces horreurs à vous perforer le ventre de nausées acides. Mais les preuves accumulées par le shérif avaient eu raison de son sinistre numéro. Et son entêtement à ne pas révéler ce qu'il avait fait des femmes avait eu raison des dernières indulgences du jury. Peine de mort.

En poussant la porte des toilettes, Hunter jette un regard amusé au loup arracheur de culotte. Freeman n'est pas dupe. Juste un prétexte pour glisser un œil en coin sur lui et se convaincre qu'il le surveille bien. Aussi, dès que l'indien disparaît dans les toilettes, Freeman s'y dirige à son tour, les mains dans les poches. La droite crispée sur la crosse de son Beretta, les doigts de la gauche glissés dans les anneaux d'acier de son poing américain. Mais quand il pousse la porte à son tour, un air glacé lui lime le visage et il comprend aussitôt que l'autre s'est fait la belle par une fenêtre ou un vasistas. D'un coup d'épaule, il enfonce la porte des toilettes pour hommes. Rien. Il défonce celle des femmes et se précipite à l'intérieur. Sur le mur d'en face, un vasistas est grand ouvert. Freeman court et se jette à travers l'étroite fenêtre, maudissant tous ses kilos de chagrin en trop. Tout en gesticulant, le corps piégé par le cadre de la lucarne, il aperçoit sur sa droite une ombre qui fuit, étirée par les projecteurs du chasse-neige, et qui danse en panique en remontant l'allée. Il se contorsionne pour forcer son corps à travers l'ouverture, puis se laisse glisser le long du mur et tombe tête en avant dans le talus de neige sale qui ourle l'allée. Le temps de s'en dégager et de rouler sur le bitume verglacé, Hunter disparaît déjà au coin du restaurant vers le parking. Bien le bonjour de ma Camaro ! siffle Freeman entre ses dents. Un instant plus tard, l'indien réapparaît et s'immobilise, regarde dans l'allée, hésite, puis grimpe sur le chasse-neige. Si ce salaud veut l'écraser, ce n'est pas le bon jour pour ça, grogne Freeman en se relevant. Quatorze ans qu'il attend : ce n'est pas un chasse-neige qui va le priver de sa vengeance. Avec l'agilité que lui insuffle la rage, il bondit sur un coffre à sel, empoigne au passage une pelle à neige, et saute en équilibre jusque sur l'énorme lame du Komatsu. En deux autres bonds, il est sur Hunter qui se replie vers la cabine ouverte et se protège derrière les leviers et les vérins. Freeman balance la pelle dans sa direction et dans sa panique pour éviter le coup, l'indien trébuche dans les pédales et bascule à la renverse. De justesse, il se retient à un levier qui s'enclenche.

Aussitôt le monstre d'acier s'ébranle. Freeman, surpris, perd l'équilibre à son tour, et tombe entre les énormes roues aux pneus crantés. Il se rattrape au dernier moment, les mains gelées collées à l'acier, et Hunter en profite pour calculer son élan pour sauter du chasse-neige ! La rage donne à Freeman la force de se relever et de récupérer la pelle. La nuit vrille soudain autour d'eux un tourbillon de flocons qui les aveugle et Hunter en profite. Il se jette dans les airs en moulinant des bras et des jambes, mais Freeman se jette à son tour hors de l'engin, ne se retenant que du bout des doigts à un montant de la cabine, et fauche la nuit au plus loin de sa pelle. Hunter prend le plat de l'outil en pleine tête et retombe sur le parking comme un oiseau mort. Freeman se précipite aussitôt dans la cabine pour essayer d'arrêter l'engin, mais déjà le chasse-neige se désarticule et sa lame s'oriente vers le restaurant. Freeman n'y comprend rien. Pas moyen de l'arrêter. Il cherche le contact sans le trouver, tire et pousse tour à tour chaque commande, puis soudain aperçoit le corps de Hunter, à terre, sur la trajectoire des roues arrière. Il saute aussitôt de l'engin. Ce salaud ne peut pas mourir comme ça. Broyé sous les pneus d'un chasse-neige, ce serait encore trop bon pour lui. Son vieux corps rouillé d'ex-flic encaisse la chute sur le sol gelé et il roule aussitôt entre les roues monstrueuses. Il se relève, attrape Hunter par le col, et tire son corps inerte juste avant que la roue ne l'écrase. Au même moment, la lame racle par en dessous la Mercury au capot ouvert du rouquin. Freeman n'y peut plus rien. Il balaye du regard le parking désert. À l'autre bout, le rouquin, tête dans l'auvent d'une cabine téléphonique, se protège de la neige qui redouble. À ses gestes, Freeman devine qu'il hurle après un garagiste insensible à son malheur d'occasion. Quand il entend le bruit de ferraille de la Mercury que la lame racle de côté sur elle-même, il se retourne, bouche bée, figé de stupeur. Là-bas, les cent cinquante chevaux-vapeur du monstre jaune enfoncent sa Mercury à travers la terrasse en bois qu'elle fracasse de sa carcasse. Puis l'aile arrière fauche un des poteaux de soutien de la véranda qui s'effondre sur la Mercury. Avec les guirlandes qui explosent leurs lampes multicolores, les pères Noël qui lâchent prise, et les rennes qui se déglinguent avec leur traîneau.

— Mega cool ! souffle le rouquin.

Puis l'étrave de la lame pénètre la façade du Alice's, l'éventre et se force inexorablement un chemin à travers le bâtiment qui écroule au fur et à mesure sur l'engin ses poutres et son étage tout entier que les roues arrière écrasent en fracas de bois qui se brise. Freeman a mis Hunter à l'abri dans le coffre de la Camaro. Il hésite devant la débâcle dont il est la cause. Des silhouettes paniquées jaillissent des débris pour fuir la folie obstinée de l'engin. Des hommes courent à travers les gravats jusque sur le parking, puis s'arrêtent soudain et se retournent pour contempler, incrédules, le chaos. Freeman leur crie de dégager. Il se rue sur les plus sidérés et les tire par le col loin des ravages. Sur la largeur de sa lame, le Komatsu a tout écrasé sur son passage. Freeman hurle pour s'inquiéter des blessés, demande si tout le monde a réussi à sortir, s'il manque quelqu'un. Le restaurant est éventré par son milieu et la masse de l'engin s'enfonce maintenant à l'intérieur. Les doigts lumineux de ses phares trouent les ruines de part en part et, de l'autre côté, jouent dans la neige affolée jusque sur la paroi de roche qui borde la voie ferrée, loin derrière l'autre côté des rails. Quand le chasse-neige fracasse et rase la cuisine, les premières bonbonnes de gaz explosent dans des torsades verticales de flammes bleues et jaunes qui s'enroulent en volutes dans le ciel et retombent sur les débris de bois qui s'embrasent.

— Whaouuuu ! s'extasie le rouquin.

Il ne reste bientôt plus rien du restaurant qu'un fracas de bois quand la lame du Komatsu, au-delà du parking des livraisons, fauche la base d'un haut pylône électrique. L'acier plie sans se rompre et détourne le chasse-neige qui patine de côté avant de reprendre sa progression perpendiculairement à la voie ferrée. Il entraîne derrière lui les lignes électriques qui cèdent une à une. Aussitôt des gerbes d'étincelles blanches jaillissent en fontaines des câbles qui se cabrent comme des serpents blessés. Puis un bloc de nuit noire tombe tout à coup sur le quartier.

— Cosmique, mec !

Freeman suit des yeux la course butée et obstinée du Komatsu aux traits lumineux de ses phares dans la nuit. Quand le chasse-neige bute sur un obstacle, ils se dressent contre le ciel vibrionnant de neige, puis replongent soudain dans la terre quand il passe par-dessus et l'écrase. Les mains sur la tête, effaré par l'inexorable chaos que son engin déchaîne, le chauffeur le suit à travers les débris sans rien pouvoir faire, cornac désarçonné et impuissant de son pachyderme mécanique. De l'autre côté, dans les flashs électriques des câbles qui s'agitent, Freeman devine que l'engin a arasé la route d'entretien qui longe la voie ferrée et qu'il s'attaque au ballast, quand soudain, loin sur la droite, les trois phares d'une motrice percent la nuit à leur tour. Un train !

— Galactique ! exulte le rouquin.

D'une longue courbe effacée par la nuit, à flanc de roche, les quatre cents tonnes du couple des deux motrices UP 5860, fortes de leurs huit mille huit cents chevaux-vapeur, tirent à trente-cinq kilomètres à l'heure les trente mille tonnes de charbon de leurs cent huit wagons. Freeman n'ose imaginer la surprise du chauffeur qui découvre cette petite ville qu'il connaît bien noyée dans une nuit profonde, déchirée par les éclats électriques sporadiques des câbles. Puis la panique qui lui empoigne le cœur quand il aperçoit dans ses phares l'engin fou qui s'acharne à déchirer le ballast et les rails, avant de venir buter contre la roche et rester bloqué en travers de la voie.

Crissement éraillé et strident des roues d'acier sur les rails. Des chalumeaux d'étincelles jaillissent de chaque côté des motrices et éclaboussent la nuit jusque par-dessus les premiers wagons. Le convoi crisse et glisse inexorablement, acier sur acier, vers le Komatsu obstiné à vouloir pénétrer la roche, et ne vient mourir, dans une distorsion de bruits et de sons, qu'à un mètre à peine des premiers rails arrachés. Et tout, tout à coup, retombe dans le silence, rythmé par le halètement essoufflé du train, le crépitement silencieux des étincelles, et le ronflement du chasse-neige qu'enfin le chauffeur maîtrise et coupe, comme on achève un animal devenu fou.

— Ultra spatial… ! murmure le rouquin shooté à bien plus que l'adrénaline mais que les premières sirènes rappellent à la réalité. Ultra spatial !

Chapitre 4

Où la tourmente réunit trois hommes dans un même destin

I see the bad moon arising
I see trouble on the way

— Mon ange, tu peux baisser la radio ?

— P'pa, pour une fois que j'écoute de la musique de vieux, ça devrait te plaire, non ?

— Le rock n'a pas d'âge, mon ange. Creedence encore moins ! À propos, j'espère que tu n'es pas au volant puisque tu es au téléphone.

— Mais non, papa, c'est Wade qui conduit.

— Il est prudent, j'espère…

— Papa !

— D'accord, d'accord. Tout va bien pour vous ? Vous êtes où ?

— On a passé Notchbridge. On a dîné dans un truc qui t'aurait plu. Alice's Restaurant, tu sais, comme dans ce film du dernier siècle du millénaire précédent que tu aimes tant. On a pris le Scenic Drive à travers la montagne. On va pousser jusqu'à Pilgrim's Rest pour dormir.

— Okay. Appelle-nous quand vous êtes là-bas, d'accord ?

— Papa, j'ai dix-sept ans ! J'ai passé l'âge d'appeler mes parents tous les soirs.

— Et moi j'en ai cinquante bien passés et je sais les bêtises qu'on peut faire à dix-sept. Je te rappelle que je les ai toutes faites avant toi. Alors appelle-nous, mon ange.

— Tu crois vraiment que je vais t'appeler pour te raconter nos bêtises ?

— Hey, ton père est flic, tu te souviens ? Tu n'as rien besoin de me dire, tes bêtises je les devine. Alors appelle-nous.

Mais ce soir-là, Louise n'a pas rappelé. Ni le lendemain, ni les jours suivants, ni jamais depuis les quatorze dernières années.

Don't go around tonight
Well, it's bound to take your life
There's a bad moon on the rise

C'est la dernière fois que Freeman a parlé à son ange. Le premier jour de sa désespérance. Le premier jour de la fin de sa vie. Et aujourd'hui il conduit sur la même route avec la même musique à fond. Dehors, la forêt s'est faite sauvage dans la montagne. Des vents tourbillonnent et enroulent les gros flocons en spirales dans la lumière des phares, puis soudain les tirent en biais avant de les rouler à nouveau. La neige tient au sol maintenant. Dans une heure il sera impossible de rouler, mais quoi qu'il arrive, il sera à Pilgrim's Rest ce soir. Sur la piste de ses souvenirs. Au terminus de sa vengeance. Même si la tempête étouffe la montagne sous des tonnes de ouate détrempée. Même si la forêt se fait profonde et menaçante. Même si des vents traîtres et glacés dressent des congères en travers de son chemin. Il y sera, dans cette Camaro rouge qu'il a offerte à son ange pour ses seize ans. La seule chose d'elle qu'il ait récupérée après sa disparition. Avec le même CD dans le même autoradio, et les mêmes paroles de Fogerty. Celles qui ont hanté les quatorze dernières années de sa vie et qu'il hurle aujourd'hui à la nuit dans sa voiture.

Hope you got your things together
Hope you are quite prepared to die
Looks like we are in for nasty weather
One eye is taken for an eye !

Œil pour œil, c'est son heure maintenant. Les larmes qui troublent son regard ne sont que de rage et de colère, plus une once de chagrin. Que de la haine. Cet assassin lui a asséché le cœur. Il n'a même plus de peine. Mais il le tient maintenant et il va le…

Le rouquin jaillit du fouillis de la tempête bras en croix et se jette sur la voiture. Son corps tape sur le capot, cogne le pare-brise et rebondit sur le côté. Freeman saute sur les freins et la Camaro part en travers. Dès qu'elle s'arrête en se cognant dans une congère, il bondit hors de la voiture et une rafale lui gifle les yeux. Quand il les ouvre à nouveau, le rouquin est là, qui se relève déjà en patinant dans la neige.

— Ça va ? Pas de mal ?

— Ça va, je suis entier…

— J'ai bien failli t'écraser. Qu'est-ce que tu fais dehors comme ça dans la tempête, en pleine nuit, au beau milieu de la forêt ?

— Mec, j'ai cru que tu ne t'arrêterais pas ! J'ai vraiment eu peur de mourir de froid sur cette putain de route, mec. Faut que tu m'emmènes à Pilgrim's Rest. Tu n'imagines même pas ce que je viens de vivre.

Il ne l'a pas reconnu. Freeman préfère ne pas lui avouer qu'il sait très bien ce qu'il vient de vivre. Il l'empoigne par le coude, l'aide à contourner la Camaro, et l'assoit dans le siège du passager avant de remonter au volant.

— Tu es sûr que ça va, rien de cassé ?

— Ça va, ça va mec, cool, il en faut plus que ça pour briser Marty !

En quelques secondes, Freeman est trempé. Les flocons lourds comme des cotons imbibés continuent à fondre sur eux à l'intérieur. Le rouquin s'ébroue et se brosse les épaules pendant que Freeman l'observe. Le passage à niveau était resté baissé après la destruction du restaurant et de la voie ferrée. Freeman s'était d'abord occupé de Hunter puis avait aidé les blessés sur place, mais il n'avait pas attendu les secours. Il tenait Hunter, et rien ne devait arrêter sa vengeance. Le rouquin, lui, ne devait pas être clair avec sa Mercury. Il avait sûrement abandonné les lieux pour ne pas avoir affaire à la police lui non plus. Mais il fallait être shooté à bien des cochonneries pour entreprendre de rejoindre Pilgrim's Rest à pied dans la tempête.

— Mec, t'imagines même pas. J'ai vu les feux de l'apocalypse là-bas en bas ! C'était méga sidéral. C'était comme un cyberfight de *Star Wars*. Shebam !

Pow ! Blop ! Wizzzz ! Je te jure, même sous acide je ne me suis jamais cuivré les neurones comme ça !

Il parle et s'excite et finit par s'asseoir en tailleur sur le siège, tourné vers Freeman.

— Tu devrais mettre ta ceinture, mon garçon, on n'est pas à l'abri d'une glissade dans les décors avec ce foutu temps !

La neige se fait plus drue et le vent plus inconstant. Les flocons virevoltent en apesanteur, et dans la seconde qui suit strient le paysage à l'horizontale. Ou bien des bourrasques les poussent en rouleau contre le pare-brise comme dans une station de lavage automatique. La visibilité est presque nulle, quelques mètres à peine. Freeman conduit sur des œufs.

— T'en fais pas pour moi, mec, là je suis en lévitation cérébrale mon pote. Rien ne peut m'atteindre après ce que j'ai vu. Même pas l'autre indien !

— Quel autre indien ? s'inquiète aussitôt Freeman. De qui tu parles ?

— Quoi, tu sais pas où on est ? C'est Murder Drive ici, mec ! Le sang-mêlé qui a planté les cinq types et fait disparaître leurs meufs, t'es pas au courant ?

Freeman fait un effort pour ne pas lui fracasser les dents d'un coup de coude.

— Si, je sais, mais je n'ai pas peur des serial killers.

— Eh bien tu devrais, mec, parce qu'il paraît qu'il a pris le Midnight Express ce con, et à la station couloir de la mort en plus ! Et il se pourrait bien qu'il soit revenu dans le coin.

— Peut-être bien, mais je n'ai pas peur quand même.

— Sans dec', mec ? Et si c'était moi, hein ? Si c'était moi le serial killer à l'arbalète, hein ? Qu'est-ce que tu dirais, mec ? Tu vois, j'attends comme ça les ploucs paumés dans la tempête, en pleine nuit, et je les cloue à un arbre d'un tir de carreau dans la poitrine. Hein ? Qu'est-ce que t'en dis, mec ?

— J'en dis que ce n'est pas toi.

— Ah oui, et qu'est-ce que t'en sais ? Comment tu peux en être sûr ?

— Parce que ce type ne s'en prenait qu'à des couples. Il tuait les hommes et faisait disparaître les femmes. Et tu en vois une de femme, toi, dans cette voiture ?

— Putain, mec, tu le connais bien toi aussi alors ?

— Et comment que je le connais. Très bien même, parce que si ça se trouve, en fait, c'est peut-être bien moi ton serial killer !

— Ah ! Ah ! Ah ! Ça marche pas mec, parce que moi non plus j'ai pas de femme !

— Ah oui ? Moi je suis sûr que tu as une petite qui t'attend quelque part. À Pilgrim's Rest par exemple. Ou plutôt tu crois qu'elle t'attend, alors que si ça se trouve je lui ai déjà fait son affaire. Et maintenant je suis revenu pour toi. Rien que pour toi ! Peut-être même que je te suis. Je suis sûr que je suis la seule voiture que tu aies vue depuis Notchbridge…

— Hey attends, déconne pas avec ça, mec, là tu me fous les foies maintenant. Non, arrête, je te jure, je balise avec tes conneries. Et d'abord, comment tu sais que je viens de Notchbridge ?

— Parce que tu viens de me dire que tu as vu l'apocalypse là-bas, non ?

— J'ai pas dit Notchbridge. J'ai dit « en bas » !

— Oui mais en bas de cette route, il n'y a que Notchbridge. Mais ne t'en fais pas mon garçon, je vais te dire pourquoi tu n'as aucune raison de craindre cet assassin : c'est parce qu'en ce moment il est tout simplement dans…

Le rouquin hurle en regardant à travers le pare-brise. Le temps que Freeman suive son regard écarquillé par la peur et se dresse sur les freins, la Camaro glisse tout droit sur la route enneigée jusqu'à la bête. Un énorme orignal debout, immobile, face à eux dans la tempête. Le rouquin a basculé entre son siège et le tableau de bord en déglinguant la boîte à gants d'un coup de tête.

— Ne bouge pas ! ordonne Freeman impassible, bras tendus sur le volant.

L'animal est un grand mâle. Plus de deux mètres aux épaules, la tête baissée, son long museau poilu givré de neige contre la calandre, ses larges narines écarquillées de colère et fumantes dans le froid. Ses bois plats en éventail, plus larges que le capot de la Camaro, frôlent le pare-brise. Sept cents kilos au bas mot. Freeman n'ose faire un geste. Ne pas l'effrayer. Ne pas le provoquer. Ne pas lui donner l'occasion de charger. Avec cette neige et la route glacée, il pourrait sans problème les pousser hors de la route. Puis dans la tempête qui virevolte, derrière le mâle qui ne les quitte pas des yeux, Freeman devine une harde qui traverse la route pour se perdre aussitôt sous les sapins chargés de neige. Il enclenche alors doucement la marche arrière et recule au pas pour faire comprendre à l'orignal qu'il se soumet. Qu'il n'en veut pas à sa harde. Qu'il ne cherche pas le combat. Et dans cet instant suspendu par la peur, ce qui le panique le plus, c'est de ne rien déceler dans le regard mort de la bête. Cette montagne de muscle aux bois meurtriers pourrait fracasser la Camaro sans aucune colère. Sans aucune lueur de fureur dans les yeux. La voiture a reculé d'un bon mètre mais, juste en baissant la tête et en tendant le cou, sans avancer, l'orignal remet ses bois contre le pare-brise. Puis il se redresse, lentement, dans la tourmente, et Freeman se rend compte à quel point il est puissant et majestueux, avec ses bois à plus de trois mètres du sol. Quand la harde a disparu dans les sous-bois et que le mâle fait demi-tour pour les rejoindre, il ne peut détacher son regard de la bête conquérante et hautaine que la nuit blanche efface dans la tempête.

Tombé en bas de son siège, le rouquin, lui, ne peut détacher son regard du Beretta dans la boîte à gants.

Chapitre 5

Où Bébé découvre une Camaro
à la place de sa Mercury !

Le chef Hackman regarde la Camaro rouge qui s'engage sur le parking enneigé du Double Seven Motel, en face du Denise's Café, de l'autre côté de la route. La voiture dessine des marques profondes en arcs de cercle jusqu'à la porte de la chambre 5. Il zippe son blouson, remonte son col en fourrure, remercie Denise pour le café, et sort rejoindre sa voiture de patrouille garée de l'autre côté de la route elle aussi, devant le bureau du Double Seven. Mais il ne monte pas tout de suite dedans et attend, par réflexe, de voir à quoi ressemble le chauffeur de la Camaro. Quand le rouquin en descend et l'aperçoit, il marque un imperceptible temps d'arrêt.

— Bonsoir !

— Bonsoir shérif.

— Tu viens de Notchbridge ?

— Oui…

— J'ai entendu dire qu'il y a eu du grabuge par là-bas ?

— Oui. J'y étais pas, mais ça a bloqué l'accès à la Scenic Drive pendant plus de deux heures.

— Et pour venir ici, comment était la route ?

— Un orignal à la sortie du pont de Deer Fall, répond le rouquin, mais sinon la route ne va pas rester praticable longtemps.

Il tourne le dos au shérif et fait mine de rassembler quelques affaires. Il en profite pour glisser l'automatique dans sa ceinture sous sa veste. Il sent le regard de Hackman sur sa nuque. Tout ce que le rouquin espère, c'est que son bébé ne va pas sortir furax de la chambre pour lui tomber dessus à cause de la Mercury. Cette idée, et le silence du shérif derrière lui, le poussent à en faire un peu trop dans le genre voyageur honnête qui rentre tard. Il va vers l'arrière de la voiture comme pour chercher ses bagages. Mais quand il ouvre le coffre, la terreur le fige sur place.

— Un coup de main pour les bagages ? demande le shérif.

— Non, non, merci. J'avais oublié que mon amie les a déjà déchargés tout à l'heure avant que je redescende à Notchbridge, répond Marty en claquant le coffre.

— C'est une rapide, réplique le chef entre ses dents, appliqué à s'allumer une cigarette malgré la bise acérée qui lui râpe les doigts.

— Pardon ?

— Je dis, ton amie, c'est une rapide ! J'espère pour toi qu'elle ne l'est pas en toute occasion.

— Hein ? Rapide ? Ah oui, non, non. Il y a des choses pour lesquelles elle sait prendre tout son temps, rassurez-vous…

— Oh, ça ne me rassure pas, fiston, parce que ça

ne me regarde pas. Après tout, les motels sont faits pour ça, non ? C'est juste que j'habite là-derrière un peu plus haut, alors si vous vous envoyez en l'air, empêche-la de hurler, tu veux ? J'ai le réveil très colère.

— Pas de danger, shérif, je garderai un oreiller sur son visage, plaisante Marty en se donnant des airs de représentant de commerce en goguette qui retrouve une poule.

— À la bonne heure, fiston, à la bonne heure, répond le shérif qui envoie d'une pichenette le mégot incandescent de sa cigarette partir en vrille dans la nuit et s'enfoncer dans la neige.

— Bonne nuit.

— Bonne nuit shérif.

Marty le regarde contourner le bureau du motel et s'engager sur le chemin qui monte à une autre rangée de sept chambres, une cinquantaine de mètres derrière celles qui donnent sur le parking.

Dès que le chef a disparu, il frappe plusieurs fois à la porte de la chambre avant que Thelma, furieuse, ne daigne lui ouvrir.

— Marty, mais qu'est-ce que tu foutais ? Ça fait quatre heures que tu es parti, bordel !

Elle est petite, blonde javellisée aux cheveux courts, graffitée de petits tatouages maladroits un peu partout, et malgré l'hiver au-dehors elle ne porte qu'un petit short qui moule le bas de son ventre et un tee-shirt avec la langue des Stones dix fois trop grand pour ses petits seins que Marty adore apercevoir dans l'échancrure des manches.

— Attends Bébé, attends, calme-toi. Il m'est arrivé des trucs incroyables, tu n'imagines même pas…

— Je m'en fous, Marty ! Est-ce que tu en as, est-ce que tu en as ?

Elle est en manque. Elle marche sur Marty puis s'en éloigne aussitôt en fixant le sol, puis revient brusquement vers lui et le frappe à la poitrine du plat de ses mains.

— Écoute Bébé, j'en avais, je te jure, j'en avais dans la caisse mais…

— Alors va la chercher, Marty, va la chercher tout de suite ! crie-t-elle en se précipitant vers la porte qu'elle ouvre avec tant de violence qu'elle lui échappe des mains, cogne contre le mur, et se referme aussitôt. Mais elle a eu le temps d'apercevoir la Camaro sur le parking et reste un long moment sidérée, à fixer la porte close.

— C'est quoi cette caisse ?

— Écoute Bébé, laisse-moi t'expliquer…

— C'est quoi cette caisse ? Qu'est-ce que c'est que cette caisse Marty ? Marty, où est la Mercury ?

— Bébé, Bébé, tu ne vas pas me croire, mais il y a eu un terrible…

— Où est MA Mercury ? MA Mercury, Marty ! Qu'est-ce que tu as fait de MA bagnole ?

— Bébé, je te jure que je n'y suis pour rien, je te jure, commence à pleurnicher Marty. Un type a défoncé au chasse-neige le resto où j'étais et il a écrasé la Mercury sur le parking avec tout ce que j'avais dedans, Bébé, tout. Même qu'il a déglingué un pylône électrique et que le train a failli dérailler dans des gerbes d'étincelles pendant que les bonbonnes de gaz de la cuisine explosaient dans tous les sens. Bébé, c'était d'une beauté, tu ne peux pas savoir comme c'était beau !

— Salaud, tu en as pris sans moi, c'est ça ? Tu en as pris sans moi et tu as merdé avec ma caisse, c'est ça ?

Elle trépigne et le frappe, tandis que lui tourne autour d'elle tête baissée, les poings serrés contre ses oreilles en encaissant les coups.

— J'ai rien pris, Bébé, je te jure, j'ai rien pris. Je prendrais jamais rien sans toi, tu le sais. C'était dans la Mercury quand tout ce merdier a commencé et je n'ai rien pu faire. Les flics ont rappliqué de tous les côtés, je ne pouvais pas aller fouiller la carcasse parmi les débris. Et puis tu sais bien qu'elle était volée, ta caisse !

— Volée à MA mère. C'était MA caisse et tu allais chercher MA came avec MON pognon !

Thelma s'assied brusquement sur le lit et se met à pleurer. Il s'agenouille aussitôt devant elle et pose les mains sur ses genoux.

— Écoute, Bébé, faut pas craquer parce que je vais avoir besoin de toi, d'accord ?

Elle pleure sans l'écouter, alors il en profite et respire un grand coup.

— Il va falloir qu'on dégage cette nuit, Bébé, parce que la Camaro, j'ai flingué un flic pour la chourer.

Elle ne pleurait pas, c'était juste semblant pour le chambouler parce qu'elle sait bien que ça lui arrache la tête quand elle pleure. Elle relève vers lui ses yeux secs, avec autant de peur que de colère dans le regard.

— Tu as quoi ?

— Écoute, il y avait cet orignal en plein dans la tempête alors je suis tombé en déglinguant la boîte à gants et c'est là que j'ai vu le flingue.

— Mais qu'est-ce que tu racontes, quel flingue ?

— Celui-là, dit Marty en tirant l'automatique qu'il avait glissé dans sa ceinture.

Thelma sursaute sur le lit. Elle a un de ces petits cris d'enfant qui le chavirent à chaque fois qu'il la sent fragile et qu'elle lui redevient aussitôt désirable. Elle semble fascinée par l'arme qu'il tient devant elle et qui en même temps lui fait peur. Lui se sent soudain plus fort. Il se relève.

— J'ai pris le flingue, j'ai fait descendre le flic, je lui ai fait vider ses poches et pan ! pan ! Je lui en ai mis deux en pleine poitrine. On était à la sortie d'un petit pont et, hop ! Ce con a basculé tout seul à la renverse par-dessus le parapet.

— Qu'est-ce que tu racontes, Marty, t'as flingué un flic… ?

— Ouais madame, fanfaronne le rouquin. À nous la Camaro et la belle vie. Et regarde, ce type avait plus de mille dollars en cash, des cartes de crédit et même sa carte de flic.

Il étale tout comme un butin sur le lit et Thelma prend la carte pour la lire.

— Ex-flic, Marty, cette carte date de plus de dix ans…

— Flic ou ex, qu'est-ce que ça change ? Il est mort maintenant et tout ça est à nous. On va pouvoir s'en acheter, et de la bonne, et se tirer loin d'ici aussi, changer d'État…

L'arme lui donne des audaces et des envies. Il glisse le canon dans la manche du tee-shirt de Thelma à la recherche de son téton.

— Arrête…

Il grimpe sur le lit en souriant, s'agenouille derrière elle et se plaque contre son dos, écrase ses petits seins à pleines mains à travers le tissu, puis glisse le Beretta entre les cuisses de Thelma pour en caresser son sexe. Elle reste fascinée par l'arme. Elle est sur le point de s'abandonner. S'il veut lui enfiler le canon, elle voudra bien. Son mec a tué un flic…

— Y a juste un truc, Bébé, susurre-t-il à son oreille en lui mordillant le lobe.

— Dis-moi, murmure-t-elle en léchant ses lèvres.

— Ce con, il avait un cadavre dans son coffre.

Elle se cogne si vivement la tête contre sa mâchoire que Marty s'en déchire la langue entre ses dents. Le sang pisse aussitôt de sa bouche et éclabousse Thelma qui bondit sur ses pieds. Elle se met à marcher en rond dans la chambre, bras tendus à moitié écartés, poings serrés, tête tirée vers le plafond. Hystérique.

— C'est pas possible ! Pas possible ! Pas possible ! Pas possible !

Alors Marty panique à son tour. Lui marche n'importe où, la tête dans les épaules, coudes serrés sur le ventre et poings repliés sous son menton.

— Bébé, Bébé, qu'est-ce qu'on va faire ? Je pouvais pas savoir ! Mais qu'est-ce qu'il foutait ce mec avec un type dans son coffre !

Il tape du pied contre un vieux fauteuil à chaque juron quand soudain Thelma se précipite vers la porte.

— T'es sûr qu'il est mort au moins ? Je veux le voir de mes yeux, Marty, je veux le voir !

Il la rattrape de justesse et la jette sur le lit avec plus de violence qu'il n'aurait voulu. Elle tombe sur le matelas et rebondit sur les fesses et ses adorables petits seins gigotent sous son maillot. De nouveau elle est désirable dans la peur et l'excitation.

— N'y va pas, il y a le shérif dehors. On se calme, Bébé, d'accord ? On se calme. Tu sais ce qu'on va faire ? Tu vas prendre notre dernière dose. Toute la dose, je te donne ma part. Moi cette nuit je vais me débarrasser du corps, et demain on s'arrache avec la Camaro, le pognon et le flingue. Qu'est-ce que tu en dis Bébé ?

Cette fois elle a fondu. C'est la petite fille qu'il aime, son bébé, son petit amour fragile qui gémit quand il la prend. Sa petite chose qui des fois le serre si fort pour qu'il reste.

— Me laisse pas, Marty. Je mourrai de trouille si tu t'en vas cette nuit. Reste avec moi…

Elle passe son maillot par-dessus sa tête pour le convaincre et bascule sur le dos, bras tendus loin au-dessus de sa tête pour dresser vers lui ses petits tétons drus auxquels il ne sait pas résister. Il n'a qu'à tirer sur son short et elle est nue.

— D'accord, Bébé, d'accord. Tu te shootes et on le fait, mais après je dois m'occuper du type dans le coffre. Juste un aller-retour. Je le balance du pont de Deer Fall, là où j'ai buté le flic. Ça embrouillera les pistes. Et puis avec la neige, personne ne les trouvera avant longtemps.

— Laisse-moi le faire avec toi, susurre-t-elle en se redressant brusquement pour l'attraper par l'entrejambe.

— Hey, la mort ça t'excite on dirait, Bébé, sourit-il en prenant sa bouche dans la sienne.

— C'est juste que je vais flipper toute seule ici en pleine nuit.

— T'occupe, Bébé. Avec ce que tu vas prendre et ce qu'on va faire, tu seras pas retombée du septième ciel avant que je rentre.

— Tu es sûr ?

— Parole de rouquin. Dès que je suis parti, tu t'habilles et tu te tiens prête. Je fais ce que j'ai à faire, je reviens et on s'arrache. Promis !

Thelma se lève, nue contre lui, se hisse sur la pointe des pieds, et l'embrasse à peine bouche en lui caressant le sexe à travers son pantalon.

Bien plus tard dans la nuit, Marty se glisse hors du lit et s'habille en silence. Thelma dort, désarticulée à plat ventre, nue sur les draps, défaite par un amour d'une violence inattendue et par la mauvaise magie de la poudre. Mais comme il ouvre la porte, elle se réveille brusquement et allume la lampe de chevet.

— Merde, éteins ! crie-t-il furieux à voix basse en refermant aussitôt la porte.

Contre toute attente, elle s'agenouille sur le lit et éclate aussitôt en sanglots, la tête dans les mains.

— Ne me crie pas, Marty, ne me crie pas !

Il revient vers elle, la serre très longtemps, et la berce dans ses bras. Il ne veut pas qu'elle pique une crise qui pourrait alerter le shérif.

— Ne t'en fais pas, Bébé, dans une demi-heure tout est fini et on se tire. Tiens, je te laisse le flingue. Ça te rassure comme ça ? Passe un jean et un sweat-shirt bien chauds et glisse-le dans ta ceinture, d'accord ?

Elle acquiesce d'un geste sans lui répondre et essaye de retenir sa main dans la sienne quand il s'éloigne. Il entrouvre la porte, jette un coup d'œil dehors, puis se glisse en biais à l'extérieur en refermant derrière lui sans faire de bruit. Thelma bondit aussitôt pour pousser les verrous et reste nue, appuyée contre la porte, à écouter le moteur s'ébrouer et la neige gelée crisser sous les pneus. Puis elle va à la fenêtre et le regarde partir en glissant un œil entre les rideaux. Il n'a pas allumé les phares, mais quand il freine, ses feux arrière inondent le paysage d'un rouge sanglant.

Marty sort du parking, face au Denise's, tourne à gauche et s'engage sur la route qui redescend vers Notchbridge. Derrière la vitre du snack, dans la pénombre de la pièce éteinte, Denise regarde la Camaro disparaître entre les murs de neige qui bordent la route, sous les grands arbres alourdis. Quand le rouquin allume ses phares, loin dans la forêt déjà, elle perd à nouveau son regard sur le parking du Double Seven. Derrière le bâtiment plat des sept premières chambres qui donnent sur le parking et que Jaysen garde encore pour les clients égarés, elle devine l'autre bâtiment. Sept autres chambres identiques aux premières mais construites sur ce qui avait été le bowling et le dancing du Double Seven. Du temps du bon commerce, des touristes fêtards et des amants de passage. Avant que la highway dans la combe ne détourne ses hordes de voyageurs. Avant les horreurs de Hunter. Avant la disparition de Sue.

Aujourd'hui, seuls Jaysen et son frère le chef Hackman y habitent. La chambre 4 sert de séparation, et les trois chambres de chaque côté ont été regroupées en appartements. Même si de l'extérieur les sept chambres ressemblent toujours à la deuxième volée du Double Seven. Là où elle avait un temps aimé Hackman, et là où Hackman avait longtemps baisé toutes les autres, jusqu'à épouser sa meilleure amie Julia, avant de la tromper avec Sandy, la femme un peu niaise et ronde de son petit frère Jaysen. Mais depuis que Julia et Sandy les ont plaqués, seul Hackman vit là-haut. Jaysen squatte le bureau du motel. Il ne monte chez Hackman que les jeudis pour jouer aux cartes. Tous les jeudis.

Dans la nuit, elle devine chez Hackman le tison d'une cigarette sur laquelle on tire à pleins soupirs derrière les rideaux. À se demander pourquoi Mickey a d'aussi mauvaises nuits qu'elle !

Chapitre 6

Où la chance a le sourire de la mort

Just about a year ago
I set out on the road
Seekin' my fame and fortune
Lookin' for a pot of gold

Il chante pour se donner du cœur au ventre. *Green River* des Creedence, c'est le seul CD qu'il a trouvé dans la Camaro. La neige a repris, puis cessé. Tout là-haut, un ciel ourlé de nuages dessine une rivière à l'envers entre les cimes des arbres. Il est le premier à rouler dans la neige fraîche. Dans le faisceau des phares, le paysage prend des dimensions étranges et sa beauté menaçante l'angoisse. La poudreuse a effacé la route. Il redouble d'attention pour ne pas se planter dans le bas-côté. De temps en temps il redresse à la dernière minute et la voiture part en glissade. Il hait la neige. Lui, c'est un vrai gars de Géorgie. Même s'il a fait moins vingt-sept une fois par là-bas, la neige et le froid chez lui c'est aussi rare que l'honnêteté chez un sénateur. Et quand par hasard il neige en Géorgie, on sort faire de la luge, pas le ménage de cadavres.

À chaque virage il espère apercevoir le pont et surveille les sous-bois. Il ne veut pas se retrouver à nouveau face à l'orignal. Cet abruti de ruminant aurait la force de pousser la Camaro jusqu'au parapet et la basculer dans la rivière gelée en contrebas. Il scrute la forêt à travers chaque tronc pour ne pas se laisser surprendre. Soudain, devant lui, une masse tombe d'un grand arbre. Un paquet de neige, comme une branche qui casse en silence, puis le grand-duc moucheté déploie ses larges ailes d'un mètre cinquante d'envergure, redresse son vol, frôle le pare-brise et disparaît en silence dans la nuit. Marty reçoit son regard jaune et sévère sous ses aigrettes comme un coup de frayeur au cœur qui le tétanise. Il se crispe sur le volant et la voiture part en tête-à-queue. Quand l'aile arrière tape dans le talus de neige et s'arrête, la voix de Fogerty sonne comme une menace dans les enceintes.

Things got bad and things got worse
I guess you will know the tune
Oh Lord, stuck in Lodi again

Cette fois la panique le gagne et il décide qu'ici fera aussi bien l'affaire que là-bas. Mais quand il regarde autour de lui, il reconnaît le parapet du pont de Deer Fall et croit de nouveau en sa chance. Il descend, nargue aussitôt cette saloperie de neige dans cette foutue forêt de ce putain de bled qui n'auront pas sa peau, et contourne la Camaro pour ouvrir le coffre. Le coup au cœur est pire encore que la frayeur du grand-duc. Sous ses yeux effarés, le coffre est vide. Il n'y a plus rien dans ce putain de coffre. Le putain de corps qui était dans ce putain de coffre a disparu ! Marty se prend la tête à deux mains et t ourne en rond dans la neige avant de hurler toute sa rage contre ce ciel de ouate qui étouffe son cri. Cet enfoiré s'est tiré. Si ça se trouve, il n'était même pas mort ! Thelma avait raison, il aurait dû aller vérifier. Ce fumier s'est tiré, ça ne peut pas être autre chose. Il essaye de réfléchir et se concentre malgré le froid. Si ce type s'est réveillé, il ne les connaît pas, ni lui ni Thelma. Il peut en vouloir à l'homme de la Camaro, peut-être, mais pas à eux. Et lui en plus, il a flingué celui qui l'avait jeté dans ce coffre. Non, vraiment, ce type ne peut pas leur en vouloir. C'est ça. S'il se pointe, il lui expliquera que c'est grâce à lui qu'il est libre. Et qu'il ne risque plus rien de la part du flic qui lui a fait ça. De l'ex-flic. Parce qu'il l'a descendu. Alors il ne peut vraiment pas lui en vouloir.

À moins que... il se précipite vers le coffre et examine la serrure. Si le coffre était fermé, comment a-t-il pu l'ouvrir de l'intérieur ? Il se penche, regarde, cherche, tâte du bout des doigts, ferme et ouvre plusieurs fois avant que l'horreur ne lui saute aux yeux : il n'y a rien dans le coffre. Pas de bâillon, pas de ruban adhésif, rien. Si ce type s'en était sorti tout seul en ouvrant de l'intérieur, il aurait d'abord dû se débarrasser de ses liens et les abandonner sur place. Ça voudrait dire que... Quelqu'un a piqué le corps ! Un putain d'enfoiré a piqué le putain de corps que le putain de flic avait laissé dans le coffre de la Camaro. Il hurle dans la nuit en martelant chaque juron d'un coup de pied dans la roue, furieux de ne pas comprendre ce que ça signifie désormais pour lui et Thelma. À quoi ça rime de piquer un corps dans une caisse ? À quoi ça sert ? Est-ce que quelqu'un veut les faire chanter ? Quelqu'un veut leur piquer les mille dollars du flic ? Mais qui ? Et quand ? Et pourquoi ? Et où ?

Les traces ! Si quelqu'un a piqué le corps, il n'a pu le faire que sur le parking du motel, et comme il a neigé toute la nuit celui qui a fait ça a forcément laissé des traces. Marty réfléchit. La tête entre ses poings crispés, il cherche à visualiser l'état du parking quand il a quitté Thelma dans la nuit. Mais trop de peurs se bousculent dans sa tête de petite frappe. Puis soudain, ça y est, il a l'idée. Toute simple. Toute bête. Le mieux c'est de retourner voir. De toute façon il doit récupérer Thelma. Après tout il s'en fout de savoir qui a fait ça. Ils n'ont plus de cadavre dans le coffre et c'est tant mieux. Tout ce qu'ils ont à faire maintenant, c'est de se tirer au plus vite avec la Camaro et les mille dollars.

Le moteur tourne toujours. Le pot crachote de petits nuages blancs et réguliers que le froid déchire aussitôt. Marty claque le coffre, retourne au volant et enclenche la marche arrière. Les roues patinent et creusent aussitôt un profond sillon dans la neige molle. Il essaye à nouveau, repasse la marche avant, puis revient en marche arrière, plusieurs fois, mais plus il insiste et plus la roue arrière gauche creuse une bourbière dans laquelle elle s'enfonce. Le rouquin hurle de colère et coupe le contact, les larmes aux yeux.

Things got bad and things got worse
I guess you will know the tune

Il ne bouge plus. Il ne bouge plus de là. Tant pis. Marre ! Finito. Il est bien, là, au chaud dans le fauteuil baquet en cuir blanc de la Camaro rouge. Bien sûr là-bas il y a sa môme, son bébé avec ses petits tétons tendus d'amour, mais entre eux il y a ces deux kilomètres de montée à travers une forêt sinistre, avec de la neige jusqu'aux mollets qui cache des croûtes de glace, des orignaux géants mastocs comme des chars d'assaut, des rapaces nocturnes sournois comme des drones militaires. Et peut-être même bien des loups aussi, qui n'attendent que lui dans la nuit. Alors il verrouille les portières dans un soupir et pousse le chauffage au maximum.

Quand les lueurs rondes et jaunes des gyrophares illuminent soudain la forêt enneigée, il se sourit dans le rétroviseur en se demandant quelle était la probabilité de croiser une dépanneuse dans cette tempête. À croire qu'il n'y a vraiment de chance que pour la canaille.

Chapitre 7

Où mourir est un jeu cynique qui finit mal

— Saute !

— Je t'en prie mec, fais pas ça…

Un petit matin blême et triste à mourir se lève sur la montagne. En dessous, le fond de la cluse trempe dans une poisse de brume, épaisse comme de la neige fondue. La forêt en émerge à peine. Au-dessus, des lambeaux de nuages déchirés s'effilochent à travers les hautes branches. Le rouquin est nu, debout, transi, les mains sur son sexe, devant le tronc du grand sapin rouge. Son corps maigre est bleui par le froid, même s'il brûle à l'intérieur d'une peur sans nom. Un peu plus loin, sur l'épais tapis d'aiguilles au pied de l'arbre, protégés de la neige par quarante mètres de branches tissées d'aiguilles, ses vêtements sont posés. Bien pliés.

— T'as pas à faire ça, mec. Si c'est pour la Camaro, tu peux la reprendre, je te jure, je te la donne.

— Saute !

Cette fois la terreur saisit Marty à la gorge et il pleure. Il saute sur place de quelques centimètres à peine. Le froid ankylose ses jambes et la peur tétanise son dos. Avec ses mains devant son sexe, il n'arrive pas à prendre assez d'élan.

— Plus haut !

— J'y arrive pas mec, j'y arrive pas. Je vais me pisser dessus, je te jure.

— Encore !

— Attends, j'ai mille dollars quelque part, mec. Je te les donne. Laisse-moi partir et je te les donne. Tu n'as qu'à m'accompagner…

Le carreau d'arbalète se fiche dans l'arbre à vingt centimètres de Marty qui hurle et trébuche à reculons. Son dos et ses fesses s'écorchent contre l'écorce rugueuse et il tombe à genoux.

— Debout !

Il se relève en panique, les mains en l'air. Il s'en fout maintenant de son sexe rabougri par le froid et la peur. Il comprend que l'autre va vraiment le tuer s'il ne saute pas et il ne veut pas mourir comme ça, à poil dans une forêt perdue, cloué au tronc d'un sapin rouge par un carreau d'arbalète. Pourquoi ce type veut-il qu'il saute ?

— Saute ! Vas-y, comme aux courses. T'as misé sur la plus belle pouliche et elle gagne la course et tu repars avec le pactole. Alors tu sautes de joie, tu comprends, très haut, les bras en l'air. Maintenant ! hurle l'homme masqué, MAINTENANT !

Alors le rouquin saute de toutes ses dernières forces, des larmes plein les yeux, et le carreau le cloue au tronc pendant qu'il est en l'air et il reste là, sidéré, les pieds à trente centimètres du sol. Étonné. Il n'a même pas mal. C'est juste le choc. Cet abruti l'a fait. Il l'a cloué à poil en l'air contre un arbre. Puis il sent une grande faiblesse l'envahir. Sa tête tombe en avant, menton contre sa poitrine. Son regard louche sur le carreau fiché dans son corps, presque contre son nez. Seul dépasse encore l'empennage. Puis sa vue se brouille. Il devine ses pieds qui ne touchent pas le sol. Un sang chaud glisse de sa blessure jusqu'entre ses cuisses et goutte de sa verge sur ses pieds. Son sang. Celui de son corps qui se vide. Il pense au petit sexe chaud de Thelma. Il se souvient aussi qu'un abruti de descendant de sauvage lui avait appris, gamin, à mâchouiller la sève de ce sapin rouge auquel il est cloué aujourd'hui. Pour s'en faire des chewing-gums. Une dernière image se brouille dans son esprit anesthésié par la stupeur de mourir. Celle des bottes de l'homme qui s'approche. Il n'a plus la force de relever la tête. Il ne voit que les chaussures, des Meindl. Des allemandes. Même pas des américaines. Oncle Bill avait les mêmes quand ils partaient braconner du côté de la réserve Creek. Dans la Géorgie de son enfance, vers Lake Denise. Lake Denise, comme Denise's Café. Et les Meindl d'Oncle Bill, comme celles de…

Le deuxième carreau se fiche dans son cœur et il meurt dans l'instant.

Chapitre 8

Où la chaleur de la haine réchauffe du blizzard

— Papa, pourquoi les chasseurs tuent les faons ?

— Ils ne tuent pas les faons, mon ange, ils ne tuent que les cerfs.

— Mais les cerfs c'est les papas des faons !

— Oui, c'est vrai mon ange, ce sont leurs papas…

— Et est-ce que les faons meurent aussi quand leur papa meurt ?

— Mais non mon ange, il leur reste leur maman.

— Les chasseurs ne tuent jamais les mamans ?

— Si, mon ange, c'est triste, je sais, mais les chasseurs tuent aussi les biches, quelquefois…

— Si tu mourais, je mourrais aussi, dit petite Lou en posant un gros baiser chaud et mouillé sur sa joue.

Elle resplendit d'amour et de confiance en lui, dans l'innocence lumineuse de sa petite enfance. Deux rides fines et sérieuses plissent un instant son front au-dessus de son nez en trompette, puis elle éclate d'un rire de gamine qui n'a peur de rien parce qu'il est là. Même s'il ne bouge pas. Même s'il ne peut plus bouger. Qu'il ne bougera plus jamais. Elle l'embrasse à nouveau, sur ses yeux clos cette fois. Il devine son haleine. Fétide. Ses grosses lèvres rêches. Il sent son nez poilu et morveux sur ses paupières…

Freeman ouvre les yeux et Louise n'existe plus. Il est allongé sur le dos dans une neige profonde et le rêve blond de son enfant s'est envolé. Penché sur lui, curieux, cherchant à reconnaître son odeur animale, le grand orignal le renifle. Énorme et laid, la trogne d'un chameau plus que celle d'un cerf. Sa tête seule est plus grosse que la moitié du corps de Freeman. Il pourrait enfoncer son poing jusqu'au coude dans les naseaux de l'animal, dilatés par la méfiance et la curiosité. La bête flaire sa poitrine et penche la tête sur lui. Ses larges panaches aplatis en éventail forment un mur de bois au-dessus de Freeman. Son trophée a plus d'envergure que les bras écartés de l'homme, et les deux premiers andouillers, recourbés et pointus comme des dagues, labourent la neige de chaque côté de son corps. Quand Freeman prend peur et empoigne les bois, une douleur fulgurante lui perce les côtes. Il hurle et l'orignal, surpris, se dresse sur ses pattes arrière et jette ses antérieures de côté pour faire demi-tour. Ses bois frappent Freeman qui s'y cramponne toujours. Malgré la douleur qui irradie sa poitrine, il cherche à repousser loin de lui les bois de l'animal et son geste trop facile lui arrache un autre cri, mais de surprise cette fois. Quand il se redresse, prêt à lutter pour survivre, il découvre la bête à quelques mètres face à lui, avec une tête de rien, décoiffé d'une tonsure ridicule. L'orignal semble aussi surpris que lui et regarde Freeman, à genoux dans la neige, les mains toujours crispées sur ses bois arrachés. Puis l'orignal hoche plusieurs fois la tête, comme pour se convaincre qu'il ne porte plus sa fière parure, et disparaît entre les troncs d'un trot penaud et honteux, comme un roi nu court se cacher dans les buissons. Freeman reste un instant hébété, le massacre entre les mains. Massacre ou mue. Ou trophée. Il ne sait plus comment on dit mais peu importe. Il s'en sert comme d'une canne pour se relever. La douleur le cisaille à nouveau et un froid bleu lui mord les mains. Il fait encore nuit. Il n'a aucune idée de l'heure. Une lune laiteuse feutre la clairière. Il devine les traces de l'orignal, mais pas les siennes. Quand il se retourne, une autre douleur lui lacère les côtes. Il est au pied d'un mur de pierre et devine la pile d'un pont assez haut qui enjambe ce qui doit être un torrent violent en été. Quand il aperçoit le trou dans la neige, à mi-pente du talus, et la longue trace de glissade jusqu'à lui, il comprend qu'il est tombé de là-haut, et se souvient soudain pourquoi. Le rouquin. L'orignal. Son flingue. Et les deux balles en pleine poitrine. Il défait deux boutons de son manteau et glisse une main sous sa veste et son pull. Ses doigts repèrent aussitôt les impacts dans son gilet pare-balles. À la distance à laquelle il a tiré, le rouquin a bien dû lui casser deux côtes. Il se relève, le souffle coupé par la douleur, et s'y reprend à plusieurs fois en s'aidant des bois de l'animal pour se hisser en haut du talus jusqu'au parapet. Et découvrir avec surprise que la Camaro est toujours là, mais dans l'autre sens. Moteur vers Notchbridge ! Il se tapit aussitôt derrière le muret et scrute la forêt d'ombres et de neige pour déjouer une éventuelle embuscade. Mais aucun signe de vie ne vient lui donner l'alerte.

Qu'est-ce que ce gamin a fait ? Pourquoi la Camaro est-elle encore là ? Et pourquoi dans ce sens ?

— Hunter ! jure-t-il soudain entre ses lèvres gercées.

Il enjambe aussitôt le parapet, en encaissant la douleur, et se traîne jusqu'à l'arrière de la voiture pour ouvrir le coffre.

— Oh non !

Cette fois, ça se complique. Cet imbécile de rouquin n'a quand même pas libéré l'autre fou furieux ! De toute façon, s'il l'a fait, à l'heure qu'il est, il est mort quelque part. Hunter est chez lui ici. La nuit et la neige, le froid, les animaux sauvages, tout tourne à l'avantage du sang-mêlé. Même avec son arme, le rouquin n'a aucune chance contre l'indien. Ce psychopathe serait encore capable de le clouer à un arbre à mains nues. Puis il remarque les traces dans la neige. Une autre voiture est passée par là et ce constat l'électrise. Quelqu'un a rejoint la Camaro et a fait demi-tour. Si c'est un bon samaritain, il a du souci à se faire. À moins que ce soit un complice du rouquin. Ou de Hunter…

Il contourne la Camaro. La portière n'est pas verrouillée et il se glisse au volant. Les clés sont encore dans le démarreur et ça ne le rassure qu'à moitié. Il enclenche le contact. À la troisième tentative le moteur démarre et Freeman remercie le ciel. Une fois n'est pas coutume, quelqu'un là-haut semble avoir pitié de lui. Mais quand il enclenche la vitesse et essaye de se sortir de l'ornière, la roue ne fait que creuser la boue. Alors il redescend ouvrir le coffre, arrache la moquette de protection qui le tapisse, et la glisse sous la roue embourbée. Quand il reprend le volant et démarre doucement, la roue accroche sur le tissu synthétique et la voiture revient sur la route verglacée. Comme il ne veut pas prendre le risque de s'embourber à nouveau, Freeman abandonne le bout de moquette et continue sans s'arrêter. Un peu plus loin, il trouve sur un faux plat un endroit sûr où faire demi-tour et remonte en direction de Pilgrim's Rest. Au moins cet idiot de môme a laissé le CD des Creedence.

When the sky is gray And the moon is hate
I'll be down to get you. Roots of earth will shake

Et même si ses doigts et ses pieds gelés le brûlent de froid, Freeman sent son corps et son cœur se réchauffer de colère et de haine.

Chapitre 9

Où l'ordre règne à Pilgrim's Rest

Dès qu'il a vu Hunter se diriger vers Notchbridge, il a compris qu'il retournait à Pilgrim's Rest. Et ça tombait bien, parce que c'est là que Freeman voulait le ramener et le tabasser pour lui faire avouer ce qu'il avait fait de Louise. Hunter n'avait ni voiture, ni moto à l'époque. Pas même un vélo. Les disparues ne pouvaient être que dans la forêt autour de ce bled.

Il neige à nouveau dans la nuit, de gros flocons épars qui tombent au ralenti en longs rideaux droits cette fois. Il tourne à hauteur du Denise's éteint et s'engage de l'autre côté de la route sur le parking du motel. Aucune autre voiture. Rien d'allumé. Par réflexe, il suit les seules traces qui mènent face à une des chambres du motel. La 5. Il s'arrête devant, sans couper le contact pour laisser le chauffage, et regarde la nuit autour de lui. Le motel est désert. L'enseigne muette au-dessus du bureau fermé. Encore transi, il ne peut se décider à sortir. Alors il éteint les phares et reste longtemps, prostré, face au motel abandonné dans la nuit. Il faut plusieurs minutes à son regard épuisé pour deviner la lueur derrière les rideaux tirés de la chambre 5. Il fixe la fenêtre pour s'en persuader, puis glisse son regard de côté. De quel cours de quelle classe a-t-il retenu cette histoire des cent trente millions de bâtonnets plus sensibles à la lumière à la périphérie de l'œil ? Une histoire de pourpre. Le pourpre rétinien. Un truc en *psine* s'il se souvient bien. La rhodopsine, c'est ça. Une substance pas très pointue pour les couleurs et les détails, mais qui allume le cerveau à la moindre lueur. Maintenant qu'il regarde de côté, la fenêtre de la chambre 5 découpe dans la nuit un faible rectangle de lueur froide. Alors il coupe le contact et descend dans l'espoir de trouver un peu de chaleur auprès d'un bon samaritain. Mais quand il frappe à la porte, elle s'entrouvre d'elle-même.

— Il y a quelqu'un ?

Il attend quelques secondes avant de reposer la question, écoute le silence, puis pousse prudemment la porte qui s'ouvre sur une chambre vide. Il repère aussitôt le téléphone sur la table de chevet. Quelqu'un qui, comme lui, n'aime pas mettre son appareil en veille, et la lumière de l'écran suffit à irradier la pièce d'une pâleur clinique. Comme il s'avance pour s'en saisir, il trébuche contre un sac de voyage au beau milieu de la chambre. Il cherche alors l'interrupteur à tâtons et cligne des yeux contre la lumière jaune du plafonnier.

— Il y a quelqu'un ?

Il s'avance jusqu'à la salle de bains, répète sa question, frappe par précaution, puis ouvre avec prudence. Personne. Comme il réfléchit, le froid lui cisaille les reins et il retourne fermer la porte. Cette chambre chaude et son lit, même défait, sont une aubaine inespérée pour son corps gelé et meurtri. Il va s'y reposer. Il sera toujours temps de s'expliquer avec son occupant légitime quand il reviendra. C'est en jetant un coup d'œil pour deviner à qui il pourrait avoir affaire que Freeman tombe sur son portefeuille et sa vieille carte de flic sur la table de chevet. Le rouquin ! C'est la chambre du môme qui l'a braqué. Celui qui lui a tiré dessus et l'a laissé pour mort dans la neige, en bas du pont. Il fouille aussitôt le reste de la pièce pour mettre la main sur son arme mais ne la trouve pas. Alors il se jette sur le sac, l'ouvre avec rage, et en sort des strings et des dentelles par poignées, et aussi ses mille dollars planqués au fond dans une pochette en plastique avec quelques restes de doses d'héroïne et une collection de gels érotiques lubrifiants, chauffants ou stimulants. Gourmands même ! Mais pas son vieux Parabellum. Donc ce môme est venu ici s'envoyer en l'air après l'avoir dépouillé. Mais que faisait la Camaro à l'endroit où il avait cru le descendre, alors ? Et dans l'autre sens ! Et pourquoi Hunter n'est-il plus dans le coffre ? Et le rouquin ? Et la fille à qui appartiennent les strings ? Ses vieux réflexes de flic lui font aussitôt redouter d'autres complications.

— Hey toi, dans la chambre numéro 5, sors lentement, les mains en l'air et bien visibles.

La voix métallique résonne depuis un haut-parleur. Freeman connaît ça : voiture de patrouille. Il ouvre la porte en douceur, du bout du pied, les mains en l'air, et reste un instant immobile pour que sa silhouette inoffensive se découpe clairement dans le cadre de lumière. Dehors, protégé par sa voiture garée en travers du parking, le shérif le tient en respect dans la ligne de mire de son fusil à pompe.

— Un problème, shérif ?

— Tu sors sans faire d'histoire et il n'y en aura pas.

— Qu'est-ce que vous me voulez ?

Le flic fait claquer la culasse pour armer son fusil.

— Tu fais ce que je te dis et tu vivras peut-être assez longtemps pour le savoir.

— D'accord, on se calme, je suis de la maison.

— Flic ?

— Oui. Enfin presque. Ex-flic…

— Les ex-flics, c'est comme les ex-femmes, des saloperies de déserteurs qui n'apportent que des emmerdes.

— Eh bien, je pensais les culs-terreux arriérés, mais misogynes à ce point-là, vous êtes digne du *Guinness des records*, shérif.

— Le cul-terreux va te tirer un sabot où je pense si tu n'obéis pas, comme ça tu pourras jouer les féministes.

— Je peux expliquer ce que je fais dans cette chambre…

— Pour l'instant ça ne m'intéresse pas. Trois pas en avant et tu t'allonges par terre, mains sur la nuque.

— Dans cette neige ? C'est quoi, une séance d'humiliation ? Si vous voulez vous la jouer James Dickey, shérif, il va falloir donner du banjo, parce qu'il est hors de question que…

Le coup de feu éclate en l'air, feutré et arrondi par la neige qui tombe soudain plus dense, comme si le projectile avait éventré un autre nuage. Freeman ne sursaute même pas.

— Dernière sommation…

— Ah oui ? Et après ? À qui allez-vous expliquer avoir descendu un ex-flic désarmé les mains en l'air ?

— Y a pas de témoin, y a que nous, toi et moi...

Mais l'enseigne du Denise's clignote soudain avant de se stabiliser sous les flocons qu'une bise glaciale et soudaine virevolte dans tous les sens. Puis la façade vitrée du restaurant s'illumine de l'intérieur.

— À mon avis, vous venez d'en réveiller un...

Le shérif se retourne vers le restaurant au moment où une autre bourrasque enveloppe le parking d'un tourbillon de flocons. Pendant une seconde on n'y voit plus rien, et la seconde d'après Freeman a disparu.

— Que se passe-t-il, Michael ?

La voix de Denise lui parvient depuis la porte du café, ouatée par la neige.

— Rien qui t'intéresse, Denise, rentre chez toi, la tempête arrive.

— La tempête est déjà là, idiot, et le pauvre homme que tu veux descendre aussi !

Hackman se retourne. À travers les flocons que le vent chahute, il aperçoit Denise qui aide l'homme à entrer dans le restaurant.

— Reste en dehors de ça, Denise !

— En dehors de quoi, pauvre idiot, ce type est sans arme et prêt à tomber en glaçons façon glace pilée tellement il est frigorifié !

Hackman saute dans la voiture de patrouille, fait demi-tour en dérapant dans la neige, et fonce droit vers le restaurant. Quand il freine, la voiture glisse jusqu'à la porte en verre et ses phares font danser les ombres du mobilier à travers la vitre. Il descend aussitôt et passe dans la lumière des phares, furieux, le fusil à la main. Denise pousse tous les verrous de la porte.

— Ouvre cette porte, Denise ! hurle le shérif en braquant son arme sur elle à travers la vitre.

— Écoute-moi bien, Hackman, cet homme est sans arme et mort de froid et il n'est pas vraiment en état de répondre à des questions. Surtout à coups de fusil à pompe. Alors si tu veux entrer chez moi, tu laisses ton arme dans la voiture.

Il reste le fusil braqué sur la porte un long moment, puis baisse le canon en secouant la tête d'une rage contenue.

— Merde Denise, tu ne sais même pas qui est ce type !

— Pour l'instant, rien qu'un type justement, et je crois bien qu'il est sur le point de faire un malaise. Tu ne vois pas qu'il est mort de froid, non ?

Le shérif hésite quelques secondes, puis retourne à sa voiture, range le fusil dans son coffre et verrouille les portières. Quand il revient vers la porte, Denise lui désigne du doigt son Colt à la ceinture.

— Pas question Denise, le fusil je veux bien, mais le Colt pas question.

— Laissez-le entrer, murmure Freeman que la chaleur du restaurant étourdit.

Denise hésite, regarde l'homme, puis le shérif, et se résigne à déverrouiller la porte. Hackman entre aussitôt, une main sur la crosse de son Colt.

— Je vous fais du thé chaud avec un shot, dit-elle en s'éloignant vers les cuisines, alors tout le monde garde son calme, d'accord ?

Elle part sans attendre leur réponse. Freeman appuie ses mains bien à plat sur la table en formica pour essayer de maîtriser ses tremblements. Hackman tire une chaise et s'assied face à lui.

— Qu'est-ce que tu faisais dans cette chambre ?

— Je récupérais mes affaires.

— C'est un rouquin et sa môme qui habitent cette chambre. Qu'est-ce que tes affaires foutaient dedans ?

— Le rouquin m'a braqué sur la route de Notchbridge. Je l'ai pris en stop en pleine tempête il y a quelques heures. Il est tombé sur mon arme dans la boîte à gants. Il m'a fait descendre sous la menace, m'a dépouillé, puis m'en a tiré deux en pleine poitrine. J'ai basculé par-dessus le parapet d'un pont, je sais pas où exactement…

— Deer Fall, sûrement.

— Peut-être, oui…

— Et pourquoi l'ex-grand flic de la ville qui se fait dépouiller par le premier rouquin venu n'est pas mort avec deux balles dans la poitrine ?

— Parce que l'ex-flic de la grande ville n'est pas aussi idiot que vous voulez le croire et qu'il sort toujours couvert, réplique Freeman en écartant son manteau pour soulever son pull. Souvenir de vingt ans de Brooklyn !

Hackman devine le gilet pare-balles et son regard sur Freeman change aussitôt.

— Drôle de tenue pour un touriste…

— Je préfère être bien équipé quand je pars à la chasse.

— Gros gibier, je suppose.

— Hunter, lâche Freeman les yeux droits dans ceux du shérif.

Les mugs se brisent sur le carrelage et les deux hommes sursautent. Denise, à la porte des cuisines, a le visage défait par l'effroi.

— Qu'est-ce qu'il a dit ? bredouille-t-elle en s'adressant au shérif.

— Je dis que je suis là pour Hunter, répond Freeman.

— Mais il est en prison, non ?

— Il n'y est plus, madame. Il s'est évadé il y a trois jours. Les flics gardent ça secret pour les besoins de l'enquête mais ça va vite devenir officiel. Je suppose qu'ils vous ont prévenu, demande Freeman en se tournant vers Hackman.

Denise aussi se tourne vers lui, comme pour le supplier de ne pas répondre ce qu'elle redoute d'entendre.

— Oui, reconnaît à mi-voix le shérif.

— Oh mon Dieu, Michael, comment tu as pu nous cacher ça ? Est-ce qu'il est vraiment revenu ? Est-ce qu'il est déjà là ?

Son regard déchiré de frayeur balaye aussitôt la nuit de l'autre côté de la vitre, puis elle court jusqu'à la porte et pousse à nouveau tous les verrous avant de revenir vers Freeman, terrorisée.

— Pourquoi ? Pourquoi êtes-vous venu ici ?

— Parce que Hunter a enlevé ma fille il y a quatorze ans de ça, et que je veux lui faire dire où est son corps avant de lui arracher la langue et les yeux de mes mains, murmure Freeman entre ses dents serrées de colère et de froid.

— Votre fille ? Alors vous êtes Freeman, dit Denise, c'est ça n'est-ce pas ? Votre fille s'appelait… s'appelle Louise. C'était la seule femme de couleur parmi les disparues, je me souviens. Ma sœur s'appelle Sue. Suzanne. Suzanne Vanderbelt. Ce monstre l'a aussi… je ne sais pas. J'espère qu'elle est encore en vie quelque part. Ou qu'elle est morte sans souffrir. Ça a été sa troisième victime.

— Oui, confirme Freeman, et avant il y a eu Dorothy Mallum, quarante-quatre ans, la plus âgée, et Anita Knudsen, la jeune étudiante de Columbia. Et après ma petite Louise, la plus jeune, et enfin Jennifer Loredo, la jeune mariée de trente-deux ans.

— Mon Dieu, s'affole Denise, qu'allons-nous faire s'il est revenu ?

— Lui faire avouer où sont les corps, grince Freeman qu'un froid de glace gèle de l'intérieur.

— Tu n'as pas répondu à Denise, reprend Hackman. Pourquoi es-tu venu à Pilgrim's Rest armé et blindé pour le combat, tu sais quelque chose sur Hunter ?

— Non, ment Freeman, je voulais juste être prêt à l'accueillir comme il le mérite si cette ordure revenait sur les lieux de ses crimes.

— Il y a eu du grabuge à Notchbridge hier soir. Tu y es pour quelque chose ?

— Non, ment-il encore en espérant être crédible. Mais l'autre fêlé de rouquin y était. Il m'a raconté une histoire abracadabrante d'un chasse-neige qui a failli faire dérailler un train. Je crois même qu'il y a laissé sa voiture. Sûrement ce qui l'a poussé à braquer la mienne. Je ne comprends pas pourquoi elle était toujours à Deer Fall quand je suis remonté sur la route.

— À mon avis, il est redescendu pour toi, dit Hackman en plantant son regard dans le sien. Il est venu ici avec ta Camaro. Je l'ai vu au motel et je lui ai même parlé. Je ne comprends pas pour quelle raison il serait redescendu, sinon pour s'assurer que tu étais bien mort.

Freeman ne répond pas tout de suite. Son regard se perd un court instant.

— Ça va ? s'inquiète Denise.

— Oui, murmure-t-il, ça peut aller. C'est le froid… Il grimace et fait l'effort de se reprendre.

— Deux balles de 22 mm presque à bout portant, il n'y avait pas de quoi douter, dit-il.

— C'est une petite frappe shootée à tout ce qui dope. Sa môme a dû le faire flipper.

— Mais ça n'explique pas pourquoi ils ont abandonné la voiture là-bas ni où ils sont passés.

— Ils ont peut-être braqué quelqu'un d'autre.

— Pour quoi faire, puisqu'ils avaient la Camaro ?

— Ils ont peut-être jugé qu'elle était trop brûlante.

— Pourquoi dites-vous ça ?

— Parce que je l'ai trouvé très nerveux quand il a ouvert le coffre sur le parking hier soir. Il avait des raisons de l'être ?

Encore une fois, Freeman tarde à répondre. Dans son corps glacé, un brusque bouillonnement remonte jusqu'à son cerveau qui le brûle soudain. Il doit se concentrer pour répondre.

— Non, le coffre était vide. Il l'est toujours d'ailleurs, si vous voulez vérifier. Maintenant je ne sais pas ce que ce type a trafiqué avec ma voiture pendant qu'il me croyait mort…

— Tu as récupéré tes affaires ?

— Oui. Portefeuille, plaque de flic, et même mille dollars en liquide.

— Et ton arme ?

— Non, pas l'arme. Beretta Parabellum, si vous remettez la main dessus…

— Si je le retrouve, je le garde.

— J'ai un permis.
— Je m'en fous.
— Décidément, ça vous amuse de vous la jouer à la Tommy Lee…
Mais Freeman ne finit pas sa phrase. Un malaise lui enserre les tempes, écrase sa poitrine, et il perd connaissance.

Chapitre 10

Où Bébé disparaît aussi

Quand Thelma entend le moteur, elle est allongée sur le lit défait, tout habillée, déjà prête comme le lui a demandé Marty. Bien sûr, elle a eu peur que son petit homme la plaque ici dans ce trou perdu du monde, ou qu'il s'embrouille encore avec quelqu'un sur la route, ou qu'il se fasse embringuer dans quelque coup tordu qui le laisse en fuite ou en planque à trois jours de route dans un autre État. Mais la voiture revient et Thelma bondit jusqu'à la porte pour lui ouvrir.

Trop grand.

Trop fort.

Trop silencieux.

Le temps qu'elle comprenne qu'il n'est pas Marty, son direct la cueille au menton et la terrasse pour le compte. Sa dernière sensation, avant de perdre connaissance, c'est la coque en caoutchouc d'une botte de chasse à lacets. Des Meindl. Elle connaît. Son beau-père en avait quand il l'a chassée de chez sa mère à coups de pied. Mais celles-là sont maculées de sang.

Chapitre 11

Où le chou et la pisse soignent l'âme et le corps

— Qu'est-ce qui sent comme ça ?

— La pisse et le céleri.

Freeman se réveille. Il est nu dans l'eau tiède et claire d'une baignoire à l'ancienne. Sa tête repose sur des serviettes pliées pour qu'il ne glisse pas dans l'eau, et ses bras en croix sont posés sur des chaises glissées contre l'émail de chaque côté. Ses pieds, hors de l'eau, reposent aussi sur une planche habillée de serviettes posée en travers de la baignoire. Denise, assise sur le rebord, le regarde sans gêne.

— Qu'est-ce que je fais ici ? maugrée-t-il en essayant de se redresser.

Elle veut le retenir, mais la douleur dans ses côtes a raison de sa volonté avant elle. Il retombe dans l'eau en éclaboussant les genoux de la femme.

— Tu as fait un malaise cette nuit. Le froid. Le shérif m'a aidée à te transporter ici. Si ça te rassure, c'est lui qui t'a déshabillé et t'a porté dans la baignoire, pas moi.

— Ça ne me rassure pas. Et l'odeur ?

— Je soigne tes engelures. J'ai baigné tes mains et tes pieds dans une décoction de céleri-rave et je les ai frictionnés avec mon urine.

— Tu m'as pissé dessus !

— J'ai pissé dans un seau. La première urine du matin est la plus chargée en urée. C'est le remède idéal. Si tu restes quelques jours, je te préparerai la décoction de céleri-rave. Pour l'urine, tu pisseras toi-même.

— Et je baigne là-dedans depuis combien de temps ?

— Trois heures. Je réchauffe l'eau toutes les demi-heures.

— Bon, je peux sortir maintenant ?

— Je t'en prie, dit-elle sans bouger de sa chaise.

Quand il comprend qu'elle ne tournera pas la tête, il se lève devant elle, son corps nu ruisselant dans la baignoire.

— Ça fait un sacré bail que je n'ai pas vu un homme nu d'aussi près, sourit-elle en le regardant sans gêne aucune.

— Je ne suis pas certain que trois heures de marinade dans l'eau tiède soient des plus flatteurs pour ma virilité, essaye-t-il de plaisanter.

Mais un vertige le prend et elle bondit sur ses pieds pour le soutenir. Il est fort. Elle aime aussitôt son poids sur son épaule. Lui sent son sein rond contre sa poitrine et sa main sur son ventre. Ils se troublent l'un l'autre un court instant.

— Je t'aide jusqu'à ma chambre. Tu es encore faible. Il faut te reposer. Et je veux aussi soigner tes brisures.

Il se demande de quelles brisures elle veut le guérir avant de comprendre à regret qu'elle parle de ses côtes. Il se laisse guider. La maison est à l'ancienne. Toute en bois. La chambre au bout d'un long couloir, petite autour d'un grand lit recouvert d'un dessus en satin mauve matelassé. C'est une pièce tout en tristesse et en résignation. C'est une chambre de pénitence d'où le bonheur a été banni. Les rideaux, lourds, sont tirés aux fenêtres, l'une face à la porte et la seconde face au lit. Aucun autre meuble qu'une commode sans napperon ni bibelot. Une lumière triste que diffuse un lustre en pâte de verre retenu par trois chaînettes en laiton.

Il veut s'étendre à même le dessus-de-lit, mais Denise insiste pour qu'il se glisse dessous. Avant de rabattre le tissu sur lui, elle frôle son sexe d'une involontaire et imperceptible caresse.

— En d'autres temps, je l'aurais gobé sans demander mon reste.

— En d'autres temps, répondit-il, j'aurais bandé rien qu'à être nu devant toi.

Elle le remercie d'un sourire de ce compliment chargé de regrets, puis lui fait signe de ne pas bouger pendant qu'elle sort de la chambre. Quand elle est partie, il ne peut maîtriser une légère érection et rabat sur lui la pointe du couvre-lit. Quand elle revient, elle le remarque aussitôt. Elle porte des rouleaux de larges bandages, des feuilles de chou et des onguents.

— Qu'est-ce que c'est ? demande-t-il pour cacher sa gêne.

— Cataplasme d'argile verte.

— Sorcière ?

— Naturopathe.

— C’est la même chose, non ?

D’une spatule en bois, elle applique la boue verte au milieu d’une des feuilles de chou puis la retourne sur les deux impacts. Elle prend dans la sienne la main de Freeman qu’elle le force à plaquer sur le chou pour retenir le cataplasme pendant qu’elle l’aide à se redresser. Quand elle ceint son torse d’une longue bande plusieurs fois enroulée, il sent, à chaque fois qu’elle le frôle, l’odeur de ses cheveux propres et la pointe de muguet de son parfum. Il se demande pourquoi il ne l’a pas senti plus tôt et se plaît à croire qu’elle a profité de sa courte absence pour en poser une goutte au creux de son cou. Une fois le pansement fixé avec une épingle, elle aide Freeman à se recoucher sur l’oreiller et il se laisse faire.

— Repose-toi maintenant. Je te réveille dans deux heures pour changer l’argile, dit-elle en posant sur sa bouche un furtif et platonique baiser du bout de ses lèvres qu’il n’a pas le temps de saisir au vol.

— Et merci pour le compliment ! ajoute-t-elle avant de sortir de la chambre en tapotant gentiment la petite bosse sous le dessus-de-lit.

Chapitre 12

Où une voix de terreur résonne dans le noir !

Quand il revient à lui, dans le noir, Hunter comprend d'abord qu'il est attaché par les poignets à des chaînes. Elles semblent tomber d'une poutre ou du plafond. La pièce est aveugle. D'une obscurité qu'il croit d'abord absolue. Puis ses yeux s'habituent et il devine une porte dont l'encadrement s'esquisse sur le mur opposé. Il est allongé sur le dos, à même une sorte de banc de sport. Ses bras sont retenus au-dessus de lui, comme s'il soulevait un haltère invisible. Il essaye de se dégager mais ses pieds aussi sont entravés, pris dans ce qu'il imagine être quelque chose comme des étriers d'accoucheur, et ça lui fait soudain peur. Quand il réalise enfin qu'il est nu et bâillonné par une boule de cuir, il comprend toute l'obscénité de sa position et se débat avec rage.

— Il ne faut pas, pleurniche la voix craintive d'une femme qu'il ne voit pas, tu vas Les fâcher. Et s'Ils se fâchent, Ils vont te battre. Et moi aussi.

Hunter veut tourner la tête vers celle qui parle dans le noir, mais un garrot fixé au banc l'étrangle aussitôt.

— Ça ne sert à rien, reprend la voix, Ils sont les plus forts. Ne Leur résiste pas. Rien ne Leur résiste. Il faut Leur céder, c'est notre seule chance de survie.

Hunter essaye d'oublier la voix pour réfléchir. Comprendre ce qui lui arrive. Ce type chez Alice's à Notchbridge, c'était un flic. Celui du procès. Le père d'une des filles, pas un détraqué sexuel. À l'heure qu'il est, il devrait être ivre de vengeance à lui lacérer les yeux pour le forcer à avouer ce que tous veulent savoir et que lui, justement, ne peut pas leur dire. Ce type n'espère quand même pas le faire craquer en abusant de lui ? C'est un flic, il doit bien se douter de tout ce qu'il a subi comme sévices sexuels pendant ses douze années de prison. Douze ans à se faire défoncer par tous les caïds et les gangs, comme violeur d'abord et comme sang-mêlé ensuite. Qu'est-ce que ce flic espère lui faire endurer de plus qui pourrait briser sa résistance ?

Soudain il devine que la femme s'est rapprochée de lui. Tout contre. Elle le frôle. Puis elle glisse ses mains sur son corps, comme pour le reconnaître. Il a l'idée fugace et incongrue d'une amante aveugle qui se prépare à l'amour. Il sent le téton d'un sein effleurer son genou. Des fesses contre son mollet. Puis il sent qu'elle se glisse entre ses jambes écartelées par les étriers et réalise qu'elle est nue elle aussi. Il comprend alors, à la caresse de ses cheveux entre ses jambes, qu'elle glisse sa tête entre ses cuisses.

— Laisse-toi faire, implore la voix, ne réveille surtout pas Leur colère. Ils le veulent. Je dois le faire pour Eux…

Quand une main prend son sexe et le masturbe, il se débat comme un fou furieux mais les ferrures qui l'entravent le blessent à chaque sursaut. Il enrage en comprenant que l'appareil sur lequel il est harnaché est conçu pour le viol et qu'il ne peut échapper à la bouche qui soudain engloutit sa verge. Hunter n'a plus d'amour-propre depuis longtemps. C'est la première chose qu'on lui a confisquée en prison. Plus de honte, plus d'estime de lui-même, plus de fierté. Plus rien de tout ça depuis toutes ces années dans les pires prisons. L'avilissement avant la mise à mort. Il n'a gardé d'intacte que sa colère et c'est de fureur qu'il se débat contre l'érection qu'il sent venir. Mais la bouche s'applique dans le noir et son sexe se gorge bientôt d'un sang qu'il se crispe à faire refluer. Puis il devine que la femme le libère une seconde, le temps de glisser une capote sur sa verge, et il s'agite pour l'empêcher de s'empaler sur lui. Mais elle ne fait que le reprendre à pleine gorge et l'exciter de la langue et des lèvres. Quand il éjacule, il pleure de rage de ne pas avoir pu résister.

Aussitôt, la fille se relève. Il sent sa main sur son ventre qui le caresse comme on flatte un animal docile. Il s'en mord les lèvres de rage.

— C'est bien. Ils seront contents. Tu as eu raison de ne pas t'opposer à Leur volonté. Ils t'en épargneront peut-être. Espérons-le. Une chose encore…

Cette fois la main glisse de son ventre jusque sur le côté de son sexe qui débande déjà, puis les doigts empoignent les poils de ses testicules et il hurle dans son bâillon quand la femme lui en arrache sauvagement une pleine poignée.

— C'est bon, voilà, c'est terminé, c'est tout ce qu'Ils voulaient…

Soudain la porte du fond s'ouvre sur une silhouette en contre-jour. Pour la première fois, il aperçoit la femme. Petite et un peu ronde, blonde, nue et courbée, elle court vers l'homme et lui remet sans un mot ce qu'elle vient de lui arracher. Puis il la regarde avec stupeur repartir à quatre pattes vers le fond de la pièce et disparaître dans le sol par une trappe qu'elle referme derrière elle.

— La petite gâterie, c'est ton cadeau de bienvenue pour ton retour parmi nous, Hunter.

Et cette voix lui fracasse tout espoir ! Elle l'a hanté pendant douze ans. Les deux ans de procès et les dix ans de prison. Une voix qui lui déchire les entrailles. Pire encore que ses pires nuits de terreur dans les pires cachots des pires prisons !

Chapitre 13

Où le goût du chagrin fait recette

Denise change son pansement toutes les deux heures. Vers six heures du matin, quand elle repart dans une autre chambre sans rien dire, il attend un peu puis se lève, emmitoufle son corps nu dans le dessus-de-lit et la cherche. Il pense qu'elle s'est recouchée, épuisée de l'avoir soigné toute la nuit, mais il la trouve au milieu d'une pièce qui sert de bureau, assise au fond d'un vieux fauteuil au cuir lacéré par des chats invisibles, une fine couverture sur ses jambes repliées sous elle. Elle fume en silence et devine sa présence, mais le laisse entrer sans se retourner. Freeman est sidéré par ce qu'il découvre et qui serre son cœur dans un étau de douleur. Aux quatre murs de la pièce sont punaisées des centaines de photos et de coupures de presse concernant l'affaire dite de Murder Drive. Ce goût cynique des journalistes pour les titres racoleurs et que tout le monde reprend, police comprise. Hunter hagard, menotté, résigné, indifférent. Des hommes cloués aux arbres par un carreau d'arbalète. Des scènes de crime. Le shérif Hackman. Des flics du FBI et de la Scientifique qu'il reconnaît. Des journalistes avides et des badauds voyeurs. Et toutes les disparues. Suzanne Vanderbelt surtout, partout. Joyeuse, souriante, à des anniversaires, à des pique-niques, en randonnée, en voiture, en canoë, enfant, ado, mariée, dans les bras de Denise… Quand son regard croise le sourire de Louise, son cœur trébuche et un sang trop chaud cogne à ses tempes. Un trop-plein de larmes le submerge et étrangle dans sa gorge un sanglot douloureux. C'est la seule photo qu'il a donnée à la police à l'époque. La seule officielle. Toutes les autres, affichées dans ce bureau, ont été volées par la presse et les médias, ou monnayées par des proches, ou vendues par des voisins. Louise regarde l'objectif et pose, resplendissante et heureuse, devant la Camaro rouge qu'ils viennent de lui offrir. Qu'il vient de lui offrir, lui, pas Joyce. Joyce n'était pas d'accord. Un cadeau trop beau pour une ado. Trop dangereux. Tu la pousses à faire des bêtises, disait-elle. On dirait que ça t'amuse. Et quand Louise a disparu, elle a dit : tu vois ? Tu es content maintenant ? Et tout s'était délité de leur amour, de leur bonheur, jusqu'à la mort de Joyce. Jusqu'à ce dernier jour, cette ultime minute avant son dernier souffle, quand elle lui a sifflé en expirant, la tête de l'autre côté pour ne pas le voir, transparente, décharnée, monitorée, qu'elle le méprisait de ne même pas avoir eu le courage de mourir après ce qu'il avait fait à Louise.

Freeman pleure, debout derrière le fauteuil, dans le bureau au milieu des photos, et Denise le devine. Elle prend sa main sans quitter le mur des yeux.

— Elles vivent…

— Dieu t'entende, murmure Freeman.

— Elles vivent. Il le faut. Quelquefois la nuit elle m'appelle dans un cauchemar. Elle est là, tout près, dans la maison. Alors je me lève et je la cherche. Dans le cellier. Dans la cave. Et comme je ne la trouve pas, je reste des heures entières derrière la vitre à scruter la nuit en attendant qu'elle rentre et je rêve qu'elle me regarde dans la nuit, en hurlant des appels silencieux pour me supplier de la sauver…

— Je connais ça, murmure Freeman, mais je me force à espérer qu'elle soit morte, pour ne pas avoir à imaginer toutes ces années de souffrance.

— C'est pour ça que tu as rompu avec les autres parents ?

— Je n'ai jamais été proche d'eux. Le malheur commun n'est pas un lien solide. Dès qu'ils se sont résolus au deuil, je ne me suis plus senti concerné par leur chagrin.

— Pourtant tu es flic…

— Je l'étais.

— … tu l'as été et tu sais bien ce que dit la police : l'espoir diminue quelques heures après un enlèvement, il se perd après quelques jours, alors que veux-tu qu'il en reste après quatorze ans ?

— Dans ce cas, pourquoi gardes-tu tout ça chez toi ?

— Parce que j'ai le sentiment que quelque chose dans tout ça peut me dire où est Suzanne.

Ils restent longtemps à regarder sur le mur tous ces mots racoleurs oubliés depuis longtemps par leurs auteurs. Tous ces instants figés par les flashs de photographes passés à d'autres malheurs.

— Il n'a jamais dit où elles étaient, murmure Freeman. Tu crois vraiment qu'il aurait pu se couper dans une déclaration ou dans une déposition ?

— Pourquoi pas ? Même si ce fou est intelligent, on ne met pas en scène la mort de cinq innocents comme il l'a fait et on ne fait pas disparaître du jour au lendemain cinq femmes sans commettre la moindre erreur. Il a forcément laissé un indice, alors chaque nuit je relis et je regarde tout.

— Depuis douze ans ?

— Depuis douze ans. Depuis le procès. Je peux te réciter de mémoire chacun des articles et te décrire chacune des photos…

— Pourquoi tu n'es jamais venue aux procès, alors, je ne t'y ai jamais vue ? demande-t-il sans reproche.

— Je ne me suis pas sentie capable de soutenir son regard ou d'écouter ses mensonges.

— Je ne t'ai pas reconnue tout à l'heure. Je pensais que tu avais quitté Pilgrim's Rest pour t'éloigner de tout ça.

— Je ne t'ai pas reconnu non plus. Le chagrin t'a détruit autant que moi, à ce que je vois. Tu n'as plus rien du Freeman de ces photos.

Ils regardent ensemble les clichés des jours terribles, puis ceux des jours noirs, et enfin ceux des jours vides. C'est vrai qu'il n'est plus le même. La tristesse a asséché son corps et la haine a creusé son visage. Mais pas chez elle. Maintenant qu'il la regarde, il se dit qu'elle ressemble encore un peu à ce qu'elle était. Il se souvient de quelques rares interviews. La voix est la même. Le visage aussi. Elle a pris du poids et ça se voit, mais elle n'a pas vraiment changé. Seul son regard s'est éteint. Il est aujourd'hui sans fureur. La seule chose morte en elle.

Ils restent encore longtemps en silence, sans bouger, et la fatigue les gagne. Il sent la main de Denise glisser de la sienne. Quand elle se tasse dans le fauteuil, le front plissé par des rêves déjà noirs, il remonte sur elle la couverture et retourne dans sa chambre où le sommeil l'écrase à son tour sous des tonnes de culpabilité.

Quand il se réveille à nouveau, c'est déjà le matin et quelque chose ne va pas. Denise n'a pas changé son pansement et elle ne répond pas non plus quand il l'appelle. Puis il se rend compte que la pièce pulse au rythme à peine visible d'une lueur orangée. Il surpasse la douleur de son corps meurtri, se lève, se traîne jusqu'à la fenêtre et tire le rideau. Sous un soleil de cristal, froid et translucide, les quelques rares habitants de Pilgrim's Rest sont tenus à l'écart du motel par la voiture de patrouille. Tous gyrophares allumés. Derrière la voiture, un ruban jaune et noir de scène de crime isole la chambre 5. Freeman cherche des yeux le shérif et il est là, au beau milieu du parking, la main sur son Colt, dos au motel, face au restaurant, et le regarde comme s'il attendait depuis longtemps qu'enfin il se montre. Freeman passe aussitôt son pantalon et va jusqu'au bureau en se boutonnant. Denise n'est plus dans le fauteuil et la couverture a disparu. Il presse alors le pas et descend dans le café, malgré la douleur. La charge d'émotion qu'il ressent en apercevant Denise lui tasse les épaules. Elle est là, derrière la porte vitrée, à regarder dehors, serrant la couverture sur ses épaules, comme quelqu'un qui se raccroche à n'importe quoi.

— Que se passe-t-il ?

Elle se retourne avec violence et se jette contre lui, le visage en pleurs enfoui contre son torse nu, forçant ses épaules entre ses bras pour le pousser à l'enlacer et à la serrer très fort.

— Il est revenu, parvient-elle à articuler dans un sanglot.

— Qui ça, le rouquin ?

— Non, Hunter. On a trouvé le gamin cloué à un arbre par un carreau d'arbalète et la fille a disparu. Il est revenu, Freeman, il est revenu et il recommence. Ce détraqué est revenu chez nous !

Freeman ne sait pas quoi penser. Il la serre dans ses bras et aperçoit à travers la vitre Hackman qui le regarde encore. Puis le shérif baisse la tête, comme un homme accablé, fait demi-tour et se dirige vers la chambre 5. Freeman pose un baiser sur le front de Denise et lui demande de préparer du café fort pour tous les hommes dehors. Il attrape une parka molletonnée suspendue à un portemanteau près de la porte, l'enfile sur son torse bandé et sort dans le froid sur les traces du shérif. Comme il soulève le ruban jaune et noir, Hackman devine sa présence et ce qu'il s'apprête à faire, et se retourne pour lui faire face.

— Hey, tu restes en dehors de ça !

— Je peux au moins récupérer ma voiture…

— Hors de question. Scène de crime secondaire.

— Scène de crime ?

— Traces de sang dans le coffre. Tu n'étais pas au courant ?

— Non.

— Alors pourquoi tu t'es débarrassé du tapis de sol ?

— Je m'en suis servi pour désembourber la Camaro quand je l'ai récupérée à Deer Fall.

— Et tu l'as abandonné sur place, bien entendu…

— Ça veut dire quoi ?

— Ça veut dire que le rouquin mort conduisait ta Camaro et que je t'ai trouvé dans sa chambre alors que lui et sa copine avaient disparu. Ça suffirait à n'importe quel flic, même à un nègre de Brooklyn, pour t'inscrire dans le top five des suspects.

— Le top five ? Et qui sont les autres ?

— Justement, à part Hunter et toi, j'en ai pas d'autres. Mon top five, c'est vous deux, alors tu te tiens à distance de ma scène de crime et tu ne quittes pas la ville.

— La ville ! s'exclame Freeman en écartant les bras comme pour prendre à témoin la demi-douzaine d'habitants de Pilgrim's Rest.

Puis le froid lui pince soudain les tétons malgré la doudoune et il rebrousse chemin jusqu'au restaurant.

— Café chaud à volonté à l'intérieur, crie-t-il à la cantonade en poussant la porte, mais personne ne le suit.

Denise n'est pas en salle. Il la retrouve en cuisine à émincer mécaniquement des légumes. Poivrons, oignons, ail, tomates et céleri.

— Maque choux ?

Elle confirme de la tête en découpant les poivrons à grands coups de couteau qui claquent sur la planche à découper.

— Hey, hey, doucement ! murmure-t-il en s'approchant d'elle par-derrière.

Il attire son dos contre sa poitrine d'une main et pose l'autre sur son poignet pour retenir le couteau. Elle se laisse aller, les larmes aux yeux.

— C'est les oignons, dit-elle.

— C'est ça, je te crois ! Pas de carrés de bois

dans un bon maque choux, d'accord ? plaisante-t-il en redonnant le bon rythme à la main de Denise.

— Ça va aller, dit-elle en se dégageant gentiment.

— À la bonne heure. Je m'occupe du maïs…

Il a senti le parfum sucré des épis bouillis. Il les trouve dans une marmite, les sort et les égoutte, puis les égraine aux deux tiers dans un grand saladier.

— Le secret du maque choux des bons nègres du Sud comme moi, femme blanche du Nord, c'est ça, tu vois ?

Avec le manche en bois d'un couteau, il écrase à même l'épi le reste des grains et les racle pour en recueillir un lait crémeux qu'il réserve dans un bol.

— Qui a trouvé le rouquin ?

Il décroche une grande sauteuse et y fait fondre du beurre et beaucoup de gras de bacon.

— Ashton Hayes, un braconnier qui vit à trois kilomètres sur la route.

— Vers Notchbridge ?

— Non, de l'autre côté, vers Medlock Pass.

Quand le gras crépite, Freeman jette les légumes durs d'abord, oignons, poivrons et céleri. Un parfum du Sud embaume aussitôt la cuisine dans le grésillement des sucs.

— On est sûr que c'est Hunter ?

— Le gosse était cloué à un tronc par un carreau d'arbalète, les pieds à trente centimètres du sol, la flèche juste sous le sternum pour le tenir suspendu, nu, ses vêtements soigneusement pliés à trois mètres de lui. La deuxième flèche dans le cœur. Exactement comme à l'époque…

Elle s'efforce de maîtriser sa peur et son dégoût, mais son ton haché prend vite le rythme de la lame.

Puis ils restent un long moment à écouter se taire la braisure.

— Comment s'est-il évadé ? Comment ont-ils pu laisser un monstre comme lui leur échapper ?

— Pendant son transfert pour une audition de son nouveau procès.

— Quoi, il était rejugé ? s'indigne-t-elle en se retournant vers lui.

Freeman ne répond pas tout de suite. Il regarde les légumes ramollir dans la chaleur et y ajoute les tomates, les grains de maïs, et un bouquet de thym que Denise avait préparé. Il cherche et trouve des feuilles de laurier.

— *Le touche créole*, dit-il en mauvais français en écarquillant les yeux avant de reprendre son sérieux. Il y a deux ans, Hunter s'est accusé d'un meurtre qu'on avait attribué à Warrick Gordon Beckworth, un autre tueur en série avec qui il a partagé sa cellule avant de rejoindre le couloir de la mort. Un truc encore pire que ce qu'il a fait au rouquin. Sur une femme. Tu ne veux même pas savoir…

— Je croyais que les tueurs en série s'attaquaient toujours au même genre de victimes avec le même genre d'horreurs. Hunter n'a jamais tué de femmes…

Elle se rend aussitôt compte de ce qu'elle vient de dire et ses yeux se mouillent de larmes à nouveau.

— Je veux dire…

— Je sais ce que tu veux dire, et je pense comme toi. Tout le monde a pensé comme toi. Warrick Gordon Beckworth était soupçonné de cinq meurtres, mais n'a été poursuivi et condamné que pour un seul par manque de preuves matérielles dans les autres affaires. On pense qu'il a passé un accord avec Hunter et que ça a marché. Hunter s'est accusé grâce à des indices matériels inédits que lui a fournis Beckworth, et Beckworth a été relâché après un rapide nouveau procès. Je sais même que son avocat a négocié une belle avance sur son indemnité compensatoire. Il est dans la nature avec un beau paquet d'argent. Bouillon de poulet ?

Denise désigne un frigo d'un haussement de tête.

— Crème ? demande-t-il après avoir versé le bouillon dans les légumes.

Denise lui désigne un autre frigo.

— Juive ? s'étonne Freeman.

— Pourquoi ?

— Je croyais que seuls les juifs séparaient le lait du sang…

— Ni juive, ni rien du tout. En colère contre tous ces dieux qui ont permis que ces choses terribles arrivent, pas toi ?

— Je n'en sais rien… avoue Freeman, pensif.

Il ajoute une généreuse louche de crème dans la sauteuse, du poivre de Cayenne concassé, du sel, le lait de maïs et mélange le tout à la spatule en bois en revenant des bords vers l'intérieur.

— Et Hunter, c'était quoi son avantage dans cet arrangement ?

— Personne n'a compris jusqu'à ce qu'il s'évade pendant son transfert. Je suis persuadé que l'accord c'était : tu prends sur toi le crime que j'ai commis pour me faire libérer, et quand je suis dehors, je te fais évader en profitant du procès qui va te sortir de l'isolement du couloir de la mort.

— Tu penses que Beckworth a fait évader Hunter ? s'étonne Denise.

— Je ne sais pas comment il a fait, mais il l'a fait. Pendant une audition préalable, au tribunal, on a retrouvé deux gardes choqués au taser dans la pièce sécurisée où Hunter attendait son avocate. On le voit sur des vidéos ressortir entre deux flics en uniforme qui l'embarquent. Des complices de Beckworth, sûrement. Il avait les moyens de s'en payer. L'avocate, elle, n'est jamais arrivée dans la salle d'audience. On la cherche toujours, mais dans le bureau mis à sa disposition au tribunal pour s'entretenir avec Hunter, on a trouvé un bouquet de mariée dans un vase rempli de sang. C'est une signature inhabituelle, mais ça ressemble quand même beaucoup à celle de Beckworth.

— Pourquoi inhabituelle, comment signait-il ses crimes d'habitude ?

— Tu ne veux pas le savoir, crois-moi. La belle panique que ça a provoqué dans le tribunal a créé la diversion propice à l'évasion de Hunter. J'en suis convaincu.

Denise cache son visage dans ses mains qui tremblent. Freeman l'attire à lui, l'enlace, la serre d'un geste protecteur et pose un baiser dans ses cheveux. Elle se reprend et l'interroge.

— Tu savais qu'il viendrait ici ?

— J'en ai eu l'intuition, alors je suis venu l'attendre…

Il ment et se demande si Denise le devine. Il suit Hunter depuis le jour de son évasion. Depuis la disparition de Louise, il assiste à tous les procès de Hunter. Même pour les audiences à huis clos, il s'est toujours arrangé pour être dans les murs, pas très loin. Tous les avocats et les flics sur l'affaire le connaissent et l'informent, par pitié pour le père brisé, ou pour sa grande dégaine fatiguée de flic black à la dérive. Le jour de l'audience préalable, il traîne dans le hall dans l'espoir d'apercevoir le sang-mêlé. Quand la panique gagne le bâtiment, son instinct lui dit aussitôt que quelque chose se trame. Une panique, des rumeurs de serial killer, de disparition d'avocate, le jour où Hunter est dans les murs, ça ne pouvait pas n'être qu'une coïncidence. Quand il aperçoit Hunter entre deux flics qui le poussent vers une porte dérobée donnant directement sur le parking des transferts, il sort en courant et contourne le bâtiment jusqu'au parking intérieur. Un fourgon avec un homme de la pénitentiaire au volant, une voiture de patrouille vide et une Chevrolet Sedan noire. Son cœur lui injecte aussitôt une surdose d'adrénaline. Il épie les deux flics qui accompagnent Hunter. Quand ils le font monter à bord de la voiture de patrouille, leurs gestes ne sont pas ceux de flics raccompagnant un tueur en série vers le couloir de la mort. Trop prévenants. Il n'observe pas la suite, certain de ce qui se passe. Il court jusqu'à sa voiture et attend que les véhicules sortent du parking. La voiture de patrouille d'abord, la Sedan noire ensuite. Le fourgon ne sort pas. En se glissant prudemment dans le sillage de la Sedan, à travers le portail qui se referme, il aperçoit le chauffeur à l'intérieur du fourgon, affaissé de côté, comme assoupi contre la portière. Mais il a compris que ce pauvre type était bien plus qu'endormi.

Plusieurs fois il manque de les perdre, plusieurs fois il maudit la couleur de sa Camaro rouge, mais il réussit à les suivre sans se faire repérer jusqu'à un entrepôt devant lequel sont garées une autre Sedan du même modèle et une moto. Il suit encore son instinct de flic. La voiture de patrouille entre dans l'entrepôt pendant que la Sedan noire attend à l'extérieur, à côté de l'autre. Deux complices repartent bientôt sur la moto, les faux flics qui se sont changés dans le hangar, de toute évidence. Un troisième homme repart à pied vers une zone industrielle. Le chauffeur de la voiture de patrouille. Puis Hunter sort du bâtiment à son tour. Il se dirige vers la Sedan noire de l'escorte, embrasse chaleureusement le chauffeur à l'intérieur, puis court vers l'autre Sedan en saluant de la main. Les deux voitures repartent en même temps et se séparent au premier carrefour. Après, Freeman n'a eu qu'à suivre Hunter à distance et sa longue filature l'a conduit jusque chez Alice's à Notchbridge où il décide de mettre la main sur lui, certain désormais qu'il retourne à Pilgrim's Rest. Et puis il y a l'épisode du chasse-neige, le restaurant qui brûle, les câbles électriques qui giclent leurs étincelles et le train sur ses freins qui enflamme les rails dans une odeur d'acier brûlé.

— Et merde ! hurle Freeman en se précipitant vers la gazinière. On a laissé brûler le maque choux !

Il jette la gamelle sous un robinet et un panache de vapeur âcre les enveloppe aussitôt. Quand il se dissipe, Hackman est là, qui les regarde.

Chapitre 14

Où l'ordre n'est plus la loi

Hackman pousse la porte, l'arme à la main, et surprend Jaysen qui se masturbe dans le petit salon surchargé de trophées.

— Jaysen, mais qu'est-ce que tu fais ?

Jaysen bondit sur ses pieds et fait face au shérif, le sexe turgescent dans une main et le pantalon retenu de l'autre.

— Mickey, Mickey, c'est vrai qu'il est revenu, hein, dis-moi, c'est vrai ? Tout le monde dit qu'il est là !

— Ouais ! grogne Hackman en rangeant son arme. Mais renfouraille-toi, Jayzy ! Et je t'ai dit de ne jamais venir ici quand je n'y suis pas.

Jaysen remet sans honte son sexe en vrac dans son pantalon maculé de sperme. Il est en panique. Il accroche ses mains souillées au revers de Hackman qui le repousse.

— Mais comment c'est possible, Mickey, comment c'est Dieu possible ? Tu sais bien que ça peut pas être vrai ! Tu le sais !

— Calme-toi, Jayzy, calme-toi, d'accord ? Je sais que c'est impossible, mais c'est vrai. Il est là !

— Merde de merde de merde de merde ! gémit Jaysen en tournant en rond sur lui-même. Et il a vraiment cloué ce type à un arbre ?

— Non, Jayzy, il n'a pas planté le rouquin à cet arbre, rassure-toi.

— Mais c'est ce que tout le monde dit, Mickey !

— Eh bien tout le monde se trompe, Jayzy, parce que c'est moi qui l'ai fait, comme d'habitude.

— Toi ? bredouille Jaysen sidéré. Mais Mickey, on ne fait plus ça depuis douze ans ! On a arrêté, souviens-toi, c'est même toi qui l'as dit, pourquoi tu as recommencé, Mickey, pourquoi ? Oh putain, on va avoir des emmerdes, on va avoir de grosses emmerdes, Mickey !

Hackman saisit Jaysen par les épaules et le force à s'asseoir sur une chaise, face à lui.

— Tu te calmes, Jayzy, d'accord, tu te calmes et tu m'écoutes.

Il se penche sur son demi-frère, prend son visage de demeuré entre ses mains et pose son front contre le sien.

— Jayzy, je l'ai fait parce qu'on va pouvoir recommencer, tu comprends ?

— On va pouvoir recommencer ? bredouille Jaysen incrédule.

— Oui frangin, on va pouvoir recommencer comme avant, toi et moi. On va se débarrasser de tous ces salauds et prendre leurs femmes, tu m'entends ? Ça te plaisait bien quand on le faisait, non ?

— Et comment, Mickey ! Mais là…

— Non, non, Jayzy, il n'y a pas de mais qui

compte. Cet enfant de salaud nous a redonné notre chance en s'évadant, tu comprends ?

— Non, Mickey, gémit Jayzy comme s'il allait s'en prendre une. Non, Mickey, j'y comprends rien !

— Jayzy, regarde-moi, regarde-moi bien ! Hunter s'est évadé, et tout le monde lui mettra sur le dos ce que nous allons pouvoir recommencer à faire, tu piges ? Ils ont déjà gobé une première fois que c'était lui, et il restera le coupable aux yeux de tout le monde, tu peux me croire !

— Alors on va vraiment pouvoir recommencer ?

— Je veux, frangin ! Maintenant que ce bâtard de sang-mêlé est dans la nature, on va pouvoir s'en donner à cœur joie et personne ne viendra nous inquiéter. Ça sera tout pour sa gueule, frangin !

— Mais ça se peut pas, Mickey, ça se peut pas ! Et si cet enfoiré se montre à la télé et dit que c'est pas lui, hein ? Imagine qu'il se tire à l'autre bout du pays avec un alibi en béton ? Si ça se trouve il a tout compris et il est venu ici pour nous tomber dessus et se venger !

— Ouais mon Jayzy, mais c'est là que ton Mickey de grand frère est un génie, comme d'habitude, parce que le Hunter, il ne pointera jamais sa sale gueule de moitié de sauvage nulle part.

— Mais pourquoi il le ferait pas, Mickey ? gémit Jayzy soudain inquiet de ne rien comprendre et d'énerver son demi-frère.

— Parce que c'est moi qui le tiens ! lâche Hackman triomphant.

— Tu le tiens ? Comment ça, tu le tiens ?

— Il est là, Jayzy, juste en dessous, dans notre petite pièce à nous, ficelé à poil sur la chaise.

— Il est là ? Il est vraiment là sur la chaise ? s'excite aussitôt Jayzy en bondissant sur ses pieds. Laisse-moi me le faire, Mickey, laisse-moi descendre défoncer ce métèque, je t'en prie, laisse-moi descendre, Mickey !

Mais Hackman le retient.

— Pas maintenant frangin, sois patient, je te laisserai te le faire, c'est promis, mais là il faut rester prudents quelque temps. Laisse-moi déjà lui mettre la punition du rouquin sur le dos, qu'ils lancent leurs chiens après lui.

— Tu l'as fait ? Tu l'as vraiment fait ? Oh putain frangin, t'es le meilleur Mickey.

— Ouais, Jayzy, j'ai tué le rouquin et j'ai laissé tous les indices qu'il faut pour faire croire que c'est Hunter qui recommence. Dès que la tempête se calme, la Scientifique va débarquer et je te promets que c'est son sperme et ses poils de cul qu'on retrouvera partout dans la chambre 5, et pas les miens !

— Raconte-moi comment tu l'as eu, Mickey, raconte-moi ! s'excite Jaysen les yeux écarquillés.

— C'est le rouquin qui me l'a livré dans le coffre de sa caisse, tout ficelé prêt à embarquer !

— La Camaro ? Mais je croyais que c'était la caisse du négro ?

— Justement, Jayzy, justement. Maintenant il faut que ton grand frère s'occupe du négro, d'accord ?

Ils vont sortir quand Jayzy le retient soudain par la manche.

— Mais alors ça veut dire que la fille…

— Oui, Jayzy, je me suis occupé de la fille aussi, évidemment.

— Whaouu ! Tu l'as eue elle aussi ? Alors elle est là ? Elle est vraiment là ?

— Et comment qu'elle est là, qu'est-ce que tu crois ?

— Et elle va avoir droit à la chaise elle aussi, hein ? Elle, elle va directement sur la chaise, n'est-ce pas ? C'est comme ça qu'on a toujours fait, Mickey, hein ?

— Jayzy, tu crois que c'est le moment ? Rentre chez toi et ne fais pas de conneries.

— Mais toi tu vas où, Mickey, s'inquiète soudain Jayzy, tu vas où ? Pourquoi tu me laisses encore ?

— Jayzy, il faut bien que le shérif Hackman aille récupérer le corps du rouquin.

Chapitre 15

Où la vengeance l'emporte sur le chagrin

— Cet animal s'est sauté la gamine comme un sauvage. Elias dit que le plumard et les murs sont aspergés de sperme et l'oreiller tout brodé de poils de cul.

— Qui est Elias ?

Les trois types suspendent leur geste et leur conversation et dévisagent Freeman. Ils sont rentrés chez Denise s'abriter du froid et sirotent un café surchauffé d'un shot de Moonshine, en surveillant la scène de crime à travers la vitrine. Le ciel s'est à nouveau plombé au-dessus de Pilgrim's Rest.

— C'est quoi ? demande Freeman en désignant leur breuvage sans répéter sa première question.

— Cafésky, dit le premier.

— Café whisky, explique le deuxième.

— C'est polonais, se moque le troisième.

— Les Polonais boivent de la vodka, réplique Freeman sans sourire. Alors, Elias, c'est qui ?

— Le blond avec la parka rouge qui vient par ici, lâche une sorte de bûcheron qui n'a pas peur de lui.

Le plus jeune doit être son fils. Il lui ressemble. Aussi forts l'un que l'autre, genre survivalistes. Le troisième est un vieil échalas tout maigre.

Freeman regarde Elias entrer en grelottant. Les trois partent sans se presser, pour bien montrer qu'ils sortent pour ne pas rester dans la même pièce qu'un nègre.

— C'est toi, Elias ?

— Oui…

— Cafésky ? demande Freeman en lui tendant un des mugs abandonnés par les trois abrutis.

Elias est un grand blond dans la quarantaine. Baraqué.

— Alors, il paraît que c'est un vrai lupanar là-bas ?

— Un quoi ?

— Un bordel. Du foutre partout à ce qu'on dit.

— Du quoi ?

— Du sperme !

— Ah ça oui, le chef m'a fait voir ça à travers ses lunettes et sa lampe fluo. Il y en avait partout.

— Hackman t'a laissé voir ça ?

— Bien sûr, je suis son adjoint, non ? Il y croyait pas tellement il y en avait. N'empêche que la môme a dû se débattre quand même, parce qu'elle lui a arraché une pleine poignée de poils, au sang-mêlé. Mickey dit que ça va être facile de l'identifier avec une couille chauve !

Il part d'un grand éclat de rire qu'il ravale aussitôt en croisant le regard de Freeman.

— Excusez-moi, c'est pas drôle. Je sais pour votre fille…

— Tu ne sais rien, mon garçon, et tu ne peux pas savoir. Qu'a fait Hackman avec tous les indices ?

— Comme à la télé : les poils dans un petit

sachet, les draps dans un grand, le tout de côté pour la Scientifique, si elle arrive un jour.

— C'est pour quand ?

— Pour quand la tempête s'arrêtera et qu'avec le chaos à Notchbridge ils pourront envoyer un engin pour dégager la route. Pas demain la veille.

— Il les a prévenus au moins ?

— Bien sûr. Par radio, parce que le téléphone est nase.

— Il est sûr que c'est Hunter ?

— Il en mettrait sa main à couper, et si quelqu'un peut savoir, c'est bien lui, non ?

— Oui, sûrement, murmure Freeman. Il y avait autre chose ?

— Oui, un peu de sang sur le parquet près de la porte, et des traces de bottes. Mickey a fait des prélèvements et des photos. Il dit que les bottes sont sûrement des Meindl d'après les empreintes, et que le sang est certainement celui de la môme.

— Les Meindl, ce sont bien les bottes que portait Hunter quand il a été arrêté la première fois, non ?

— J'en sais rien, répond Elias en haussant les épaules, j'étais en Irak à l'époque des premiers crimes.

— En Irak ? s'étonne Freeman avec chaleur pour profiter de l'occasion. Moi aussi j'étais là-bas, mais en quatre-vingt-onze. Ma petite fille avait sept ans. Celle que ce fumier a enlevée et que je cherche encore. Elle en aurait trente et un aujourd'hui…

— Je suis désolé monsieur, sincèrement…

— Sois gentil, tu veux, viens boire un verre de temps en temps ici et tiens-moi au courant de l'enquête. Entre soldats, tu comprends, histoire que je puisse lui appliquer deux ou trois trucs qu'on nous a appris là-bas quand on lui aura mis la main dessus, si tu vois ce que je veux dire…

— Je vois très bien, monsieur, et je crois que vous y avez droit…

— Merci mon garçon.

Freeman lui tape sur l'épaule et le laisse au bar pour remonter dans le bureau. Denise est dans l'encadrement de la porte des cuisines.

— C'était quoi ce numéro de bonimenteur ? dit-elle suspicieuse quand il passe à sa hauteur. Je n'ai jamais lu nulle part qu'un parent d'une des disparues avait fait l'Irak.

— Je sais. Juste un petit mensonge pour gagner sa confiance et qu'il me tienne informé du déroulement de l'enquête.

— Pourquoi, tu n'as pas confiance en Hackman ? C'est un sale con, mais c'est un bon flic, tu sais. La vie ne lui a pas fait de cadeaux à lui non plus.

— Ce n'est pas une question de confiance. C'est juste que… Tu montes au bureau avec moi, qu'on parle un peu ?

Sa demande la surprend, mais elle lui fait signe de la tête qu'elle va le rejoindre. Elias vient de ressortir, il n'y a plus de client à l'intérieur. Elle va verrouiller la porte et tourne le panneau.

Sorry, we're closed

Ils parlent plus d'une heure dans le bureau tapissé de leurs cauchemars. De choses et d'autres. D'enfance innocente et de salopard détraqué. De chagrins et de rages. De mort et de peine de mort. Ils se soulagent. Ils déversent leur amertume. Puis Denise dit sa frayeur que tout recommence, et Freeman lui avoue que rien n'est pareil. Que ça ressemble à autre chose. Elle ne comprend pas, et il ne cherche pas à lui expliquer. C'est juste une impression. Un malaise. Un mauvais pressentiment.

— Dans mes pires cauchemars, je la retrouve bâillonnée dans l'armoire de l'autre chambre, murmure Denise, vivante depuis tout ce temps, et dans ses yeux je devine la question qu'elle me pose.

— Pourquoi tu n'es pas venue me sauver, c'est ça ? Moi ce sont les autres qui me posent cette question. Chaque fois que je crois reconnaître Lou dans un mauvais rêve et que ce n'est pas elle, la femme qui se retourne me crache au visage la même question : pourquoi n'allez-vous pas la sauver, au lieu de perdre votre temps à me harceler ? Et moi je reste là, fracassé, parce que je ne sais pas où elle est.

— De toute façon elle est forcément là. Quelque part. Il ne peut pas l'avoir emmenée bien loin.

— Je te comprends, mais c'est un espoir qui ne sert à rien. Mieux vaut qu'elles soient mortes, sinon je n'ose imaginer ce qu'elles endureraient depuis tout ce temps si elles vivaient encore. Je m'y suis résolu depuis longtemps. C'est mieux pour elles. Elles ne souffrent plus.

Freeman ment. Il ne s'est jamais convaincu de rien. Ni de la mort de Lou, ni de sa survie, et c'est ce doute qui l'oxyde de l'intérieur et corrode sa volonté. Il veut juste trouver des mots pour apaiser Denise, sachant pourtant que personne, jamais, ne pourra y parvenir.

— Me convaincre de la mort de Sue serait une douleur supplémentaire que je ne pourrais pas supporter.

— C'est de la vouloir encore vivante qui te rendrait la certitude de sa mort insupportable. Moi j'ai préféré ne plus avoir de peine. Je me contente de ma haine.

— Je ne suis pas sûre de pouvoir en supporter plus s'il est de retour.

— Il ne peut pas nous atteindre plus qu'il ne l'a déjà fait. Aucun autre crime ne pourra nous blesser davantage. Je ne veux pas le tuer pour empêcher ce qu'il pourrait nous faire d'autre. Je veux juste me venger de ce qu'il a fait.

— Il a déjà recommencé…

— …

— Tu n'en es pas convaincu ?

— Je n'en suis pas sûr. La mort du rouquin ressemble à ce qu'il a toujours fait, mais la disparition de la fille ne correspond pas à ses tristes habitudes.

— Mais il est bien là, n'est-ce pas ?

Freeman ne répond pas, puis il demande gentiment à Denise de le laisser et il s'abîme, seul, dans l'observation de chaque photo, de chaque coupure, jusqu'à ce que les larmes lui brûlent les yeux.

Chapitre 16

Où les mensonges de chacun ne trompent personne

La tempête est revenue sur Pilgrim's Rest. Des vents violents et continus courent les combes sur des centaines de kilomètres pour engouffrer dans la cluse de la neige en rafales. Malgré la colère qui le brûle et la bise qui cingle son visage, Hackman reste insensible aux bourrasques qui poncent ses joues. Déjà on ne discerne qu'à peine la silhouette du Double Seven derrière lui, engoncé dans la neige épaisse. Mais c'est au Denise's qu'il va, furieux, le fusil à la main. Quand il tire dans la serrure, la porte vitrée explose comme un pare-brise sous un parpaing. L'air glacé s'engouffre aussitôt dans le restaurant derrière lui. Freeman débarque aussi vite qu'il le peut au bas de l'escalier.

— Bouge pas ! hurle Hackman en le braquant de son fusil à pompe. Bouge pas, ne me donne pas ce plaisir !

Freeman se fige aussitôt contre le mur. Il a depuis longtemps appris à reconnaître les colères dangereuses.

Hackman est prêt à le descendre au premier mouvement. Il abattrait même Denise si elle apparaissait au bas de l'escalier.

— Ne te montre pas, Denise, c'est Hackman, et il est armé.

— Moi aussi, répond-elle.

Elle prend Hackman par surprise en sortant par une porte de côté, la même arme que lui à la main.

— Tu es mieux placé que quiconque pour savoir que je sais m'en servir, Mickey.

— C'est moi le shérif ici, réplique-t-il encore très nerveux, lâche cette arme.

— Tu n'es que l'abruti qui vient de pulvériser ma porte à coups de fusil, et je ne baisserai mon arme que quand tu auras baissé la tienne.

— Je viens arrêter ce type.

— Pourquoi ?

— Ce fumier a essayé de soudoyer Elias pour court-circuiter mon enquête. Qu'est-ce que tu croyais : qu'un bon soldat américain allait trahir son shérif pour un mensonge de nègre ?

— Quel mensonge ? s'inquiète Denise.

— Ce moricaud a prétendu avoir servi le drapeau en Irak alors qu'il n'a jamais enfilé un uniforme !

— Et alors ? C'est une raison pour descendre ma vitrine ?

— C'est une raison pour lui faire cracher ce qu'il est vraiment venu faire ici ! aboie Hackman.

Freeman sent que le calme de Denise érode la détermination du shérif et qu'il peut tenter de reprendre la main.

— Vous savez très bien ce que je suis venu faire ici. Mettre la main sur Hunter, et vous savez pourquoi.

— En soudoyant mon adjoint dans mon dos ?

— Je voulais juste être tenu au courant. Je connais Hunter par cœur, mais cette fois il y a certains détails qui me troublent.

— Ah oui ? Quoi par exemple ?

— On n'a jamais pu établir que Hunter ait violé une seule de ses victimes jusqu'à présent, et les tueurs en série changent rarement de mode opératoire. Alors pourquoi aurait-il si ostensiblement violé la gamine du motel ?

— Peut-être que la taule lui a mis une bite à la place du cerveau. Douze ans de privation sexuelle à rattraper, ça peut lui donner quelques pulsions sauvages trois jours à peine après son évasion, tu ne crois pas, grand flic noir ?

— Et il la viole dans les draps, il se met au lit ? Vous pensez vraiment qu'il a aussi enfilé des pantoufles et une robe de chambre avant de lui sauter dessus ?

— Qu'est-ce que j'en sais moi, va savoir les fantasmes d'un taulard. Et puis il ne l'a peut-être pas violée, la môme. Il peut juste l'avoir séduite et baisée avant de la faire disparaître. Tout ce que je sais, c'est qu'il y a son sperme et ses poils partout dans la piaule.

— Ça, on ne saura si ce sont les siens que quand la Scientifique les aura examinés.

— Ce sont les siens, ma main à couper !

— Dans ce cas, pourquoi aurait-il pris le risque de revenir à Pilgrim's Rest ?

— Pour reprendre comme avant, là où on l'a interrompu. Ça ne devrait pas être si compliqué à comprendre, non, même pour un nègre !

— Sauf que si c'est pour reprendre comme avant, pourquoi changer de méthode et violer la fille alors ? Pourquoi laisser ses poils et son foutre ?

— Je savais bien que les noirs n'avaient pas le cerveau comme nous. Ce type est revenu ici et a violé la fille en laissant des indices partout pour nous dire je suis revenu, bande de connards, c'est bien moi, et je vous emmerde tous. Voilà ce que tout ça veut dire !

Freeman doit se rendre à l'évidence, les arguments de Hackman ont du sens. Peut-être bien que Hunter est revenu les narguer, même si quelque chose le dérange encore dans ce scénario. Pourquoi tuer le rouquin dans une mise en scène respectant à la lettre tous les tics et les tocs de ses crimes d'il y a quinze ans, et changer tout son mode opératoire pour l'enlèvement de la fille ? Jamais il n'avait laissé de trace. Ni sang, ni sperme, ni ADN, ni empreinte de bottes. Sa vraie signature, c'était moins le carreau d'arbalète qui clouait ses victimes à un tronc d'arbre que la disparition complète, inexpliquée et définitive des femmes qui les accompagnaient.

— Bon, tu baisses ton arme ou on fait un carton, suggère Denise.

— Pas avant que ce marron ne te dise la vérité.

— La vérité sur quoi ? demande Freeman.

— La vérité sur qui a amené Hunter jusqu'ici…

Denise tourne un regard soudain inquiet vers Freeman.

— Qu'est-ce qu'il insinue ?

— Je n'en sais rien, ment le noir.

— Tu avais Hunter dans le coffre de ta Camaro. C'est comme ça qu'il est arrivé ici !

— Je vous rappelle que le rouquin m'a flingué à

Deer Fall pour me piquer ma caisse, vous vous en souvenez ?

— Et alors, il a hérité du paquet que tu trimballais et ça lui a coûté la vie !

— Freeman, il dit vrai ? s'alarme Denise.

— Il voudrait bien que ça soit vrai, rien que pour avoir le plaisir de flinguer un nègre, ce gros cul-terreux de nuque rouge…

Hackman fait claquer le piston de son fusil pour l'armer.

— Mais si ton shérif est sûr que j'avais Hunter dans le coffre de ma Camaro, même si c'est le gamin qui l'a ramené jusqu'au motel, et s'il est certain de l'y avoir vu, alors demande-lui une chose, juste une chose : pourquoi il ne l'a pas allongé dans la neige avec les menottes dans le dos comme il voulait le faire avec moi ? Et comment se fait-il que Hunter ne soit pas son prisonnier à l'heure qu'il est ? Hein, demande-lui donc ça à ton shérif.

— Mickey ? interroge Denise en pointant son arme sur Hackman.

Le shérif regarde Freeman droit dans les yeux et chacun des deux sait exactement à quoi s'en tenir. Hackman se dit que Freeman a peut-être bien trimballé Hunter dans son coffre avant de se le faire piquer par le rouquin. Freeman se dit que Hackman a peut-être bien aperçu le corps de Hunter dans le coffre de la Camaro à un moment ou à un autre. Et les deux décident de se contenter du doute.

— J'ai pas de temps à perdre avec un vieux flic noir à la ramasse, conclut Hackman avant de baisser son arme. Dès que la tempête se calme, tu dégages, et en attendant tu restes hors de mon enquête. Désolé pour la porte, Denise, j'envoie quelqu'un pour te mettre une planche.

— Pas la peine patron, se moque Freeman en courbant l'échine, Oncle Tom s'en charge.

— Connard ! lâche Hackman en sortant dans la tempête.

Denise pose son fusil à portée de main et dit à Freeman où trouver du bois dans une remise derrière le restaurant pour obstruer la porte. Pendant qu'il y travaille, elle reste près de lui, assise sur une chaise, à le regarder. Il sent son regard planté dans sa nuque et se dit que c'est l'homme qu'elle regarde en lui. Ni le flic, ni le vengeur. Juste l'homme, et ça le flatte. Un peu.

— Tu sais ce qu'ils ont fait du corps du rouquin ?

— Ashton l'a laissé sur place. Le pauvre gosse était déjà bien mort et bien gelé quand il l'a trouvé. Mais j'ai entendu dire que Hackman et Elias partent le récupérer en Ski-Doo. Mickey a peur que les loups se le disputent.

— À part toi, personne n'a de chambre froide ici, je suppose.

— Regarde autour de toi, la montagne entière est une morgue en hiver, si c'est ce que tu veux savoir. Mickey va laisser le corps se congeler dans un plastique quelque part du côté de chez lui, dehors, à l'abri des bêtes, en attendant la Scientifique.

— À propos, la Yamaha Wide Track que j'ai vue dans l'entrepôt en cherchant du bois, je peux te l'emprunter à l'occasion ?

— Les clés sont sur l'établi, à côté de la fraiseuse. J'espère que tu pilotes ces engins un peu mieux que les chasse-neige…

Il se retourne et la regarde, étonné, mais elle a repris son fusil et remonte déjà à l'étage.

— Faudrait voir à ne pas nous prendre rien que pour des bouseux arriérés, monsieur le flic de la ville, lance-t-elle depuis l'escalier.

— La dernière Yamaha que j'ai pilotée, c'était une 850 cm^3 MT-09 Street Rally pour courser un dealer sur Flatbush Avenue.

— Et ?

— Et j'avoue qu'elle m'a un peu échappé sur le Gil Hodges Memorial Bridge.

— Et ?

— Et le dealer y a laissé la vie et moi un fémur-tibia-péroné.

— Tu rayes ma Wide Track et tu y laisses la même chose, plus ce que tu as entre les fémurs.

— Et le vieux Colt Commander que j'ai vu dans le tiroir de la commode, dans ta chambre ?

— Tu as fouillé ma chambre ?

— Je l'ai inspectée. Vieille habitude de flic. Alors, ce Colt ?

— Il reste avec moi. Moins les hommes ont d'armes dans les mains, moins ils font de conneries.

Alors il sort, mais sans lui dire qu'il l'a déjà dans sa poche.

Chapitre 17

Où le désespoir annihile toute révolte

Thelma se réveille en panique de son cauchemar et se redresse dans un mauvais lit. Quatre femmes sont penchées au-dessus d'elle. Nues.

— Qu'est-ce qu'Ils lui trouvent de plus que nous ?

— Quelque chose qui Les a poussés à recommencer après toutes ces années.

— C'est pourtant évident, vous ne voyez pas qu'elle est plus jeune, non ?

— Tu crois qu'Ils l'ont choisie pour ça, parce que nos corps ont vieilli ?

— Qu'est-ce que tu crois ? Regarde-moi comment elle est fichue avec ses jolis petits tétons.

La femme tend une main vers les seins de Thelma qui réalise alors qu'elle est aussi nue que les autres. Elle arrache aussitôt la couverture sur laquelle elle est assise et s'en couvre la poitrine en cherchant des yeux ses vêtements.

— Je vous préviens, la première qui s'approche…

Une des femmes lui arrache la couverture et Thelma lui bondit au visage pour lui arracher les yeux. Deux des autres femmes la plaquent au sol avant qu'elle ne défigure la première. Thelma hurle de rage et se débat mais leurs mains la bâillonnent.

— Doucement, intervient la quatrième. Je ne crois pas qu'Ils apprécieraient que nous Leur abîmions Leur nouvelle proie. Laquelle d'entre vous veut finir sur la chaise jeudi soir ? Laissez-la, il faut lui expliquer.

Les deux femmes relâchent leur prise et Thelma se libère pour fuir aussitôt à l'autre bout de la pièce. Une fois au mur, elle se retourne pour leur faire face. La pièce est une sorte de dortoir dans ce qui a dû être un bowling à une autre époque. Aucune fenêtre. De vieilles publicités de bières et de Coca-Cola un peu partout. Six lits métalliques dispersés dans un désordre de salle abandonnée. Trois pistes en bois, les mécanismes à quilles murés au fond derrière une paroi de briques jointées. L'accueil et les casiers à chaussures transformés en buanderie, avec quelques produits d'hygiène et de maquillage. Face aux pistes, les lounges pour joueurs sont devenus des coins repas et une sorte de mini-salon. C'est comme une prison habitée par la force des choses. Thelma regarde les quatre femmes qui l'observent, nues et sans honte. Trois blanches et une noire.

— Quelqu'un m'explique, ou je casse tout…

— On t'aura cassé la gueule bien avant, pauvre conne, personne n'a envie de finir sur la chaise à cause de toi.

— Sur la chaise, quelle chaise ?

— Quand tu le sauras il sera trop tard pour toi, imbécile.

— Ferme-la, Cynthia, comment veux-tu qu'elle comprenne si personne ne lui explique !

— On n'a qu'à la laisser faire son cirque, et quand Ils l'appelleront, elle comprendra vite.

— Qui ça, « ils » ? Mais de qui parlez-vous, bande de fêlées ?

— On ne prononce jamais Leur nom. Jamais. C'est la première règle. Le reste est assez simple. Ils t'ont choisie et désormais tu es Leur chose. Tu Leur appartiens, comme nous. Ils font de toi ce qu'Ils veulent. Ils te baisent, Ils te frappent, Ils te tuent…

— Quoi ? Mais vous êtes cinglées ! Si vous croyez que je vais accepter ça !

— Crois-moi, les punitions qu'Ils t'infligeront te feront vite changer d'avis. De toute façon, dehors, tu n'existes plus pour personne.

— Que tu crois ! Moi dehors j'ai mon mec, et il est plutôt du genre teigneux le Marty. Sûr qu'il va me chercher partout et quand il cherche, il finit toujours par trouver.

— Eh bien cette fois il a trouvé les emmerdes sans même avoir eu à les chercher. Si tu es ici, pauvre idiote, c'est qu'Ils ont déjà tué ton mec. Tu as disparu, on te dit, t'es rayée du monde, pauvre cruche. T'es comme nous, faut t'y faire.

— Qu'est-ce que ça veut dire ? demande Thelma, la voix soudain éraillée d'un grain de panique. Vous êtes dans ce trou depuis combien de temps ?

— Je suis la plus ancienne, dit une petite femme blonde un peu ronde. Je m'appelle Lydia et je crois bien que ça va faire seize ans qu'Ils s'occupent de moi.

Thelma reçoit ce chiffre comme un coup de masse. Son cœur perd l'équilibre et ses jambes la trahissent.

La femme noire se précipite pour la retenir et l'aide à s'asseoir sur le sofa en demi-lune d'un des lounges.

— Je sais, c'est dur à encaisser, mais c'est vrai. Moi je suis Sofia. Ils me séquestrent depuis cinq mille soixante et onze jours aujourd'hui. Cynthia est ici depuis treize ans, un mois et quatre jours. J'ai compté.

— Moi je suis Kathia, dit la dernière femme en s'approchant d'elle, et je ne sais pas exactement depuis combien de temps je suis ici. Lydia et Tania étaient déjà là quand Ils m'ont enfermée, et j'ai vu arriver Sofia. Je dois être là depuis une quinzaine d'années…

Thelma est sonnée. Elle cherche des yeux la dernière femme.

— Tania n'est plus là. Elle a disparu. C'était la plus fragile. Je pense qu'Ils s'en sont séparé quand elle est tombée malade.

— Ils te donnent tout, mais tu ne dois jamais être malade quand Ils t'appellent, explique Lydia d'une voix convaincue.

— Ils ne nous donnent rien, pauvre conne, Ils nous ont tout pris. Nos mecs, nos familles, nos vies, nos fiertés, nos culs. Tout ! Alors lâche-nous avec ton syndrome de Stockton.

— Stockholm…

— Stockton, Stockholm, quelle importance ?

— Stockton est en Californie et Stockholm en…

— Mais qu'est-ce qu'on en a à foutre d'où se trouve Stockholm ! Elle est enterrée dans ce trou depuis seize ans et cette demeurée a fini par croire que c'est parce qu'Ils l'aiment !

— Ne parle pas d'Eux comme ça ! hurle la petite femme ronde dans une colère obscène.

Thelma encaisse, hébétée, et se tasse sur elle-même,

sans plus aucune pudeur pour sa nudité. Le désarroi la submerge soudain et elle pleure, les épaules secouées de violents sanglots qui l'étouffent et la forcent à reprendre son souffle à grandes suffocations. Sofia s'assied contre elle et la prend dans ses bras.

— Vas-y, pleure tout ton saoul ma belle, tu n'auras jamais assez de sang pour pleurer tout ce qui t'attend, ma pauvre Amalia.

— Amalia ? Mais je ne m'appelle pas Amalia, je m'appelle Thelma, moi, hoquette la jeune femme, un soupçon d'espoir dans la voix, comme s'il pouvait encore s'agir d'une erreur sur la personne et qu'on allait la laisser repartir.

— Plus maintenant, explique Sofia en caressant son visage défait par l'incrédulité. Oublie au plus vite qui tu étais et deviens Leur chose sans faire d'histoires. Tu portes le nom qu'Ils t'ont choisi maintenant. Tu réponds à ce prénom, tu Leur obéis toujours, tu ne Leur adresses jamais la parole sans qu'Ils le demandent, tu ne regardes jamais Leur visage, et tu seras punie le moins souvent possible.

Soudain Thelma tremble d'un brusque frisson qui lui serre les épaules.

— Je peux récupérer mes vêtements ?

— Non. Nous vivons nues. C'est une de Leurs règles. Tu peux te couvrir de ta couverture si tu as froid ici, mais dès qu'Ils t'appellent tu y vas nue, sinon c'est la punition.

— C'est lui qui m'a déshabillée ?

— Non, dit Sofia en la forçant à s'allonger sur la banquette, c'est moi. Celui qui t'a amené ici m'a demandé de le faire. Il est revenu prendre tes vêtements plus tard pour les brûler, comme Ils ont fait avec les nôtres.

Elle se penche alors sur elle, comme pour la border dans sa couverture, et en profite pour murmurer à son oreille.

— Mais j'ai gardé l'arme que tu avais glissée dans ta ceinture, sous ton sweat. Surtout ne le dis pas aux autres…

Sofia lui adresse un clin d'œil et devine dans son regard un maigre regain d'espoir.

Chapitre 18

Où la mort guette là où elle a déjà frappé

Il a éteint le restaurant et attendu de voir Hackman et Elias revenir en tirant le corps du rouquin dans une civière derrière leur Ski-Doo. Il s'est caché pour qu'ils ne l'aperçoivent pas. Quand, à travers les rideaux de neige, il les devine portant le corps jusque derrière les appartements de Hackman, au-delà du second bâtiment du Double Seven, il se glisse dans l'entrepôt et démarre la Yamaha. Sans allumer les phares. Les feux arrière soigneusement gaffés à l'adhésif noir.

L'appentis ouvre à l'arrière du Denise's et il en sort discrètement, attendant avant de démarrer que les bourrasques plaquent sur le carénage noir une couche de neige blanche et collante. Puis il glisse au ralenti dans la direction de Medlock Pass et aussitôt des vents contrariés chahutent les flocons qui s'affolent et changent de direction comme des bancs de poissons fantomatiques et paniqués. Plusieurs fois des illusions d'optique chavirent son équilibre et il manque de verser dans des ornières ou des fossés avant de trouver la route de Medlock Pass. Comme il s'y attendait, il repère bientôt les traces du Ski-Doo de Hackman qu'il n'a plus qu'à remonter dans la tempête. Mais il entre dans la forêt comme on pénètre un monde hostile. Des paquets de neige plus gros que son engin tombent des arbres et s'affaissent dans des bruits mats. Les branches craquent et se cassent net. Des congères vicieuses s'ourlent, que des courants d'air affûtés liment et polissent. Des nappes de neige rampent au sol comme des fumées de brumes affolées, dans des vents soudains qui poncent et effacent petit à petit les traces qu'il suit. Le froid lui raidit la nuque et raye ses yeux. Il n'a pas pris de lunettes. Mauvais réflexe. Ses cils et ses sourcils ont déjà gelé. Maintenant les traces disparaissent et il n'a déjà plus aucun repère. Sa machine s'alourdit d'une neige compacte qui colle aux chenilles. La peur l'étreint à s'imaginer mourir de froid dans ce trou perdu habité de zombies sans avoir eu le temps et la force de venger Louise. Il va se résigner à rebrousser chemin quand la motoneige se prend soudain dans quelque chose qui lui claque au visage. Le ruban jaune et noir qui délimite la zone de crime. Il se laisse surprendre et plante son engin dans un monticule de neige, mais descend aussitôt de sa machine et court vers les arbres à l'intérieur du périmètre. C'est pire qu'il pensait. Le blizzard a engoncé le tronc des sapins dans une gangue de neige de plusieurs centimètres. Il s'arc-boute contre la tempête et tente de repérer l'arbre où a été cloué le rouquin. Il n'a emporté pour seul outil qu'un long tournevis et s'en sert comme d'un pic pour casser la glace puis gratter l'écorce à la recherche de l'impact. Il a en tête la petite taille du rouquin et les trente centimètres sous ses pieds pour situer à peu près la hauteur de l'impact du carreau. Vingt fois il est sur le point d'abandonner, quand soudain il met à jour la marque dans le tronc. Il dégage aussitôt la neige avec ses moufles et enfonce la tige du tournevis dans le trou. Le manche dépasse vers le haut.

— Bingo ! essaye d'articuler Freeman entre ses lèvres durcies par le froid.

Le rouquin mesurait environ un mètre soixante-dix et son sternum devait se trouver à un mètre trente environ. Plus les trente centimètres qu'on l'a probablement forcé à sauter, ça fait dans les un mètre soixante. Or lors de son arrestation les journalistes avaient comparé Hunter à Dustin Hoffman dans sa période *Little Big Man*. Un mètre soixante-sept maximum. Le tir aurait dû atteindre le rouquin dans une trajectoire légèrement ascendante. Bien sûr il ne peut rien en conclure de définitif, mais son intuition se confirme selon laquelle Hunter n'est peut-être pas le tueur du rouquin. Rien n'explique en effet que Marty ait été atteint de haut en bas, sinon que le tireur mesure au moins un mètre quatre-vingts. Pourtant Hunter est bien dans les parages et la mise en scène, au moins pour le rouquin, respecte celle de ses crimes d'avant.

Freeman essaye de réfléchir, mais le froid glacial a raison de sa volonté. Comme il se retourne pour récupérer sa Wide Track, il entend craquer une branche et devine un paquet de poudreuse qui s'effondre du haut d'un sapin. Droit sur l'homme qui l'épie à travers les arbres.

— Hunter !

Il se jette de côté par réflexe et sort le Colt de sa poche. Trois balles pour forcer l'homme à rester dans l'axe du tronc qui le protège, le temps de courir sur la droite pour le prendre de côté. Il devine le mouvement plus qu'il n'aperçoit la silhouette et fait feu encore deux fois dans sa direction. À travers la tourmente, il pense l'avoir touché au bras ou à l'épaule. Il garde les quatre dernières balles du chargeur pour une progression agressive, mais quand il atteint l'arbre qu'il garde en ligne de mire, des traces indiquent que l'homme a fui. Et c'est maintenant que les choses deviennent dangereuses pour lui. Hunter peut être tapi là, caché quelque part dans la neige, à l'attendre en terrain de connaissance.

Freeman décide de suivre les traces sur une courte distance et aperçoit la première goutte de sang dix mètres plus loin. Il a bien touché son agresseur. L'homme doit être bien couvert et le sang a mis du temps à imbiber son vêtement avant de souiller la neige. Il observe encore les traces qui s'enfoncent dans la forêt, presque en ligne droite. Nettes et profondes, espacées. Elles trahissent les pas résolus d'un homme fort qui ne traîne pas des pieds dans la neige. Si c'est bien Hunter, alors il l'a manqué, s'est découvert, a reçu une branche ou un paquet de neige sur les épaules, et une balle de 22 mm quelque part. Et maintenant il a un black armé et très en colère à ses trousses. S'il était cet homme, Freeman fuirait le plus vite et le plus loin possible de lui-même. Confiant dans son raisonnement, Freeman revient prudemment sur ses pas jusqu'à la Yamaha, mais plus il y pense, plus la silhouette qu'il a devinée lui semble plus forte et plus grande que celle de Hunter. Il commence à douter. Peut-être a-t-il tiré sur un simple chasseur. Ou un braconnier. Et que si l'homme a fui, c'est tout simplement parce que lui, Freeman, lui a tiré dessus sans sommation.

Il regrette déjà son geste, et les complications avec Hackman s'il a blessé quelqu'un du village. Mais il se dit que le plus dur reste à faire encore : retrouver la route jusqu'à Pilgrim's Rest. Il pense y être parvenu et s'apprête à prendre un peu de vitesse quand dans un flot de flocons devant lui, au beau milieu de la piste, surgissent deux silhouettes.

Chapitre 19

Où le mensonge déchaîne la vengeance

— Ils n'ont vraiment pas les neurones faits comme nous, lâche le shérif.

— À mon avis ils n'en ont même pas ! répond Elias.

Ils sont debout au milieu de la piste, à cent mètres à peine de l'entrée de Pilgrim's Rest, et font barrage. Freeman arrête sa Wide Track à une dizaine de mètres d'eux.

— Peut-être qu'ils sont noirs parce que tout a grillé à l'intérieur, va savoir ?

— Un court-circuit ou quelque chose dans le genre. Faut bien que quelque chose déconne chez eux pour qu'ils soient incapables de comprendre des choses aussi simples que : barre-toi. Fous le camp. Dégage. C'est pas compliqué pourtant !

Freeman les regarde et se dit qu'il n'est vraiment pas en état d'encaisser une autre baston. Ses côtes le font encore souffrir et le froid l'engourdit.

— C'est quoi le problème, shérif ?

— Le problème c'est toi, négro, répond Elias à la place de Hackman.

— Qu'est-ce que j'ai encore fait ?

— Disons que c'est plutôt ce que tu n'as pas fait…

— Comme quoi ?

— Comme l'Irak par exemple, intervient Hackman, Elias est très pointilleux là-dessus, rapport à ses copains morts au combat, je suppose.

— J'aime pas les planqués, reprend Elias. Et encore moins les planqués qui se la ramènent en se faisant passer pour des soldats.

— Au temps pour moi, ce n'était pas très malin, je te l'accorde, admet Freeman. J'essayais juste de gagner ta confiance pour que tu me tiennes au courant de l'enquête.

— Tu veux dire que tu m'as menti pour me pousser à trahir le shérif ?

— Je reconnais que c'est un peu ça, avoue Freeman qui veut désamorcer ce qui s'annonce, et je le regrette.

— Non, tu ne regrettes rien. Tu VAS le regretter. Tout comme tu vas regretter de ne pas avoir obéi au shérif et de ne pas avoir déguerpi d'ici pendant qu'il en était encore temps.

— C'est bon, mais j'ai compris maintenant, je me tire.

— Trop tard, fallait partir avant. Maintenant, c'est l'heure de la punition, répond Hackman en adressant un signe du menton à Elias.

Freeman est prêt à risquer le tout pour le tout. Il reste quand même une chance pour que ces imbéciles ne le soient pas assez pour faire un carton sur lui. Mais comme il enclenche l'embrayage, Hackman actionne la culasse de son fusil à pompe et le met en joue.

— Un même pas soldat, pas étonnant que tu veuilles

fuir le combat. Mais menteur et lâche, j'ai peur que ce soit double peine pour toi, marron.

Elias est un athlète. Une tête de plus et trente ans de moins. Il pose son fusil contre un arbre, serre les poings dans ses moufles, et s'avance vers Freeman qui descend de la motoneige.

— Hey, doucement, Elias, tu vois bien que je ne suis pas de taille. Les blacks n'ont pas tous les gènes de Mohamed Ali ou de Joe Frazier tu sais…

Il ne voit même pas venir le premier crochet qui le cueille au menton et l'envoie se casser le dos sur le guidon de la Yamaha.

— Alors disons que celui-là, c'est pour ce renégat de Clay, siffle Elias. Et celui-là pour Foreman.

Le deuxième coup le frappe à l'estomac et la bile gicle dans sa gorge et le suffoque. Il se redresse pour aspirer de l'air comme une carpe hors de l'eau, prend un Joe Louis direct en plein front et part à la renverse. Elias prend tout son temps et Freeman comprend que c'est pour mieux le massacrer. À chaque nouveau coup, il lui balance aussi le nom d'un boxeur noir. Il est sonné debout quand il tombe dans la neige pour la sixième fois et aperçoit de travers Hackman qui s'éloigne.

— Quand tu en auras fini avec lui, renverse la Yamaha sur lui. Ces types de la ville, ça ne sait vraiment pas piloter des motoneiges.

Il veut interpeller Hackman qui s'en va et se relève en s'adossant à un arbre. Un Tyson le recasse en deux à nouveau et comme il pivote sous le choc, Elias le foudroie d'une terrible Holyfield au foie. La première douleur le fige à moitié, bouche bée, recroquevillé sur lui-même, puis la seconde irradie tout son corps et il perd connaissance un court instant. Quand il reprend ses esprits, il réalise qu'il se cramponne machinalement à la Yamaha pour se relever au lieu de rester au sol, et il maudit ses réflexes de vieux flic obstiné qui lui valent deux Sugar en pleine tête. Un Robinson côté droit, et un Leonard côté gauche. Cette fois il tombe en arrière, les bras en croix dans la neige, sur un dernier Mayweather en pleine face. Sonné pour le compte.

Elias le regarde, déçu, puis va chercher la Yamaha qu'il glisse jusqu'au corps inanimé de Freeman. Il s'accroupit pour la saisir par en dessous, s'arc-boute, et la fait basculer sur le noir. Mais quand il se redresse, il remarque à travers les lèvres éclatées de Freeman que son souffle gargouille de petites bulles dans son sang et sa salive. Il se penche pour s'en assurer, puis va récupérer son fusil et revient se planter juste au-dessus du corps inanimé de Freeman.

— J'allais oublier. Celui-là, c'est un spécial Jack Johnson.

Il prend son arme par le canon et la brandit au-dessus de sa tête, mais quand il veut l'abattre pour fracasser le crâne de Freeman, le fusil reste comme planté dans le ciel en béton.

— Et ça blondinet, c'est pour Jeffries et Burns !

Elias se retourne et se cogne contre un géant qui lui arrache le fusil des mains, l'assomme d'un coup de tête, et le retient par la gorge pour le repousser jusque dans la forêt.

— Grand comme tu es, toi, tu n'auras même pas besoin de sauter !

Chapitre 20

Où l'espoir sonne dans le vide

Thelma, à genoux devant la porte, glisse une des deux épingles à cheveux dans le canon de la serrure pour écarter le mécanisme. Ses mains tremblent. Elle jure et panique à chaque échec. Elle fouille à l'aveugle les entrailles du barillet et s'énerve. Après un imperceptible déclic, elle glisse l'autre tige plus profond et la tourne sur elle-même. Mais son geste est trop brusque et sa clé de fortune lui échappe. Sofia la ramasse et la lui redonne.

— Je t'en prie, Sofia, ne la laisse pas faire, Ils vont nous tuer pour ça !

Les trois autres femmes sont accroupies à l'autre bout du bowling, les yeux écarquillés par la peur. Sofia a l'arme de Thelma braquée sur elles.

— C'est la seule qui sache faire ça. Si vous nous en empêchez, c'est moi qui vous tue. C'est la première fois en près de quatorze ans que j'ai une chance de Leur échapper. Je ne vais pas laisser passer ça.

— Ils vont nous tuer ! implore Cynthia.

— Ils nous tueront toutes un jour ou l'autre de toute façon, comme Ils l'ont fait pour Tania, alors autant tenter notre chance aujourd'hui.

— Mais tu sais bien qu'Ils voient tout. Ils nous épient avec les caméras, regarde, là, et là, partout. Ils vous laissent faire parce qu'Ils s'amusent avec vous. Ils vous laissent les défier pour mieux pouvoir nous punir, toutes !

Soudain elles s'énervent, se lèvent, et gesticulent en s'adressant aux caméras.

— Nous on ne veut pas, on ne fait rien, on ne veut pas partir, ne nous punissez pas, ne nous punissez pas !

Sofia tient l'arme à deux mains et la brandit sur chacune des trois femmes à tour de rôle. Sans les quitter des yeux, elle s'adresse à Thelma qui tente toujours de forcer la serrure dans son dos.

— Tu es sûre de toi ?

— Oui, je suis sûre de moi. Tu ne vas pas me le redemander toutes les deux secondes, non ? Ces caméras, c'est rien que de la frime. Du matos de Mathusalem. Juste bon pour enregistrer des cassettes à visionner en fin de journée. On n'en trouve même plus chez les Pakistanais des comme ça !

— Les fumiers ! jure Sofia entre ses dents serrées par la rage. Toutes ces années à nous faire croire qu'ils nous surveillaient vingt-quatre heures sur vingt-quatre.

— Marty dit toujours qu'il n'y a pas meilleur taulard que celui qui croit son taulier. Mais tu es où, Marty ? Viens m'aider mec, j'ai besoin de toi. Et j'ai besoin d'une dose !

— Oublie Marty. Il est mort à l'heure qu'il est.

— Hey, tu peux pas la fermer ? Tu crois que ça m'aide à me concentrer ce genre de réflexion ?

Je vous préviens, dès que j'ai ouvert cette porte je me casse et je vous oublie.

— Oui, ben il n'y a rien de moins sûr, parce que personne ne sait ce qu'il y a derrière…

C'est une porte condamnée depuis toujours, entre des casiers à chaussures, derrière ce qui a été l'accueil du bowling.

Sûrement une sorte de bureau avec peut-être une porte ouvrant sur l'arrière, ou une fenêtre sur l'extérieur.

Les trois autres femmes sont retombées dans une prostration muette, serrées dans les bras les unes des autres, le regard distendu par la terreur. Sofia les braque en silence et Thelma panique sans un mot, les yeux et le ventre tordus par la peur et le manque. Puis le cran du dernier cylindre s'aligne avec les autres dans un léger déclic. Thelma se relève et appuie sur la poignée. Sofia se retourne. Les trois femmes se redressent, et la porte s'ouvre doucement sur une pièce sans lumière. Une première déception leur enserre le cœur : aucune fenêtre. Thelma est pétrifiée. Sofia glisse une main le long du mur à l'intérieur et trouve l'interrupteur. Quand elle allume, deuxième coup au cœur : pas d'autre porte. La pièce n'est qu'un petit bureau aveugle. Sofia écarte doucement Thelma pour y pénétrer. Les autres s'approchent comme on avance malgré soi vers une menace. C'est la première nouveauté dans leur vie depuis une quinzaine d'années, et elle était juste là, à portée de main. Il suffisait de deux épingles à cheveux et d'un peu de doigté rageur de mauvaise fille. Chacune mesure la profondeur abyssale de leur déception quand elles réalisent que la pièce n'ouvre sur aucune autre issue. Aucun espoir.

Puis elles aperçoivent le téléphone et toutes se précipitent dessus comme des furies. Un téléphone à l'ancienne, sans mémoire et avec un combiné.

— Personne n'y touche, hurle Sofia en pointant son arme. Pas avant que nous sachions qui appeler et quoi dire.

— Je me souviens du numéro de chez moi.

— Et moi de celui de mes parents.

— Ah oui, et pour leur dire quoi ? Que vous êtes où ? Que vous êtes enfermées dans un bowling désaffecté depuis quinze ans ? À combien de milliers de kilomètres sont-ils ? Combien de temps ça leur prendra pour commencer à nous croire et demander à quelqu'un avec assez d'autorité de se lancer à notre recherche ?

— De toute façon Ils seront là avant tout le monde et vous puniront, menace Lydia.

Cynthia va l'assommer d'un coup de poing mais Sofia bloque son bras.

— Il faut prévenir quelqu'un du coin. Quelqu'un qui peut comprendre de quel bowling nous parlons et qui peut être là en quelques minutes.

Elles fouillent aussitôt le bureau poussiéreux qui semble avoir été vidé il y a très longtemps. C'est Thelma qui découvre le numéro du shérif scotché à l'intérieur du combiné. Un shérif du coin, celui à appeler en cas de grabuge entre mauvais perdants, de bagarres d'équipes, de tournois qui tournent mal. Sûrement à deux pas du bowling. Sans se concerter, toutes s'accordent du regard pour dire que c'est leur meilleure chance. Sonia compose le numéro et les autres s'approchent, tête contre tête, pour écouter sonner.

Les deux premières sonneries bandent leurs nerfs et leurs espoirs. Décroche ! Troisième sonnerie… Mais décroche ! Quatrième, cinquième, sixième… Mais qu'est-ce qu'il fait ! Septième, huitième… Sofia cherche du courage et du réconfort dans le regard de Thelma et comprend soudain quand elle la voit, tremblante, les pupilles dilatées par la stupeur, le regard planté au plafond.

Au-dessus d'elles, en faible écho à la sonnerie du téléphone dans le combiné, Sofia devine celle d'un autre appareil qui résonne dans le vide. Et à la dixième sonnerie, elle reconnaît le bruit d'une porte qu'on ouvre brutalement et de pas qui se précipitent.

Chapitre 21

Où personne ne répond à leur détresse

Sofia a plaqué le combiné en panique à la dixième sonnerie. Les filles s'affolent sans comprendre et lui ordonnent de rappeler. Elles l'implorent de refaire un numéro au hasard, n'importe lequel. Sauf Thelma, toujours figée par la stupeur, seule à avoir entendu que là-haut aussi la sonnerie s'est arrêtée. Kathia et Cynthia sont hystériques. Lydia tente d'arracher le téléphone pour ne pas Les mettre en colère. Thelma sort de sa torpeur et lui balance une gifle à la volée en imposant à tout le monde le silence d'un geste sans équivoque. Quelqu'un au-dessus pourrait les entendre. Les filles se prostrent aussitôt dans une frayeur effarée et la regardent, les poings serrés contre ses joues, tourner autour de Sofia comme si elle réfléchissait. Mais elles comprennent vite qu'elle est incapable de la moindre pensée cohérente. Elle ne fait que se maudire à voix basse. D'être là. D'être passée par ce bled. D'avoir suivi Marty. De l'avoir connu. Puis soudain elle se plante devant Sofia et d'un signe de la tête lui demande de recommencer. Mais cette fois la ligne est occupée et la peur étouffe leur cœur. Il y a bien quelqu'un au bout de la ligne. Quelque part. Sofia raccroche doucement. Les autres n'osent plus rien dire. Elles attendent cinq minutes en silence, puis Sofia appelle à nouveau.

Cette fois ça sonne. Une fois, deux fois… Thelma a les larmes aux yeux. Elle s'y reprend à deux fois pour se saisir d'une chaise qu'elle pose sur la table puis grimpe dessus, debout sur la pointe des pieds, pour coller son oreille au plafond. Elle tremble et Sofia, sans lâcher son arme braquée sur les autres, enlace ses jambes pour l'empêcher de tomber.

— C'est pas vrai, gémit Thelma en fermant les yeux, c'est pas vrai !

Maintenant elle entend distinctement le timbre de la sonnerie quelque part au-dessus d'eux. Sofia tapote sa jambe pour attirer son attention et lui montre d'un geste qu'elle va raccrocher. Elle le fait et Thelma lui signale qu'au-dessus aussi la sonnerie s'est interrompue. Quand elle redescend, Thelma part en vrille et fracasse la chaise contre la table avant que Sofia puisse la retenir.

— C'est pas possible, vous êtes sous le bureau du shérif ! Depuis toutes ces années vous êtes juste en dessous du bureau d'un shérif ! Mais qu'est-ce que je fais avec une bande de handicapées du bulbe comme vous ?

— Et alors, répond Sofia, tu crois vraiment que ça change les choses ?

— Bien sûr que ça change les choses ! C'est un shérif, un mec de loi, un flic. Vous vous rendez compte qu'il suffisait de cogner au plafond ou de monter un étage, juste un étage.

Cette fois c'est Sofia qui la frappe du revers de sa main lestée par son arme et l'envoie valdinguer en déséquilibre contre le mur.

— Décidément c'est bien toi la plus conne de toutes. Imagine-toi que nous y sommes déjà montées au-dessus comme tu dis, toutes autant que nous sommes. Au moins une fois par semaine depuis plus de quinze ans pour certaines d'entre nous, pauvre imbécile. Chaque jeudi. Chaque jeudi depuis des années et des années. Tu comprends ce que ça veut dire ?

Thelma ne percute pas tout de suite, puis l'évidence s'impose et la peur l'anéantit aussitôt. La rage et la colère l'abandonnent. La panique vide son corps de la moindre force et la pousse dans un désespoir vertigineux qui l'étourdit. Elle se laisse glisser le long du mur jusqu'à s'asseoir par terre, nue, sans pudeur, obscène. Échouée.

— Le shérif ? Tu crois vraiment que le shérif est l'un d'Eux ?

— Je n'en sais rien, répond Sofia, on ne peut pas savoir, mais ça change tout.

— Ça change quoi ? s'affole Cynthia.

— Ça change que si c'est lui, en qui pourra-t-on avoir confiance dehors ? Quoi qu'on fasse, ça lui reviendra aussitôt aux oreilles et nous serons mortes.

— Mortes, mais pourquoi ?

— Parce que s'il découvre que nous savons qui il est, il n'aura pas d'autre solution que de nous éliminer toutes autant que nous sommes.

— Et si on appelait les renseignements ? On demande n'importe qui, le FBI, la police de New York, celle de Los Angeles ou de Houston et on leur explique tout ? Ils peuvent peut-être déclencher les secours depuis chez eux ?

— Et tu leur dis de venir te chercher où ?

— Ils peuvent localiser l'appel.

— Non, non, non, non, non, supplie Thelma en se relevant, pas les flics, pas ces sales cons, c'est toujours foireux avec eux.

Maintenant le manque lui vrille les viscères et distille une fièvre glacée dans ses os qui tremblent. Elle tourne autour de la table et se frappe le front des deux poings en scandant sa supplique.

— Si, moi je peux, coupe Sofia. Mon père est dans la police, il me croira et saura quoi faire. Je peux l'appeler chez nous.

Et sans leur laisser le temps de réagir, elle prend le téléphone et compose un numéro. Qui sonne et sonne et sonne et…

— Allô ?

— Allô, papa ? C'est Lou…

— …

— C'est Lou, papa, c'est moi !

— …

— Papa ?

— Vous n'avez que ça à foutre, de faire chier les gens au téléphone ?

— … Vous n'êtes pas monsieur Freeman ?

— Moi, Freeman ? J'ai une tête de nègre peut-être ? Freeman a déménagé il y a plus de huit ans déjà.

— Écoutez, je suis Louise, sa fille, vous sauriez comment…

— T'amuse pas avec ça, petite conne, sa fille est morte il y a plus de dix ans.

— Mais je vous assure que…

L'homme raccroche et laisse Louise sans voix. Elle recompose aussitôt le numéro, plusieurs fois, mais plus personne ne décroche.

Louise est sonnée debout. Elle murmure qu'elle peut peut-être essayer le commissariat. Qu'il travaille peut-être au même endroit. Qu'un de ses collègues pourrait lui donner sa nouvelle adresse…

— Non, non, non, pas les flics, pas les flics, pas les flics… continue de psalmodier Thelma qui perd pied.

— Elle a raison, dit Cynthia en reprenant doucement le téléphone des mains de Sofia qui ne résiste pas, c'est trop dangereux. Avec les flics, c'est toujours compliqué. Le temps qu'ils t'écoutent, qu'ils te croient, qu'ils vérifient, revérifient et rappliquent, ça risque de prendre des jours alors que le shérif du dessus, lui, peut nous éliminer en quelques minutes s'il a le moindre doute. Et puis, s'il a réussi à nous garder quinze ans, c'est forcément qu'il a des complices là-haut. Si ça se trouve, nous sommes prisonnières d'une secte ou de quelque chose dans ce genre.

— Mais nous n'en avons jamais connu que deux.

— Tu veux prendre le risque ? Moi pas. Il nous reste l'arme. On abat le premier qui descend chercher l'une d'entre nous et on monte ensuite tuer l'autre. Et après on voit où on est et on appelle la cavalerie.

— Il te reste combien de balles pour faire ça ? s'inquiète Thelma en s'arrêtant brusquement.

— Je n'en sais rien. Je ne sais même pas comment éjecter le chargeur pour les compter.

— Oh non, j'y crois pas, elle sait même pas ! pleurniche Thelma en reprenant son chemin de croix.

— On peut essayer de tout fouiller pour savoir où nous sommes.

— Pas le temps. Nous le saurons bien assez tôt quand nous serons dehors après avoir descendu ces détraqués.

Elles jettent un dernier coup d'œil résigné à la petite pièce aveugle, et c'est à ce moment-là que Thelma le voit et se fige…

Chapitre 22

Où le bourreau devient complice de ses victimes

Sous un banc, entre deux armoires, masqué par une étagère tombée de travers. Elle en a déjà vu des comme ça ! Elle se précipite, dégage la planche d'un geste impatient et tire de sous le banc un grand sac en cuir noir bosselé comme un haricot géant.

Nothing hits like a Hammer

Des Hammer ! Elle tire le zip et découvre les trois True Blood noires moirées de reflets mauves.

— Des Hammer… !

Des boules de pro. Des quinze livres au moins ! Elle glisse son pouce, son majeur et son annulaire dans les trous d'une des boules et la soulève hors du sac. La True Blood pèse une tonne au bout de son petit bras tout maigre, et elle y repense aussitôt. Une bagarre à West Milton, Ohio, au Starlite Lanes. L'équipe locale aligne un T-Bone, sept strikes d'affilée, mais Marty leur en colle neuf. Un Prime Rib dans les règles. Les parieurs du bled l'ont mauvaise et la baston éclate. Marty tient une Black Widow Assassin de dix-sept livres. Alors il fait un strike sur un pilier en bois et la moitié du bar s'effondre, créant la diversion qui leur permet de s'échapper en hurlant de rire.

— Qui sait jouer ? demande Thelma en sautant de joie.

Sofia est la seule à répondre oui sans vraiment comprendre.

Thelma observe les autres.

— Sofia et Cynthia, prenez chacune une boule et suivez-moi.

Elles suivent Thelma qui retourne dans la grande salle et, dès qu'elle se dirige vers une piste, son idée devient claire. Sofia et Cynthia se concentrent aussitôt, pendant que Lydia court se cacher pour ne pas voir ça et que Kathia crispe les poings d'excitation. Thelma arrive de travers à mi-hauteur de la piste en prenant son élan, lance en arrière son bras chargé des quinze livres de la True Blood, le ramène devant d'un ample mouvement de balancier et lâche la boule avec tant de rage qu'elle en tombe à plat ventre sur le bois. Elle reste immobile par terre à regarder la boule filer droit vers le mur de briques. La piste n'a pas été cirée depuis des années et la True Blood ne glisse pas. Elle accroche aussitôt et roule en déviant de sa trajectoire. Mais quand elle cogne contre les briques, le mur se creuse sous le choc et des joints se délitent en poussière. Kathia hurle de joie et Sofia lui fait signe de se taire. Puis elle s'élance à son tour dès que Thelma roule sur le côté pour lui laisser la place. Son lancer est souple et puissant à la fois, et elle reste en équilibre sur une jambe, comme une pro, main ouverte et nuque cambrée, jusqu'à ce que la boule enfonce encore un peu plus le mur. Des briques se disjoignent et des joints éclatent. Thelma se précipite pour les déboîter à la main, mais Kathia lui hurle de dégager pour balancer la dernière True Blood n'importe comment de toutes ses forces. Cette fois le choc déboîte les briques et la boule transperce le mur à moitié défait pour disparaître dans un grand trou noir. Les filles se figent sur place et fixent en silence le trou dans le mur de briques. Un trou dans le mur de leur prison.

Un putain de trou !

Thelma hurle et saute de joie puis se précipite et agrandit le passage en descellant autant de briques qu'elle peut, aussitôt aidée par les autres. Seule Lydia refuse en tremblant de peur à l'idée de Leur punition. Quelques minutes plus tard, nue à quatre pattes devant la brèche, Thelma passe la tête à travers le trou et laisse ses yeux s'habituer à l'obscurité. C'est le local technique du mécanisme de récupération des quilles. Elle a déjà flirté dans des endroits comme ça avec Marty quand il ne pouvait pas attendre de rentrer au motel. Marty baise mal, mais très souvent et n'importe où, sans honte et sans peur, tout en provoc. Surtout excité par les ambiances mécaniques. Les ateliers, les usines, les garages, les voitures, les trains, les camions. Et les bowlings bien sûr. Baiser dans l'entrechoquement des quilles, dans le cliquetis des crémaillères et les clameurs des joueurs, ça, il aime bien Marty !

Comme elle se fige dans ses souvenirs, Sofia l'écarte et se glisse à son tour par le trou pour observer ce que condamnait le mur. Au-delà des mécanismes, une tranchée court sur toute la largeur des pistes jusqu'à une issue qui permettait sans doute à l'homme d'entretien de venir débloquer les quilles capricieuses. Elle n'hésite pas une seule seconde et pénètre dans les entrailles du bowling. Elle glisse son corps nu entre des courroies poussiéreuses et des pistons coincés, des chaînes encrassées, des godets immobiles et des rampes vides. Son genou roule sur une quille au sol, sa tête cogne contre une autre encore suspendue au récupérateur, puis soudain son bras se dérobe sous elle et elle tombe dans la tranchée. Elle se redresse sans s'inquiéter de ses écorchures et aperçoit le cul-de-sac qui termine le passage sur sa droite. Mais sur sa gauche, après un dégagement à mi-chemin, elle devine une porte au-dessus d'un escalier. Puis un frisson lui mord les reins et elle réalise que cette partie-là n'est pas chauffée.

— Thelma, dis aux filles de prendre leur couverture et rejoignez-moi !

Cinq minutes plus tard, elles passent le trou et se dirigent les unes derrière les autres vers l'escalier, leur couverture sur les épaules. Lydia est là elle aussi, même si par prudence Sofia a fait signe à Cynthia de rester derrière elle pour être sûre qu'elle les suive. Pas question qu'une seule d'entre elles reste dans ce qui a été leur geôle. Le dégagement est un atelier en recoin, avec un établi surmonté d'un gros disjoncteur électrique. Le plan de travail est parsemé d'outils rouillés, abandonnés un peu partout. D'un doigt sur ses lèvres, Sofia impose le silence aux filles et leur distribue des outils qu'elles serrent aussitôt dans leur poing comme autant d'armes. Quand elle avise un gros cutter à moquette, elle leur montre sans un mot comment entailler leur couverture pour s'en faire un poncho et garder les mains libres. Puis elle les guide vers l'escalier et monte sur la pointe des pieds les trois marches qui mènent à une porte. Elle y colle son oreille, écoute longtemps, puis pose sa main sur la poignée. La porte n'est pas verrouillée et s'ouvre sans bruit sur une autre pièce. Sans fenêtre elle aussi. Elles s'y glissent les unes après les autres et aussitôt leurs yeux se posent sur une autre porte, au fond de la pièce, dessinée dans la pénombre par un fin trait de lumière. Cette fois cette porte-là donne sur un endroit éclairé. Pas sur l'extérieur à en croire la lumière jaune, mais sur une autre pièce, probablement habitée. Sofia cherche à tâtons un interrupteur. Une lampe nue s'allume au plafond et elles inspectent les lieux en silence. La pièce servait de remise pour les chaussures de location. Elle est tapissée de casiers marqués avec la pointure des chaussures glissées dedans. Dans un casier, elles trouvent aussi des chaussettes. Sofia leur fait signe de récupérer chaussures et chaussettes à leurs pieds. Dans un autre carton déchiqueté par les souris, Kathia repère une douzaine de tee-shirts publicitaires au logo d'une marque de bière. Sofia en passe deux l'un sur l'autre sous son poncho et les autres l'imitent aussitôt. Puis elle se dirige vers l'autre porte et essaye de l'ouvrir avec précaution. Verrouillée de l'extérieur. Elle fait signe aux filles de s'approcher, examine leurs armes, et se saisit du gros tournevis plat de Kathia. Elle s'en sert aussitôt comme d'un levier et éclate le bois autour des serrures. La porte ne lui résiste pas longtemps, mais avant de l'ouvrir, elle fait signe à Kathia d'éteindre. Puis elle entrouvre la porte et se glisse d'un mouvement vif dans l'autre pièce qui ressemble plus à une antichambre. Sur la gauche, une porte blindée de cadenas et de serrures. Pas d'autre issue, sinon un escalier de meunier sur la droite qui monte jusqu'à une trappe au plafond.

Dès qu'elle reconnaît la pièce, Sofia suffoque et bondit en arrière dans la remise.

— Quoi ? s'inquiète Thelma.

— Cette trappe, c'est celle qui mène à la chaise.

— Et alors, qu'est-ce qu'on en a à faire de ta chaise !

— On voit bien que tu n'y es jamais passée, tu ne peux pas comprendre. C'est un banc de torture. Ils t'attachent et Ils t'écartèlent et Ils te prennent dans tous les sens avec n'importe quoi. Je ne veux pas monter là-haut !

— Alors essaye l'autre porte, au moins !

— Quoi, tu n'as pas deviné ? Cette porte, c'est celle de notre prison…

— Alors la seule issue c'est là-haut.

— Pas moi. Je n'y vais pas, pour rien au monde !

Les autres se sont regroupées et approuvent Sofia de la tête, les yeux déchirés de terreur.

— Hey les gougnottes, libre à vous de rester ici quinze ans de plus entre filles, mais moi je vous préviens, je me tire ! File-moi le flingue, Sofia.

— Pas question. Je le garde…

— Mais qu'est-ce que tu vas en faire ? s'énerve aussitôt Thelma. Même pas le courage de monter cet escalier. Pour rester ici t'en as pas besoin. Moi si ! Je vais monter et je vais buter tous ceux que je croise et me tirer le plus loin possible de ce bled et vous laisser croupir dans votre trou. Continuez donc à vous faire écarteler sur leur fameuse chaise, si vous y tenez tant que ça.

Thelma s'excite. Le manque est passé et la rage la reprend. Elle ne veut plus attendre. Elle veut fuir au plus vite, avec ou sans arme. Elle traverse l'antichambre en deux enjambées et grimpe l'escalier. Une fois en haut, elle appuie sa tête sous la trappe et force un peu avec le cou pour tester une éventuelle serrure. Mais la planche se soulève sans difficulté. Elle l'entrebâille un peu plus, les yeux au ras du plancher encaustiqué d'une pièce assez grande et sans lumière. Sur le mur de gauche, elle devine une fenêtre obstruée par du papier bitumé, et à l'opposé en diagonale, le contour d'une porte. Pas une porte d'entrée. Une porte intérieure qui doit donner sur une autre pièce encore. Elle sursaute quand elle devine une présence dans le noir, quelque part sur la droite. Les frottements de ses mouvements dans la pénombre. Un murmure étouffé. Des grognements sourds. Elle soulève un peu plus la trappe, glisse la tête par l'ouverture et l'aperçoit juste au-dessus d'elle. Une silhouette entravée qui s'agite dans la pénombre sur une sorte de banc de musculation.

— Ça alors, siffle-t-elle incrédule entre ses dents. La chaise…

Mais au même instant la porte au bout de la pièce s'ouvre et un homme entre, à moitié nu, les fesses à l'air, le pantalon sur les genoux retenu d'une main, et le bazar dans l'autre.

— Tu vas voir comment le petit Jayzy va te la mettre, sang-mêlé de mes deux…

Thelma referme la trappe, mais pas assez vite et l'homme a le temps d'apercevoir le rai de lumière.

— Hey, qui est là ? Qu'est-ce que tu fais là ? Sors

de là-dessous ! Putain je vais te flinguer, je vais vous flinguer toutes, bande de petites salopes.

Thelma l'entend trébucher pour retourner dans l'autre pièce puis revenir vers la trappe. Elle reconnaît le bruit d'une culasse qu'on actionne. Elle saute au bas de l'escalier et se précipite dans la remise, bousculant les autres que Sofia pousse aussitôt à l'abri. Une première décharge troue le bois de la trappe.

— Tout le monde retourne au dortoir, ordonne Sofia.

Une deuxième décharge déchiquette ce qu'il reste de la trappe. Sofia disparaît la dernière. La porte sans serrure claque derrière elle mais rebondit grande ouverte. Alors elle casse le plafonnier au passage et renverse autant de cartons et de meubles qu'elle peut pour ralentir l'homme qui descend déjà l'escalier. Elle a juste le temps de l'apercevoir avant de fuir à la suite des autres vers le local technique. Quand elle le reconnaît, la haine la gagne et elle prend le temps de s'arrêter pour le viser. Mais la gâchette se bloque. Une sécurité ! Elle n'y connaît rien en armes. En courant dans la pénombre, elle cherche à l'aveuglette du bout des doigts ce qui pourrait la débloquer.

— Tire, hurle Thelma en se retournant, flingue ce salaud Sofia, tire ! Tire !

— Il est bloqué, pleure Sofia en panique. Retournez dans le bureau qu'on a ouvert dans le dortoir. Bloquez la porte avec des meubles et restez allongées sur le sol.

Les filles ne discutent même pas. Quand Jayzy débouche de la remise en haut du petit escalier, il a juste le temps d'apercevoir le pied de la dernière qui disparaît par la brèche dans le mur. Il tire une cartouche au hasard et se précipite vers le trou.

— Oh les salopes, elles ont percé le mur. Mickey va être furieux ! Oh Mickey va être furieux, gémit-il avant de hurler. Il va vous massacrer Mickey, il va vous massacrer, et moi aussi !

Il passe l'établi en courant à la poursuite des filles. Il s'est débarrassé de son pantalon en allant prendre son fusil et court le cul à l'air. Il a passé une arbalète en bandoulière. Arrivé face au trou, il se jette à travers le mécanisme pour ramper vers la brèche dans le mur, entre les godets et les crémaillères, se tourne sur le dos entre les courroies et les chaînes pour ne pas s'écorcher le sexe et, entravé par son fusil et l'arbalète, s'empêtre dans les engrenages. Il grogne et jure contre ces salopes et contre ces mécaniques de merde, il hurle ce qu'il va leur faire à toutes. Ce que Mickey aussi va leur faire. Des sangles et des courroies le retiennent et il s'énerve. Il se tourne, se retourne et soudain il aperçoit la fille debout derrière lui à hauteur de l'atelier. C'est la négresse. Celle qu'ils aimaient prendre avec plus de violence que les autres, cette négresse qui maintenant ose le braquer avec un flingue, son autre main posée sur le levier du disjoncteur. Quand il comprend, il est trop tard. La fille abaisse la commande qui rallume tout et lance un moteur. Des lampes clignotent et hésitent, et tous les mécanismes embrayent dans un boucan d'usine et de carrousel qui s'ébranle. Et lui est pris dans la machine qui lui tord aussitôt les chairs et lui déchire la peau. Il hurle, pleure de trouille, appelle Mickey, puis tout se met soudain à hoqueter autour de lui, à se déboîter, à trembler, à patiner, à couiner et quelque chose finit par exploser quelque part et tout s'éteint à nouveau dans une odeur de fusibles brûlés et de moteur en surchauffe. Malgré toutes les ferrailles qui le blessent et l'entravent, il cherche à tâtons son fusil, mais la fille est déjà sur lui et brandit une quille qu'elle abat par trois fois sur son visage. Il entend son arcade qui éclate et pisse aussitôt le sang, son nez qui craque et il sent tous ses équilibres basculer dans un néant noir qui le fait défaillir un instant.

Quand Sofia appelle les filles, elles se précipitent à nouveau par le trou et la rejoignent. Kathia fixe l'homme, obscène, prisonnier des engrenages, et lui plante au passage un coup de tournevis rageur dans le bas-ventre. Cynthia se précipite à son tour pour l'étriper mais Sofia la retient.

— Pas le temps pour ça, il faut dégager d'ici. Tout ce boucan a peut-être alerté l'autre.

Elle essaye d'arracher le fusil des engrenages dans lesquels il est pris mais doit y renoncer. Elle court rejoindre les filles et les pousse jusqu'au bas de l'escalier sous la trappe éclatée. Plus question de tergiverser maintenant. Elle grimpe la première, pousse sans ménagement ce qui reste de la trappe, et se hisse dans la pièce désormais éclairée par la porte que l'autre a laissée grande ouverte. Quand les quatre filles la rejoignent, elles se figent, tétanisées par ce qu'elles découvrent. Sur la chaise, leur chaise, un homme entravé, nu, bâillonné et écartelé, les regarde. Il a dans les yeux la même stupeur terrorisée. Puis il cligne des paupières pour demander à Thelma d'ôter l'adhésif qui le bâillonne.

— Laisse-le et tirons-nous, dit sèchement Kathia. Ce type ne fait pas partie de notre histoire. Chacun sa merde !

— S'il passe à la casserole ficelé sur cette chaise

comme nous, alors il est plutôt de notre côté, tu ne crois pas ? De toute façon, ficelé comme il est, on ne risque rien à le laisser parler.

Elle s'approche de Hunter et arrache l'adhésif d'un geste si vif que la douleur lui monte les larmes aux yeux. Mais maintenant qu'il le peut, il ne parle pas. Il reste là, hébété, à les regarder une à une, les yeux écarquillés.

— Ouais, c'est ça, on est les Spice Girls mon gars, tu ne nous reconnais pas ?

Mais quand il parle enfin, Thelma voit le visage de chacune des filles se décomposer.

— Toi tu es Suzanne Vanderbelt, n'est-ce pas ? dit-il en regardant Kathia droit dans les yeux. Enlevée le 13 mai 2001, non ?

Kathia se pétrifie d'abord, puis fond en larmes. Elle n'a pas entendu son vrai nom depuis plus de quinze ans. Sofia la soutient en fusillant l'homme d'un regard noir et suspicieux.

— Et toi tu es Louise Freeman. Septembre 2002. Le 12…

À son tour elle éclate en sanglots.

— C'est qui ce type ? Qu'est-ce qu'il raconte ? s'énerve Thelma.

— … et tu es Dorothy Mallum, 20 juin 2000, et toi Jennifer Loredo, la jeune mariée, c'est bien ça ? Suzanne aussi était jeune mariée, n'est-ce pas ?

Toutes les filles sont en pleurs. Thelma n'y comprend rien mais elle bondit sur l'occasion. Elle arrache l'arme des mains de Sofia qui se laisse faire sans résistance, l'esprit fracassé par ce qu'elle vient d'entendre.

— Il est à moi ce flingue. Il était à Marty alors je

le reprends et maintenant je me tire, dit-elle en agitant le flingue dans tous les sens. Je ne comprends rien à vos salades et je ne veux rien savoir, alors adios les gonzesses, et surtout pas à la revoyure !

— Tu es qui, toi ? demande Hunter, sa dernière ? Il a recommencé ?

Thelma s'avance vers Hunter. Le manque la reprend. Elle renifle dans le vide et se tord le nez. Elle pose le canon de l'arme sur le front de l'homme toujours entravé.

— Et tu es qui, toi, pour savoir tout ça ?

— Celui qui ne risque pas de mourir si tu ne déverrouilles pas le chien de ton arme.

— Eh bien fais le mariolle et je te massacre à coups de crosse.

Hunter la défie du regard un long moment, puis quelque chose se casse dans son regard, comme s'il se résignait à un difficile abandon.

— Je suis celui qu'on a accusé de vous avoir enlevées et qui a été condamné à la peine de mort pour ça il y a déjà dix ans. Je m'appelle Hunter.

Thelma n'y comprend rien, mais les autres reçoivent chacun de ses mots comme des uppercuts qui les déglinguent. Si ce que dit ce type est vrai, s'il a été arrêté et condamné, ça veut dire que les flics et la justice ont considéré l'enquête comme terminée. Depuis dix ans. Ça veut donc dire que depuis dix ans plus personne ne les recherche et que tout ce temps-là, elles sont restées abandonnées à leur terrible sort. Passées par pertes et profits. Laissées à leurs tortionnaires. Les vrais. Ceux de chaque jour depuis plus de quinze ans pour certaines. Chacune s'était forcée à croire au désespoir obstiné de leurs proches, les imaginant grattant de leurs ongles l'Amérique entière à la recherche, au moins, de leur tombe. Au moins ! Et quand elles s'étaient résignées à leur abandon, elles s'étaient raccrochées à des idées de flics têtus et tenaces qui sacrifiaient leurs nuits, leurs congés et leur carrière pour consacrer leur vie à leurs dossiers non classés. Et voilà que ce type leur apprend en quelques mots que l'affaire est close depuis dix ans. Qu'à l'extérieur de ce maudit bowling, elles n'existent plus que dans quelques souvenirs meurtris ou dans des coupures de presse jaunies. Dans des boîtes à chaussures, probablement. Pour le reste du monde, elles sont dans des boîtes. À chaussures. Pire que des cercueils.

Sofia fait signe à Kathia de l'aider à détacher Hunter. Thelma reste l'arme à la main à les menacer sans conviction et finalement les laisse faire. Elles le libèrent et le retiennent quand ses muscles ankylosés le trahissent. C'est Lydia qui trouve ses vêtements dans un coin de la pièce. Elles le regardent s'habiller sans gêne devant elles qui sont presque nues. Depuis longtemps l'obscénité de leur situation leur a enlevé toute pudeur.

— Donne-moi ton arme, demande alors Hunter en tendant la main vers Thelma.

— Même pas en rêve ! réplique Thelma en s'éloignant d'un bond, le Beretta braqué sur lui à bout de bras.

— Enlève au moins le cran de sécurité alors, si tu veux jouer les cow-boys. Lc petit levier, à l'arrière du canon. À gauche ou à droite, comme tu veux, mais tu dois voir le point rouge.

Thelma cherche à tâtons le petit levier et le fait jouer pour faire apparaître la marque.

— Voilà, dit calmement Hunter les mains en l'air, tu peux tirer maintenant si ça t'amuse.

Et Thelma tire aussitôt. Deux fois. Les détonations pétrifient les filles. Hunter est frappé de stupeur. Un carreau d'arbalète siffle en même temps et se fiche au plafond, puis un hurlement de rage et de douleur les sort de leur coma debout. Le corps ensanglanté de Jayzy trébuche et s'affaisse sur le sol, une balle dans le ventre et l'autre dans l'épaule. Thelma est pétrifiée par ce qu'elle vient de faire. Elle a tiré n'importe où quand elle l'a vu surgir par la trappe avec son arbalète et le recul l'a secouée jusqu'à la cogner contre le mur. Sofia en profite aussitôt pour reprendre l'arme et Hunter l'approuve du regard. Thelma vient de lui sauver la vie et ne s'en remet pas, mais il préfère savoir l'arme dans les mains de la noire. Lui s'empare de l'arbalète de Jayzy, le dépouille de la dizaine de carreaux dont il s'était muni, et prend les choses en main.

— Quelqu'un va venir avec tout ce raffut. Il faut partir tout de suite. Je connais un refuge, mais il va falloir marcher longtemps dans la neige et se séparer pour brouiller les pistes.

— Moi je n'y vais pas ! dit Lydia.

— Qu'est-ce qui lui prend ? s'étonne Hunter.

— Syndrome de Stockholm, paraît-il.

— On ne laisse personne de vivant derrière nous, répond Hunter.

— Qu'est-ce que ça veut dire ?

— Ça veut dire que si elle ne vient pas, on la descend avant de partir. Voilà ce que ça veut dire.

On ne prend pas le moindre risque. Vous êtes mieux placées que moi pour savoir ce dont l'autre type est capable. Dès qu'il sera à nos trousses, ce sera une traque à mort. Il sera après nous pour nous tuer, pas pour nous ramener.

— Je ne la flinguerai pas si elle ne veut pas venir, dit Sofia.

— Moi je ne me gênerai pas, réplique Hunter en montrant son arbalète, alors elle va nous suivre et elle vient avec moi. Avec qui veux-tu partir ?

— Thelma et Kathia, répond Sofia en plantant son regard dans les yeux suppliants de Cynthia. Tu peux avoir toute confiance en Cynthia. Elle s'occupera de faire marcher Lydia.

— D'accord comme ça. Il faut faire vite maintenant.

Hunter leur explique comment et pourquoi ils vont se séparer cent mètres après avoir quitté le bowling. Lui partira au nord-est, et le groupe de Thelma au nord-ouest. Puis au bout d'une heure, ils inverseront jusqu'à croiser leurs pistes. Entre-temps ils partiront de temps en temps en éventail pour embrouiller chaque piste individuelle. C'est la technique instinctive des troupeaux pour échapper aux prédateurs.

Au moins pour les retarder. Chaque seconde perdue par les chasseurs pour choisir une piste est une seconde gagnée par leurs proies pour survivre. Il ne leur avoue pas que c'est aussi pour abandonner au prédateur le plus faible de la troupe. Les deux groupes tomberont alors sur une falaise. La paroi d'un de ces gros mégalithes inattendus qui jalonnent les forêts comme tombés du ciel. Il faudra la contourner par la droite et suivre ensuite un chemin marqué par quelques repères qu'il leur indique.

— Si on cherchait des armes ? On est chez un shérif, il doit y en avoir quelque part ? demande Cynthia.

— Pas le temps. Comprenez bien qu'il ne peut pas y avoir de combat. Même à un contre six, il le gagnerait. Il faut juste lui échapper. Et puis chaque groupe a une arme. Thelma son flingue et moi l'arbalète. Il faut y aller maintenant, le plus vite possible.

— Okay les filles, lâche alors Sofia comme on galvanise une troupe avant l'assaut, ça va être un choc pour nous toutes, dehors après quinze ans dedans, mais on ne perd pas de temps à communier avec dame nature, d'accord ? On sauve notre peau d'abord, d'accord ?

— D'accord ! se surprennent à hurler les filles, sauf Lydia qui pleure en silence.

Hunter adresse un clin d'œil satisfait à Sofia, s'assure que la voie est libre dehors, et ils quittent le bowling par-derrière pour courir vers la forêt.

Chapitre 23

Où la peur, en partie, l'emporte sur l'espoir

Le froid leur mord les doigts et leur étrille les reins, mais Lydia et Cynthia suivent Hunter en entremêlant leurs traces. Même chez Lydia, il devine une subite envie de survivre à tout ça. Il leur faut beaucoup plus qu'une heure pour atteindre la falaise. Il marche devant et se retourne souvent. Elles marchent en silence, le souffle rauque, les poumons râpés par le froid et un tel effort après quinze ans d'inactivité. Lydia marche de mauvaise grâce en regardant ses pieds. Cynthia, elle, s'enivre de tout ce qui lui a manqué pendant tant d'années. Le ciel, la nuit, la neige. Cette ivresse d'être dehors. Quand ils arrivent enfin à la falaise et qu'ils s'y adossent pour ne pas s'effondrer dans la neige, ils devinent dans le ciel, au-dessus des flèches alourdies de neige des grands sapins, des lueurs orangées.

— C'est du côté de Pilgrim's Rest, observe Hunter. Je vais voir ce que c'est. Ne bougez pas d'ici. Toi, Cynthia, tu surveilles Lydia.

Il passe son arbalète en bandoulière et s'attaque à la falaise. L'ascension est facile et il retrouve des réflexes de jeunesse, quand il courait ces bois en vagabond. Le sport en prison lui a donné un corps vigoureux et il progresse sans effort.

Les filles le regardent escalader la paroi avec agilité, la tête cassée en arrière.

— Alors, tu vois quelque chose ?

— C'est un incendie, quelque chose brûle à Pilgrim's Rest.

— Tu peux voir ce que c'est ?

— Non, il faut que je monte encore un peu.

Le contre-jour de l'incendie creuse les ombres sous les arbres au pied de la falaise. D'abord Cynthia tremble pour Hunter, les yeux rivés sur sa silhouette accrochée à la paroi. Puis son regard se perd dans l'immensité de cette vraie nuit dont elle a été si longtemps absente. Elle ferme les yeux pour mieux sentir la morsure du froid, elle hume le parfum de la neige, l'odeur des sapins. Elle laisse tout son corps s'imprégner de cette nature retrouvée. Elle inspire à pleins poumons la nuit, le ciel et toutes les étoiles derrière les nuages. Et n'entend pas Lydia s'approcher, la main armée d'une lourde branche que la neige a cassée sous son poids. Quand elle devine enfin sa présence et se retourne, il est trop tard. Lydia la frappe à la tête de toutes ses forces et elle s'effondre, le visage dans la neige. Elle ne voit pas Lydia la frapper encore et encore avant de s'enfuir en retournant sur leurs pas.

Hunter ne devine le drame qu'en redescendant. Il aperçoit le corps de Cynthia dans la neige et comprend aussitôt. Il cherche Lydia des yeux mais se doute qu'elle a déjà fui. Cette gourde va se jeter dans la gueule du loup. Hackman sera obligé de la tuer pour l'empêcher de parler. Il saute les trois derniers mètres et se précipite vers le corps inanimé de Cynthia. Elle saigne sur tout un côté de la tête, mais dans la pénombre, il n'arrive pas à voir si le sang coule dans son oreille ou s'il en sort.

— Accroche-toi, ma belle, accroche-toi, je t'en prie.

Il s'agenouille près du corps de Cynthia, le charge sur son épaule et reprend son chemin. Ses pas s'enfoncent dans la neige, mais la rage et la colère décuplent ses forces. Cette petite garce de Lydia risque de lui compliquer encore plus les choses. À moins que les loups ne s'en chargent.

Chapitre 24

Où la mort des uns a raison de la confiance des autres

Les traces sont fraîches dans la neige, et Hunter comprend que ce sont celles des trois autres fugitives. Sofia a préféré ne pas perdre de temps à savoir ce qui brûlait et les trois filles le précèdent maintenant. Elles se dirigent dans la bonne direction et ça le rassure. Il a confiance en Sofia. Il dépose le corps de Cynthia contre un tronc et s'accorde quelques minutes de récupération. Quand il inspecte à nouveau les blessures de la jeune femme, l'inquiétude le prend. Il cherche un pouls à son poignet, puis dans son cou, mais ne sent rien. Aucun battement. Il essaye d'écouter son cœur, de sentir son souffle. Mais il doit s'y résoudre : Cynthia est morte. Il se concentre alors pour éviter que la colère contre Lydia ne trouble son jugement et décide de repartir en abandonnant le corps et de rejoindre les autres au plus vite. Des cinq témoins qui peuvent l'innocenter, il en a déjà perdu deux sans même que Hackman ait eu à s'en occuper. L'arbre contre lequel il a adossé le corps de Cynthia s'y prête.

Il grimpe dans les premières branches, se penche pour saisir le corps, et le hisse tant bien que mal aussi haut qu'il peut pour l'abandonner hors de portée des loups. Puis il saute de l'arbre et reprend son chemin au pas de course en suivant les traces des trois filles.

Il court depuis un quart d'heure, concentré sur son effort et les embûches de la piste, quand au détour d'un rocher il s'assomme contre une branche et roule à terre à la renverse. Mais quand il cherche à se relever, un pied le plaque au sol dans la neige.

— Où sont les filles ?

Sofia est debout au-dessus de lui, un pied sur sa poitrine, et le braque de son arme.

— Où sont Lydia et Cynthia, qu'est-ce que tu as fait d'elles ?

— Lydia a tué Cynthia pour s'échapper.

— Ah ouais ? Et un grand garçon comme toi n'a pas été capable de l'en empêcher ?

— J'étais sur la falaise. Je l'ai escaladée pour voir ce qui brûlait du côté de Pilgrim's Rest. Lydia en a profité.

— Et moi je pense plutôt que tu t'es débarrassé d'elles et que tu nous courais après pour faire la même chose avec nous.

— Non, j'ai besoin de vous pour m'innocenter.

— À condition de gober ton histoire d'innocent et d'erreur judiciaire. Qui nous dit qu'en fait tu n'es pas revenu retrouver un complice de l'époque ?

— Tu oublies où tu m'as trouvé.

— Dans le bowling ?

— Sur la chaise.

— Et alors ? Un pervers qui enlève et séquestre des filles, il est peut-être assez détraqué sexuellement pour aimer se faire défoncer harnaché sur une chaise à torture, non ?

— Tu déroilles, Sofia. Si j'avais voulu vous éliminer, je l'aurais fait au bowling.

— Thelma avait une arme à la main.

— Elle ne savait même pas comment débrayer la sécurité.

Sofia ne répond pas. Elle lui fait signe de rouler sur le ventre. Le canon de son arme appuyé sur sa nuque, elle appelle Kathia et Thelma qui sortent de l'ombre.

— Kathia, enlève un de ses lacets et noue ses chevilles ensemble.

Elle ordonne à Hunter de passer les mains dans son dos.

— Thelma, tu prends le lacet de l'autre chaussure et tu lui attaches les poignets.

Puis Thelma force Hunter à replier les jambes jusqu'à ce que ses pieds touchent ses mains dans son dos, et elle noue entre eux les deux lacets.

— Je vais mourir de froid si tu me laisses ici comme ça, dit posément Hunter.

— Tu nous tueras si je ne le fais pas.

— Tu te trompes.

— Peut-être, mais je préfère que le doute nous profite.

— La cabane est bien là où je t'ai dit. Suis le chemin que je vous ai indiqué.

— Je ne suis pas très sûre de vouloir te croire, réplique Sofia.

— Tu es sûre qu'on l'abandonne ici ? s'interroge Kathia.

— Oui, allons-y.

— On prend son arbalète ?

— Tu sais t'en servir ?

— Non…

— Moi non plus. Et puis j'ai mon arme. Allez, on y va ! Si ça se trouve, Il est déjà à nos trousses…

Chapitre 25

Où le destin sonne toujours deux fois

Quand Hackman passe devant le bureau du motel pour monter au bowling, il aperçoit Jaysen prostré derrière la fenêtre et soupire en poussant la porte.

— Quoi encore, Jayzy ?

— Le nègre, Mickey, tout le monde dit qu'il ne croit pas à ton histoire de Hunter pour le rouquin.

— C'est qui tout le monde ? s'énerve Hackman.

Jaysen se referme aussitôt sur lui-même, la tête dans les épaules, le regard par en dessous, et ça exaspère encore plus le shérif.

— De toute façon, il ne dira plus grand-chose à personne, je viens de m'en occuper.

— Tu t'en es occupé, Mickey, c'est vrai ? se rassure Jaysen.

— Oui ! aboie Hackman plus fort qu'il n'aurait voulu. Bien sûr que je m'en suis occupé. Comme je m'occupe de tout, depuis toujours. De toi, du motel, dc la ville, de tout !

— Dis pas ça, Mickey, moi aussi je…

— Toi aussi tu quoi ? Jayzy, t'es rien qu'un môme dans ta tête, je suis obligé d'être derrière toi depuis que t'es gosse. Tu sais rien faire, t'as peur de tout, tu chiales tout le temps. C'est chez les dingues que tu serais si je ne m'occupais pas de toi, et si tu continues, c'est là que tu vas finir, tu m'entends ? Chez les dingos, Jayzy !

— Oh, Mickey, dis pas ça, dis pas ça ! pleurniche Jayzy en se tordant les doigts.

— Bien sûr que je le dis, Jayzy, explose Hackman, bien sûr ! Et je le pense même, et ça finira bien par arriver si tu ne me fais pas plus confiance que ça.

Dans la seconde, le visage de Jayzy se plombe d'une méchanceté infantile et butée.

— Si tu m'envoies chez les fous, Mickey, je dis tout !

Hackman se contient avant de répondre. Il n'a jamais frappé son demeuré de petit frère, même s'il s'en est souvent retenu. Et là il est au bord de la rupture.

— Tu leur dis tout quoi ?

— Les mecs que tu butes, les femmes, Hunter, la chaise, tout, Mickey, je leur dis tout et toi tu vas en prison, crache Jayzy dans un rictus vengeur.

— Non mais tu entends les conneries que tu débites, Jayzy ? Rappelle-moi où tu seras quand tu leur diras ça ?

— Chez les fous.

— Et les fous, tu crois qu'on les croit ?

Jayzy se fige un long moment pour décoder ce que Mickey vient de dire, puis il s'affaisse sur son siège et éclate en sanglots.

— Pardon Mickey, pardon, je leur dirai rien, je te jure. C'est juste que j'ai peur…

— Tu as peur de quoi, Jayzy ?

— Le nègre, Mickey, tout le monde dit qu'il ne croit pas à ton histoire de Hunter pour le rouquin, recommence Jayzy.

Cette fois Hackman explose la table d'un coup de poing et sort. Il claque la porte du bureau si fort qu'un carreau se brise et Jayzy se jette par terre dans un coin, assis les coudes entre les genoux et la tête dans les mains. Dehors, Hackman laisse le froid lui cingler le visage et calmer sa colère. Il s'en veut chaque fois qu'il s'emporte contre Jayzy. Il s'en veut d'admettre qu'il supporte de moins en moins son arriéré de frangin. Il en veut surtout à tous ceux qui s'acharnent à lui compliquer la vie. Tous. Tout le monde. Il allume une cigarette et aspire à pleins poumons la fumée brûlante lorsqu'il devine la sonnerie du téléphone chez lui, là-haut dans l'ancien bowling. Si c'est pour tomber sur d'autres emmerdes, il préfère ne pas répondre. À la troisième sonnerie pourtant, il tourne la tête vers le bowling, comme s'il espérait pouvoir identifier l'appel à distance. À la cinquième, il soupire, jette sa cigarette qui grésille et s'éteint dans la neige, et se résigne à monter chez lui. Le téléphone sonne toujours. Sixième, septième sonnerie. Ils ne le lâcheront donc jamais ! Maintenant il s'est fait à l'idée de répondre et presse le pas. Huitième, neuvième, il bouscule la porte d'un coup d'épaule et se précipite vers le combiné. Dixième sonnerie. Il décroche juste au moment où, à l'autre bout de la ligne, quelqu'un raccroche. Hackman reste quelques instants stupide à fixer le combiné qu'il tient toujours à la main, puis il le repose sur son socle qu'il regarde comme s'il attendait qu'il sonne à nouveau. Quand la sonnerie retentit, il s'étonne presque de décrocher aussi vite.

— Qui c'est ?

— Mickey ? C'est Denise.

— C'est toi qui viens d'appeler ?

— Non, c'était occupé. Je rappelle parce que c'est urgent.

— Urgent ?

— Oui. Je viens de trouver Freeman devant ma porte. Salement amoché.

— Freeman ? Il a eu un accident ? demande-t-il trop vite.

— Pourquoi tu dis ça ?

— Rien, comme ça, parce que je l'ai vu partir avec ta Yamaha tout à l'heure, se rattrape-t-il.

— Écoute, sauf si les Yamaha ont des poings à la place des patins, ça ne ressemble pas vraiment à un accident. J'ai plutôt l'impression qu'il s'est fait tabasser en règle.

— Il a dit quelque chose ?

— Il n'est pas en état pour l'instant. Tu peux venir ?

Hackman réfléchit à ce que tout ça peut signifier d'emmerdes supplémentaires.

— D'accord, Denise, je vais venir, mais d'abord il faut que je mette la main sur Elias.

Chapitre 26

Où le paradis n'est pas encore pour aujourd'hui

— Où suis-je ?

— Pas encore au paradis, répond Denise.

— Même pas mort alors ? murmure Freeman en essayant de plaisanter.

— Non, mais ressuscité, oui. On devrait t'appeler Lazare.

— C'est mon second prénom, avoue-t-il en grimaçant un sourire.

— Tu plaisantes !

— Ernest Lazarus Freeman. Ernest pour Hemingway parce que mon père disait qu'il a écrit : « Nous devons nous y habituer : aux plus importantes croisées des chemins de notre vie, il n'y a pas de signalisation. »

— C'est pas faux, admet Denise. C'est vrai que j'ai loupé quelques beaux carrefours dans ma vie, et que je me suis fait cartonner par quelques beaux chauffards en essayant d'en traverser d'autres. Lazarus, c'est ta mère je suppose, pour le rescapé de Béthanie…

— Non, c'est pour une cantate inachevée de Schubert.

— Schubert ? Elle était mélomane ?

— Pas vraiment. Elle débarrassait les tables au Lyrique de Brooklyn. Un restaurant branché où les serveurs chantaient de l'opéra toutes les dix minutes au beau milieu du service. Le propriétaire avait rapporté l'idée de Paris, je crois.

Freeman regarde autour de lui. Il est allongé dans un coin de la salle de restaurant, sur un matelas à même le sol.

— Qu'est-ce que je fais là ?

— Vu ton état et ton surpoids, j'ai renoncé à te monter dans la chambre. J'ai préféré descendre un matelas ici.

— Comment je suis arrivé chez toi ?

— Aucune idée. Quelqu'un a frappé à ta belle porte en contreplaqué. Le temps que j'aille ouvrir, il n'y avait que toi inconscient sur ma Yamaha.

— J'ai conduit jusqu'ici ?

— Ça m'étonnerait. Tu en aurais été bien incapable.

— Qui alors ?

— Celui qui t'a tabassé peut-être, pris de remords, sait-on jamais. J'ai prévenu Hackman, il arrive. J'espère qu'il va mettre la main sur ce salaud.

— Ça m'étonnerait, murmure Freeman qui retrouve peu à peu ses esprits et des bribes de souvenirs douloureux. C'est Elias qui m'a arrangé le portrait. Et sur les ordres de ton shérif.

— Sur les ordres de Mickey ? Tu en es sûr ? Mais pourquoi ?

— Il trouve que je tourne un peu trop autour de son enquête.

— Et il a voulu te donner une leçon rien que pour ça ?

— Non. Il a voulu qu'Elias me tue.

Chapitre 27

Où la mort de l'un annonce celle de l'autre

Hackman fracasse d'un coup de botte le contre-plaqué de la porte et arme son fusil dans le même mouvement. Surpris, Freeman tente de se relever en s'adossant au mur. Il connaît le genre de regard que lui jette le shérif. Haine et frayeur. Panique. Colère. Il sait qu'à cet instant précis l'homme est hors de contrôle. Ni maître de lui, ni maître des événements. Et que presser la détente ne prendrait qu'une fraction de seconde, volontairement ou pas.

— Bouge pas ! hurle Hackman.

Denise préparait un bouillon aux cuisines. Elle accourt et Hackman la met en joue.

— Qu'est-ce qui te prend, Mickey ? Qu'est-ce que c'est que ce cirque encore, ça devient une manie ? Et tu me braques maintenant ? Baisse cette arme, immédiatement !

Hackman hésite puis repointe son arme sur Freeman au moment où Ashton Hayes entre à son tour dans le restaurant. Denise remarque aussitôt son regard effaré.

— Il a tué Elias ! Il a tué Elias ! marmonne Ashton sous le choc.

— Elias est mort ? bredouille Denise sidérée.

— Planté contre un arbre ! murmure le braconnier.

— Hunter ?

— Non, lui ! hurle Hackman en calant son fusil contre son épaule. Ce fumier a tué Elias. Il l'a planté pour nous faire croire que c'est Hunter, mais c'est lui. Ça ne peut être que lui. Ashton, montre-leur.

Ashton tire son smartphone de sa poche. Sur l'écran s'affiche une photo presque en noir et blanc de sous-bois dans la neige. Denise s'approche et du pouce et de l'index agrandit la photo. Un hoquet d'horreur la révulse. Contre un tronc, dans le fond, entre les arbres, le corps d'Elias est cloué par un carreau d'arbalète.

— Oh mon Dieu ! murmure-t-elle les larmes aux yeux.

— Je venais à Pilgrim's en Ski-Doo quand j'ai vu des corbeaux qui s'agitaient sur le bas-côté. Ça rentrait et ça sortait des sous-bois, ça voletait, ça piétinait, ça se dandinait. Je me suis arrêté pour voir, et c'est là que j'ai remarqué le sang dans la neige. Sur la congère qui borde la piste. Rien que là. Pas plus loin. Et pourtant les corbeaux allaient et venaient au-delà entre les troncs. J'ai vu des traces, je les ai suivies, et j'ai vu Elias. Putain quelle trouille, avec tous ces corbacs qui commençaient à lui becqueter les yeux et la langue. J'ai pris la photo pour qu'on me croie et je suis parti en panique chercher des secours. C'est là que j'ai croisé Mickey. Il a tout de suite compris en voyant la photo et il a fait demi-tour pour revenir à Pilgrim's et moi je l'ai suivi.

— Ça ne peut pas être Hunter, affirme Hackman d'une voix blanche mais catégorique.

— Pourquoi ça ne pourrait pas être lui ? s'étonne Denise.

— Parce que, répond le shérif le regard et le fusil braqués sur Freeman. Là-bas il n'y avait qu'Elias et ce fumier quand je les ai laissés.

— Tu veux dire quand tu les as laissés pour qu'Elias le tabasse à mort ?

— Qui t'a dit ça, lui ? Il ment. Il ment sur tout depuis le début. Depuis qu'il est arrivé ici.

— Vu son état, j'ai plutôt tendance à le croire lui que toi.

— Denise, c'est un nègre, un nègre de la ville, et tu préfères le croire, lui ? Il méritait cette correction. Il fourre son nez partout, il embrouille mon enquête et je n'aime pas la grande connaissance qu'il a de Hunter et de ses crimes.

— Tu ne crois pas qu'elle s'explique tout simplement par le seul fait que ce salaud lui a enlevé sa fille ?

— Il a menti à Elias sur l'armée et Elias n'a pas aimé ça, réplique Hackman sans répondre à la question.

— Elias ne bougeait pas le petit doigt sans toi.

— J'ai laissé faire, c'est vrai, mais il le méritait. Et ensuite ce salaud s'est vengé en tuant Elias.

— Avec une arbalète qu'il sortait d'où ?

— Je n'en sais rien, mais je vais le lui faire dire.

— Tu as vu l'état dans lequel Elias l'a mis ? Mickey, ce type relevait à pcine d'un malaise. Il s'est pris deux balles dans son gilet, il était à moitié gelé, et il aurait attendu d'être complètement défoncé par un gaillard taillé comme un géant pour sortir une arbalète d'on ne sait où et aller le clouer à un arbre ? Réveille-toi Mickey, ça ne tient pas debout. Il n'a pas pu faire ça. Et si ce n'est pas lui, il n'y a que Hunter.

— Ce n'est pas Hunter ! hurle soudain Hackman en agitant son arme. Ce n'est pas Hunter, c'est si difficile que ça à comprendre ? Ça ne peut pas être lui !

Freeman n'a toujours rien dit. Il les a laissés parler. Maintenant il devine que la colère du shérif se disperse. Violente et incontrôlée au début, puis froide et résolue, beaucoup plus dangereuse, il y a quelques minutes, elle fait place petit à petit à ce qu'il identifie comme de la perte de contrôle. Ce type est sur le point de craquer. Quelque chose qu'il n'arrive plus à maîtriser le fracasse de l'intérieur et c'est encore plus dangereux. Il faut le tirer hors de là. Le sortir de son dilemme. Le guider vers une autre piste. Freeman décide qu'il est temps pour lui de reprendre la parole et le contrôle de la situation. Mais c'est Ashton Hayes qui change la donne.

— Putain, qui va annoncer ça à Lee Ann ?

— Lee Ann ! hurle aussitôt Denise, oh mon Dieu, Lee Ann !

— Je m'en charge, lâche Hackman comme s'il se chargeait par devoir d'un autre fardeau, comme toujours.

— Mais tu ne comprends donc rien, sombre crétin ! s'emporte alors Denise. Chaque fois que Hunter a tué un homme, il a aussi fait disparaître sa femme.

— Ce n'est pas Hunter ! articule Hackman.

— Mickey, on s'en fout ! Même si c'est un autre, il a tué Elias à la façon de Hunter, alors il va s'en prendre à Lee Ann de la même façon que lui.

— Hackman, Denise a raison, intervient Freeman.

— Ferme-la ! crache le shérif, le corps bandé par l'indécision.

Il ne sait plus quoi faire. Il lui faut du temps pour réfléchir. Que se passe-t-il ? Qui tire les ficelles ? Il a Hunter sur sa chaise, et le nègre n'a pas pu venir à bout d'Elias tout seul. Qui l'imite ? Il lui faut quelques instants pour arriver à classer ses priorités. Il sera toujours temps de comprendre ce qui se passe. Il est le seul à savoir que Hunter n'a pas pu faire ça, mais ce qui importe c'est que tous les autres y croient. En fait il ne faut pas qu'il mette ça sur le dos du marron. Pas du tout. Au contraire. Il faut jouer le jeu du nègre. Il faut que ça soit Hunter, même si ça lui essore la cervelle de ne pas savoir qui c'est vraiment.

— D'accord, dit-il en baissant enfin son arme. Toi, tu ne bouges pas d'ici. Je te croise dehors, je te descends sans sommation. Ashton, amène-toi, on va chez Elias.

Chapitre 28

Où se joue la vie des innocents

— Brandon, je t'en prie !

Lee Ann regarde son reflet dans la nuit à travers la baie vitrée de la cuisine. Bras tendus, mains posées de chaque côté de l'évier, la tête dans les épaules et le cœur au bord de l'abandon. Seule encore. Toujours seule, qu'il soit là ou pas. Cuisiner, faire manger les petits, l'attendre, l'attendre encore. Attendre qu'il l'aime quand il est là, qu'il lui parle, qu'il la flatte, qu'il la rende belle, elle qui ne devient rien. Ni femme, ni mère, ni amante. Seule quand il lui fait l'amour. Seule quand il jouit en elle. Quand il s'endort. Seule dans ce pays de neige et de nuit qu'elle a rejoint pour le suivre. Est-ce à ça qu'elle rêvait quand elle regardait passer les garçons au collège ? Qu'avec ses amies elle notait en riant la bosse de leur entrejambe, leur carrure, leur cul, sur les plages de sa joyeuse et chaleureuse Floride natale ? Pourquoi l'a-t-elle suivi, lui, jusqu'ici ? Elle s'était promis, avec les filles, d'avoir eu au moins trente amants avant trente ans. D'avoir essayé l'amour avec une fille. Avec deux filles.

Avec plusieurs garçons. Elle voulait tout, en riant, et elle tombe amoureuse de lui tout de suite, elle se marie tout de suite, elle lui fait deux enfants tout de suite, sans trop savoir ni pourquoi ni comment, et maintenant c'est trop tard pour sa jeunesse.

— Brandon, ferme-la tu veux ? Tu vas réveiller Alysson !

Elle a toujours sa famille là-bas, à Kissimmee, sur les bords de Tohopekaliga Lake. Il y a des palmiers indolents, des oiseaux chamailleurs, des fruits juteux et des fleurs odorantes. Il y a ses copines d'enfance qui plongent et qui nagent, qui font des anniversaires et peut-être même encore des pyjamas-parties. Il y a la vie, son enfance, ses souvenirs, son père, ses grands-parents, et elle, elle est ici. À Pilgrim's Rest. Pour le cul toujours aussi beau d'Elias. Pour sa belle gueule. Pour emmerder sa mère. Pour faire mieux que les filles. Tout ça pour ça !

Brandon pleure toujours dans sa chambre et Lee Ann n'en peut plus.

— Brandon ! Si tu réveilles Alysson…

Elle se repousse violemment pour sortir de sa tristesse et traverse la cuisine et le salon entièrement vitrés sur le néant de la nuit et la menace de la forêt. Elle n'a jamais aimé cette maison. Elle en a été fière parce qu'elle est spacieuse, moderne et confortable, parce qu'elle a coûté très cher, en efforts comme en dollars, mais elle ne l'aime pas. Elle en a peur la nuit avec tous ces sapins penchés au-dessus d'elle. Même quand Elias est là. Et pire encore quand il n'y est pas. Comme ce soir.

Elle pousse la porte qui sépare le côté jour du côté nuit et allume le couloir. Les enfants ont chacun leur chambre qui se font face, et dorment toujours la porte entrouverte. Elle se dirige vers la chambre de Brandon et le trouve debout dans son lit à sangloter. Au même instant, Alysson se met à pleurer elle aussi dans sa chambre et Lee Ann soupire de désespoir. Ce n'est pas ce qu'elle voulait. Elle voulait des enfants nus et rieurs qui jouent sous le soleil brûlant des plages de sable blanc.

— Voilà, tu as gagné, maintenant ta sœur pleure aussi ! Allez, recouche-toi.

Elle s'approche du lit et c'est à ce moment qu'elle le sent. Sur sa nuque, froid et acéré comme une lame, un courant d'air qui vient de l'autre chambre. Elle aère toujours les chambres pour tuer les acariens. C'est ce qu'on lui a dit de faire dans une revue pour les bonnes mères, mais elle n'avait encore jamais oublié de refermer. Alysson doit être gelée avec le temps qu'il fait. Elle pousse la porte de la chambre de sa fille et l'homme est là, grand, sombre, fort, un couteau à la main. Elle hurle entre ses mains un long cri silencieux qui l'étrangle. L'homme pose un doigt sur ses lèvres pour lui ordonner de garder le silence. Elle regarde vers le lit. Alysson ne bouge pas, son petit corps recroquevillé sous une couverture. Elle cherche des traces de sang sur les draps ou sur le couteau de l'homme, sur le plancher, n'importe où. Il fait signe que non de la tête. Il n'a pas tué la petite fille. Il s'approche d'elle, qui est pétrifiée de terreur, et pose la pointe de son couteau entre ses seins. Elle veut le supplier mais aucun son ne sort de sa gorge éraillée par la frayeur. Elle cherche à tout traduire dans son regard. La pitié qu'elle implore pour ses enfants, ce qu'elle est prête à lui abandonner d'elle pour qu'il les épargne. Tout, qu'il fasse tout d'elle, mais rien à eux, et il semble la comprendre. Il se glisse derrière elle, la colle contre lui et se plaque à elle, une main sur son ventre, la pointe de son long couteau piquant vers son sexe, son menton sur son épaule, et il la pousse doucement jusqu'à la fenêtre pour qu'elle la referme. Puis il la dirige hors de la chambre d'Alysson jusque dans celle de Brandon qui s'est à nouveau endormi. Il ferme les deux portes, éteint le couloir, et attend un long moment comme s'il laissait le temps à la lumière de la nuit de se couler dans la maison. Alors seulement, remontant la pointe de sa lame jusqu'à la gorge de la jeune femme, il se penche par-dessus son épaule. Elle sent ses longs cheveux noirs dans les siens blonds, sa peau froide contre la sienne en feu, ses lèvres épaisses au coin des siennes, son œil contre ses cils. La nuit a tout envahi. Il est dans son dos plaqué tout contre elle, dans l'ombre des choses. Elle entend son cœur à lui battre sourdement et le sien qui panique et trébuche.

— Dans ta chambre…

Chapitre 29

Où le ciel présage d'autres malheurs

Elias a construit sa maison à l'entrée de Pilgrim's Rest en venant de Notchbridge, sur la droite en retrait de la route, dans une clairière qu'il a déboisée au sommet d'une colline. L'été, on aperçoit la partie haute du motel par-dessus les cimes. L'hiver, la neige étouffe les distances et les perspectives. Quand il pousse sa motoneige hors du chemin qui mène à la maison et qu'il arrête le moteur, Hackman n'aime pas les hurlements qu'il entend.

What is this that stands before me ?
Figure in black which points at me
Turn around quick, and start to run
Find out I'm the chosen one Oh noooooooo !!!!

Le métal macabre de Black Sabbath électrise la clairière, étrangement feutré par la neige pesant sur la forêt et sur le ciel boursouflé de nuages. Le glas et l'orage, l'incantation nasillarde d'Ozzy Osbourne, la basse menaçante de Geezer Butler. Le son coule par les vitres grandes ouvertes de la maison éteinte et fige sur place Hackman et Ashton Hayes. Ils arment leur fusil et le shérif fait signe au braconnier de rester dehors en couverture, à l'abri derrière les motoneiges. Quand il se glisse jusqu'à la véranda, la batterie de Bill Ward cogne soudain comme un tambour indien et ça lui glace le sang. Il sait qu'il fait une cible facile quand il passe la porte-fenêtre et s'étonne presque que personne ne lui tire dessus. Il essaye de se convaincre que cette sinistre mise en scène a permis à l'assassin de s'enfuir, mais il est déjà certain de découvrir le pire. Ces notes macabres dans la nuit ne peuvent être que les prémices de l'horreur. Il entre dans le salon. Il connaît bien la maison. Il y a dîné souvent. Il s'y est saoulé avec Elias. Il y a convoité Lee Ann juste sous les yeux de son jeune mari. Bon Dieu ce qu'il a imaginé faire à cette fille et maintenant voilà qu'elle est sûrement morte quelque part dans la maison et qu'il va découvrir son cadavre. Déjà qu'il a son mec cloué à un arbre dans la forêt et qu'il ne sait même pas par qui ! Il allume le salon au moment où la guitare de Tony Iommi martèle le second tempo. Du côté des chambres, un enfant pleure maintenant. Hackman se protège derrière un meuble, le fusil braqué sur la porte du couloir qui s'ouvre lentement. Le petit bonhomme apparaît en titubant, ébloui par la lumière de la torche électrique, apeuré par le déferlement de la musique, le nez morveux et son doudou dans les bras. Le shérif se jette sur lui et l'écarte du couloir en le bousculant. Brandon pleure plus fort. Hackman braque son arme dans l'axe du corridor, cherche d'une main l'interrupteur, et allume. Personne. Il avance de côté, dos au mur, jusqu'à la chambre de Brandon. Vide. Il se plaque contre l'autre mur et ouvre la porte de l'autre chambre d'un violent coup de pied. Alysson se réveille en sursaut et hurle de terreur. Hackman ressort sans s'occuper d'elle et progresse jusqu'à la dernière chambre au fond du couloir. Celle des parents. Celle où il a si souvent imaginé prendre Lee Ann de force.

Celle qui laisse entrevoir un fin rai de lumière sous la porte close qu'il explose d'un autre coup de botte. Vide. Vide mais macabre, avec toutes ces robes étalées sur le lit et le parquet. Il reste quelques instants immobile, marqué par cette mise en scène incompréhensible, puis les hurlements d'Alysson le rappellent à la réalité. Il inspecte aussitôt les autres pièces. Salles de bains, buanderie, cuisine. Rien.

Les hurlements d'Osbourne et les riffs de Iommi cessent brusquement et le silence cogne aux tempes d'Ashton Hayes. Depuis sa planque derrière les motoneiges, il a vu les pièces s'allumer une à une en redoutant les détonations, et maintenant c'est le silence et tout est éteint à nouveau. Il s'est remis à neiger. De gros flocons. Les yeux fendus par le froid, il perçoit un mouvement sur la véranda. Et si ce détraqué avait cloué Hackman sans bruit à l'arbalète comme il l'a fait pour le rouquin et Elias et qu'il venait pour lui maintenant ? Quand il devine la silhouette, il se dresse brusquement et arme son fusil.

— C'est moi, Ashton. J'ai les gosses dans les bras.

— Et elle ?

— Disparue, avec un drôle de foutoir dans sa chambre.

— Pauvres mômes ! lâche Ashton en courant soulager Hackman qui descend les marches verglacées de la véranda.

Il les a emmitouflés dans des couvertures et en porte un dans chaque bras.

Mais quand Ashton se saisit du petit Brandon, Hackman ne lâche pas le gosse tout de suite, les yeux fixés quelque part au-dessus des cimes enneigées, le regard aimanté par un bégaiement d'éclairs roses et bleus du côté de Pilgrim's Rest. Du côté du motel. Du bowling…

— Vous allez rouvrir le bowling ? s'étonne Ashton. Ça, ça serait une bonne idée, Mickey. Ça me manque cette belle enseigne au-dessus du Double Seven.

— Nom de Dieu ! jure le shérif en poussant le gamin dans les bras d'Ashton. Occupe-toi du môme. Je prends la gamine et on y va.

— On ne cherche pas Lee Ann ?

— On reviendra plus tard.

— Il neige, ça va effacer les traces.

— Avec ce qu'il est tombé depuis quelques jours, elles seront toujours assez profondes pour rester visibles. De toute façon si c'est Hunter, Lee Ann, on n'est pas près de la revoir.

Pendant qu'il enfourche sa motoneige, Hackman se surprend à s'entendre parler de Hunter comme du possible kidnappeur. Mais dans le même temps il se convainc que c'est la meilleure solution. Tout lui mettre sur le dos comme dans son plan initial et engranger les indices pour en faire le coupable idéal et lâcher la meute après lui. Ça lui laissera toujours le temps de coincer celui qui s'amuse à l'imiter. Mais la logique de son plan ne résiste pas longtemps à l'angoisse qui l'étreint. Pourquoi l'enseigne du bowling a-t-elle clignoté pendant quelques secondes ? Qu'est-ce qu'a encore fichu ce débile de Jayzy ? Il lance aussitôt son engin dans le chemin sinueux qui rejoint la route entre les hauts sapins sinistres. Il conduit d'une main, la petite Alysson plaquée de l'autre contre sa poitrine, et peine à garder la moto dans les bonnes traces. Il manque plusieurs fois de verser en montant de côté sur des congères comme un glisseur de bobsleigh. La lumière de son phare blanchit la nuit, et la neige, au gré des bourrasques, dresse contre lui un mur fuyant. Si la lune avait percé, il aurait conduit à sa seule clarté pour mieux voir, mais les nuages sont si lourds et si chargés qu'ils raclent la forêt et se déchirent aux cimes des sapins. La lumière du Ski-Doo d'Ashton qui le suit ajoute à son vertige. En retard de quelques virages, elle balaye la nuit à contretemps, creusant des ombres ou illuminant la neige dans l'autre sens. Soudain une saute de vent enroule les flocons dans une spirale horizontale qui le surprend. Pendant quelques secondes, il est en apesanteur dans un cosmos affolé d'étoiles en délire. Le temps que son regard cherche et trouve le point d'appui fixe qui remette en ordre toutes les perspectives, sa motoneige bondit sur le tremplin d'une congère, vole par-dessus un fossé gelé et plonge du nez dans un talus de poudreuse. Déséquilibré par le choc contre la congère, Hackman a lâché la petite. Elle a valdingué dans les airs et roulé sur la neige tassée de la piste. Derrière, Ashton n'a que le temps de se jeter sur le bas-côté à son tour pour l'éviter. Brandon est assez grand pour s'agripper à lui, assis à l'arrière du Ski-Doo. Hackman entre aussitôt dans une rage folle à vouloir redresser sa motoneige. Il y met une énergie de forcené qui surprend Ashton. Tant de hargne, de fureur et de force, tant de jurons contre le ciel, tous les dieux et le ventre de toutes les femmes, qu'il finit par la dégager et redémarre aussitôt. Il zigzague entre les arbres pour trouver le moyen de passer le talus, rebondit sur la piste, et disparaît derrière le rideau de neige sans se préoccuper de la petite Alysson qu'Ashton récupère. Il la plaque contre lui d'une main, comme l'avait fait Hackman, et reprend la piste en manœuvrant prudemment de l'autre. La trouille au ventre qu'un tueur sadique tapi dans la nuit ne les transperce tous les trois, lui et les deux mômes, d'un seul carreau d'arbalète assassin.

Chapitre 30

Où un tueur n'est que de passage

Denise a soutenu Freeman jusqu'à l'étage pour le protéger du froid et l'éloigner de la porte fracassée par Hackman. Il est à nouveau allongé sous le couvre-lit matelassé et elle le soigne. Par chance, Elias a frappé avec ses gants doublés de mouton. Le visage de Freeman est marqué, mais son cuir de black a tenu bon. Pas sa lèvre inférieure, en revanche, boursouflée et fendue, ni son arcade droite, grosse et dure comme un œuf de pigeon. Denise applique des remèdes de grand-mère sur chaque contusion et s'étonne des couleurs inattendues que prennent les hématomes sur la peau noire.

— Tu ne vas pas encore me pisser dessus…

— Tu préférerais sûrement, si tu savais ce qu'il y a dans ces pommades.

— Ne me dis pas !

Il est resté longtemps dans la neige et elle l'a aidé à se débarrasser de ses vêtements mouillés. À nouveau il est nu dans son lit. Quand elle rabat le dessus-de-lit pour soigner son corps, elle devine la violence du tabassage. Son torse est marbré de larges hématomes. Elle espère que rien n'est cassé à l'intérieur. Il portait d'épais vêtements, se rassure-t-elle, et ils ont pu amortir les coups. Et puis c'est un gaillard solide malgré son âge. Elle regrette de s'être moqué de son poids. Sous ses quelques bourrelets, elle le devine en fait charpenté et musclé. Il la regarde l'examiner et se dit qu'elle reste désirable malgré l'âge et les circonstances. Elle surprend son regard et lève les yeux au ciel en secouant la tête. Puis elle empoigne la peau qui enrobe la taille de Freeman.

— Tu sais comment les Français appellent ça ?

— Des *poignées d'amour*, murmure-t-il dans un français mâchouillé par son accent et sa mauvaise lèvre.

— Ouais, répond-elle pensive. J'en ai moi aussi…

— Je pourrais m'y tenir si tu…

— Tu n'as pas froid ? s'inquiète-t-elle soudain, comme pour changer de conversation.

— Une question en réponse à une question, c'est presque un aveu dans un interrogatoire, proteste-t-il dans un sourire déformé par ses lèvres gonflées.

— Non, c'est ce courant d'air, tu ne sens rien ?

— La faute à ton shérif défonceur de portes, je suppose.

— J'ai fermé la porte du palier à l'étage. Ça vient plutôt du couloir on dirait…

Elle se retourne. Au bout du couloir éteint, une fenêtre donne au-dessus de l'appentis, dans la direction de Medlock Pass. Au reflet de la chambre dans la vitre, Denise devine qu'elle est bien fermée, mais elle remarque le voile léger du rideau qui flotte imperceptiblement. Puis ses yeux s'habituent à la pénombre et elle aperçoit la feuille de papier qui tremble sur le tapis du corridor. Freeman voit son front se plisser et son regard qui s'étonne, puis s'inquiète. Elle pose un doigt sur ses lèvres pour lui signifier de garder le silence et se lève sans bruit. Elle prend le fusil qu'elle avait posé sur le parquet et le place sur le lit à portée de main de Freeman. Puis elle ouvre le tiroir de la table de chevet et en sort un petit Walther P22 dont elle vérifie le chargeur. Freeman comprend qu'elle va aller jusqu'au bureau d'où semble s'être envolé le papier. Il prend le fusil, lui fait signe de la tête qu'il la couvre. Il la regarde remonter le couloir en silence, collée au mur pour lui laisser un angle de tir depuis son lit au cas où.

Elle devine aussitôt que le courant d'air vient du bureau. Elle se plaque contre le chambranle, l'arme entre ses mains jointes en prière contre sa poitrine, puis pivote vivement dans l'encadrement de la porte, le Walther dans une main et l'autre sur l'interrupteur pour éclairer la pièce.

Personne, mais la fenêtre est grande ouverte. Des papiers ont volé partout. Rien ne manque apparemment. Sauf peut-être au mur, une photo. Une photo de Suzanne. Suzanne le jour de son mariage. Détachée par le vent malgré la punaise ? Elle essaye de se souvenir : épinglée ou scotchée ? Tombée peut-être. Elle cherche des yeux par terre et aperçoit les traces. Au pied de la fenêtre, sur le parquet, sur le tapis, des traces de pas. Grandes. Le tapis a épongé l'eau et la neige des semelles. Après, elles sont moins visibles. Elle les suit des yeux. L'intrus n'a fait que passer par le bureau. Les traces mènent au couloir. Elles le traversent et pénètrent dans l'autre chambre, en face. Et elles n'en ressortent pas.

Denise s'arrête et jette un coup d'œil à Freeman à l'autre bout du couloir. Il s'est levé et tient le corridor dans sa ligne de mire, adossé à la porte. Denise lui indique l'autre chambre du doigt. L'intrus est là et elle y va. Freeman lui fait signe d'attendre et qu'il va la rejoindre, mais elle l'arrête d'un ordre de la main. Cette fois la porte est fermée. Dos contre le mur, de côté, elle tourne silencieusement la poignée puis pousse avec violence. La porte s'ouvre à la volée, cogne à l'intérieur contre le mur de la chambre, et se referme aussitôt en claquant. De loin, Freeman se dit qu'être flic, ça s'apprend autrement qu'en regardant *Esprits criminels* à la télé. D'un autre côté, n'importe quel voleur ou assassin aurait répliqué à une telle intrusion par un tir réflexe ou une bousculade paniquée. Mais là, aucun coup de feu. Pas de fuite. Freeman juge ce silence plutôt rassurant. Il suppose que Denise se fait les mêmes reproches et qu'elle en tire les mêmes conclusions. Elle s'est plaquée contre le mur à nouveau. Sait-elle que pratiquement n'importe quelle munition de n'importe quelle arme pourrait l'atteindre à travers la cloison ? Il a éteint dans la chambre pour que sa silhouette ne se découpe pas dans la lumière. Du bout de son fusil, il lui fait signe de continuer. Cette fois elle laisse la porte s'ouvrir doucement, attend, glisse la main à l'intérieur pour allumer et attend encore…

— Sortez de là, crie-t-elle, nous sommes deux et nous sommes armés. Jetez votre arme et sortez de là…

Elle attend encore, attentive au moindre bruissement. Puis quelque chose bouge dans le couloir juste à côté d'elle et son cœur trébuche. Quand elle voit la feuille de papier aspirée par la porte ouverte de la chambre, elle comprend aussitôt et se précipite à l'intérieur. Là aussi la fenêtre est grande ouverte. Mais ce qui lui crispe le cœur, ce n'est pas l'idée qu'un inconnu se soit glissé dans sa maison, ni qu'il y soit entré par une pièce pour en sortir par une autre, ni qu'il ait traversé sa maison pendant qu'elle était là, affairée, endormie peut-être. Tout ça la bouleverse. Mais ce qui la sidère, c'est ce que l'intrus a fait. Dans la chambre, sur le lit, sur le sol, sur les chaises, il a sorti et étalé toutes les robes de sa penderie. Et ça la tétanise de peur plus que tout autre chose. Elle appelle Freeman pour qu'il vienne voir, mais il est déjà derrière elle dans l'encadrement de la porte, fasciné lui aussi par cet impeccable désordre. Ses vieux réflexes de flic le poussent à chercher le sens que l'inconnu a voulu donner à cette mise en scène et qui pourrait trahir qui il est. Une provocation, pour dire je rentre et je sors de chez toi comme je veux. Un fétichiste qui affiche son obsession. Un criminel qui récupère et efface des indices. Hunter ? Qu'est-ce que Hunter serait venu faire à étaler la garde-robe de la sœur d'une de ses victimes ? S'il est entré par le bureau, comme le laissent supposer les traces, Freeman l'imagine plutôt déchirant ou collectionnant toutes les photos et les coupures de presse de ses crimes plutôt que s'attardant à admirer les robes d'une femme qui ne fut même pas une de ses victimes.

— Il ne manque rien ?

— Comment veux-tu que je le sache ? Je dois tout ranger pour m'en apercevoir.

— Non, ne touche à rien. Ferme les fenêtres et

laisse tout en l'état. Il faut montrer ça à ton cow-boy de shérif.

— Tu crois ?

— Quelqu'un est entré chez toi, Denise, et pour quelque chose d'encore plus tordu que de te voler ou te violer.

— Ça existe ?

— Quoi ?

— Plus tordu que ça…

— Oh oui, crois-moi, ça existe. Les détraqués ont une sorte de don pour inventer des horreurs.

Elle referme les fenêtres comme il l'a dit et trouve un marteau et des clous pour en condamner l'ouverture. Elle fait de même pour toutes les autres fenêtres de la maison.

— Il reste la porte du restaurant que Mickey a défoncée.

— On condamnera la porte du palier à l'étage, ça suffira. De toute façon c'est une précaution superflue. Il n'y avait pas de rage dans cette mise en scène, pas de colère, pas d'impatience. À mon avis ce type a eu, ou vu, ce qu'il voulait. Il ne reviendra pas. Tu es sûre qu'il ne manque rien ?

— Je n'ai pas eu le temps de vérifier. Tu veux que nous y retournions pour faire l'inventaire ?

— Non, nous ferons ça plus tard avec Hackman. Retournons dans la chambre, j'ai un peu de mal à tenir debout.

Elle le raccompagne jusqu'à la chambre éteinte au bout du couloir, et comme ils entrent, des éclairs bleus et roses illuminent le toit enneigé du Double Seven et la cime des sapins. Une fraction de seconde, Freeman a le temps d'apercevoir les néons de l'enseigne du bowling clignoter de façon erratique avant de s'éteindre à nouveau.

— Vous allez rouvrir le bowling ? s'étonne-t-il.

— Qu'est-ce que c'est encore que cette histoire ? s'inquiète-t-elle en l'aidant à s'allonger, les yeux fixés sur le paysage de nouveau noir et blanc derrière la fenêtre.

Chapitre 31

Où la peur change de camp

Quand Hackman, d'un coup d'épaule, pousse la porte de son bureau, il comprend aussitôt que les emmerdes sont loin d'être terminées. Lui qui croyait reprendre petit à petit les choses en main découvre Jayzy à même le parquet, sur le dos et sans pantalon, le sexe déchiqueté et dégoulinant de sang, la poitrine et l'épaule explosées par deux impacts de balles. Mais le pire pour Mickey, ce n'est pas le cadavre obscène de son attardé de petit frère. C'est la traînée sanguinolente qu'il a laissée en rampant sur le parquet et le tapis pour venir crever dans le bureau. Une longue trace qui vient de la pièce d'à côté. Celle dont la porte ne devrait pas être ouverte. Celle de la chaise. Où il avait bien interdit à cet obsédé de Jayzy d'aller se faire Hunter. Hackman se rend compte qu'il a perdu son fusil en perdant le contrôle de sa motoneige. Il dégaine son arme de poing et se dirige vers la pièce d'à côté. Tout ce qu'il espère, c'est que cet idiot de frangin aura épargné Hunter avant de se faire massacrer. Qu'il l'ait écharpé, cogné, tabassé mais que

Hunter ne soit que blessé, recroquevillé quelque part dans un coin. Ou même qu'il soit mort lui aussi, à la rigueur. Qu'ils se soient entre-tués. Il fera disparaître son cadavre et pour les flics ce sera comme si Hunter s'était évanoui dans la nature. Parce que le pire pour lui serait que ce fumier de sang-mêlé se soit…

En découvrant ce qu'il redoutait, Hackman ferme les yeux pour encaisser le coup. Cette fois, tout se complique. C'est le pire des coups durs. Pourtant, à sa propre surprise, il ne cède ni à la colère, ni à la panique. Il va reprendre les choses en main. Il est le shérif. Il a les épaules pour, c'est sûr. Il va tenir et tout régler, tout gérer, c'est certain. Même si cette fois la complication est de taille. Mais il ne s'attendait pas à ce qu'il y ait pire encore. S'il est resté tétanisé à la vue de la chaise vide, il n'avait pas tout de suite remarqué la trappe ouverte. Son cœur dérape cette fois. Il dévale aussitôt les quelques marches et croit se rassurer en vérifiant que la porte des filles est toujours cadenassée. Mais quand il aperçoit la porte de la remise, son cœur se liquéfie. Elle est entrouverte et il en trébuche de panique. Il entre dans la pièce, voit l'autre porte grande ouverte au fond, se précipite dans le local technique et se cogne à une autre vision de malheur : elles ont percé leur mur ! Elles ont percé SON mur. Il aperçoit la lueur qui filtre à travers la brèche. Il se force à rester calme et court vérifier dans le dortoir ce qu'il redoute déjà. Elles se sont enfuies. Toutes ! Cette fois la donne change et pour la première fois il se sent en danger. Il devient autant chassé que chasseur, mais il réfléchit. C'est l'hiver. Il est le meilleur pisteur de Pilgrim's Rest. Bien meilleur que le meilleur des trappeurs ou des braconniers de la région. Il va traquer ces salopes, cette nuit même. Et puis ce con de Jayzy est mort. Ça peut aussi arranger les choses. Hackman retourne dans le local technique et fait l'inventaire de ce qui peut lui servir.

Chapitre 32

Où les innocents aussi ont droit au malheur

Ashton a glissé son Ski-Doo directement jusque chez Denise et hurle qu'il a besoin d'aide. Quand Denise descend les escaliers, le fusil à la main, elle le découvre pétrifié par le froid, un gamin frigorifié dans chaque bras.

— Mon Dieu ! s'écrie-t-elle en courant s'occuper des enfants.

— On n'a pas retrouvé Lee Ann, bredouille Ashton. Les mômes étaient seuls dans la maison.

— Et Mickey ?

— Il est parti devant comme un fou furieux en me laissant tout seul avec eux. Il est parti si vite qu'il m'a abandonné la petite dans la neige.

— Tu sais où il est allé ?

Elle n'attend pas la réponse. Peut-être même qu'elle n'en veut pas, de peur de prendre en plein cœur une réponse chargée de frayeurs. Elle défait les couvertures cartonnées par la neige, époussette les cheveux des gamins mouillés de flocons qui fondent encore, prend Alysson dans ses bras et dit à Ashton de la suivre avec Brandon. À l'étage, elle fait aussitôt couler un grand bain tiède, déshabille les enfants trop transis pour réagir, et les glisse doucement dans l'eau.

— Il faut que j'y aille, s'excuse Ashton.

— Où donc ?

— Préparer la civière pour ramener le corps de leur père. On ne peut pas le laisser là-bas avec les corbeaux qui lui bouffent les yeux. Imagine qu'en plus les loups…

— Ferme-la, Ashton ! siffle-t-elle entre ses lèvres en lui désignant des yeux les enfants dans la baignoire.

— Ah oui, pardon, j'avais pas… Bon, j'y vais alors…

— C'est ça.

Le braconnier dévale les escaliers, bien décidé à ne pas se risquer tout seul dans la forêt pour décrocher Elias de son arbre. C'est le boulot de Mickey ça, pas le sien. Lui, il va rentrer chez lui retrouver son frangin et se saouler au Moonshine, un fusil entre les jambes pour se donner du courage et attendre ce malade de serial killer, au cas où il lui prendrait la mauvaise idée de venir les clouer au mur. Denise s'en doute un peu mais s'en moque. Les deux gamins se réchauffent déjà dans l'eau et Alysson joue avec un savon. Il lui échappe des mains et ça la fait rire. Le cœur de Denise bascule de savoir ce qu'il va bientôt falloir lui expliquer. Toute cette innocence dans ce foutu monde de violence. Le souvenir du rire de Suzanne la cueille par surprise. La petite Sue. Sa petite sœur. Dans le même bain elles aussi quand elles étaient petites. Les éclaboussures dans les yeux, le savon qui glisse, les mains à plat qui claquent sur l'eau, les fous rires…

— Un cent pour tes pensées…

Freeman est derrière elle. Il s'est traîné jusqu'à la porte de la salle de bains. Dans un sale état encore, mais déjà plus vaillant.

— Ce sont les petits d'Elias ?

— Oui, mais ne parle de rien devant eux.

— Pas la peine. S'ils sont là, je devine ce qui s'est passé.

— Mon Dieu, Freeman, est-ce qu'on va sortir de ce cauchemar ?

— On sort toujours d'un cauchemar. C'est même comme ça qu'on comprend que c'en était un. Si on n'en sort pas, c'est que ce n'était pas un mauvais rêve mais bel et bien la vraie vie.

— Alors tu crois que tout ce malheur, c'est notre vraie vie ?

Il cherche quelque chose à répondre mais ne trouve rien. Les enfants ne sont que des mômes qui s'amusent. Ils ne savent rien des cauchemars. Et s'ils glissent dedans, il leur suffit en se réveillant d'appeler leurs parents. Sauf que pour ceux-là…

— Mets-les dans mon lit. Ils ont besoin de dormir ensemble. Je trouverai bien à dormir quelque part.

— Tu dormiras dans le mien.

— Et toi ?

— Avec toi.

— C'est vrai que dans l'état où je suis, tu ne risques pas grand-chose.

— Moi je suis vaillante. C'est toi qui risques gros, répond-elle sans se retourner.

Elle entend son pas traîner vers la chambre et devine qu'il va préparer le lit des petits qu'elle sort ruisselants de l'eau. Elle les encapuchonne dans de grandes serviettes éponge qu'elle avait mises à chauffer sur un radiateur. En les frottant pour les sécher, elle leur fait de gros bisous bruyants dans le cou et ça les fait rire. Alysson, pas Brandon. Denise comprend que le gamin sait déjà qu'un malheur l'attend. Elle les prend tous les deux dans ses bras et enfouit sa tête dans les serviettes. Alysson croit que c'est pour rire et rit à son tour. Brandon ne dit rien, mais il sait bien que c'est pour pleurer.

Chapitre 33

Où le feu devient celui de l'enfer !

Hackman regarde l'incendie du bowling depuis le parking devant le motel. Les flammes se déchaînent contre le ciel. Une fumée plus noire que la nuit roule ses lourdes volutes sous les nuages bas qui les contorsionnent et les rabattent dans les flammes. Il est sonné. Dans le brasier brûle le corps de Jayzy. Cet imbécile de Jayzy, qui a tout fait foirer. Qui a toujours tout fait foirer. Et maintenant, comme d'habitude, il va devoir tout gérer. Mais il sait faire. C'est lui le shérif. Déjà le feu va détruire tous les indices. Rien ne résistera à cette fournaise. Plus de trace des filles, plus de trace de la chaise, de ce côté-là il est tranquille pour un bout de temps. Pour l'incendie, il le mettra sur le dos de Jayzy. Un court-circuit à vouloir rebrancher l'enseigne. Il y a eu des témoins. Lubie de simplet, facile à expliquer. Bien sûr il reste Hunter et les filles, mais avec leurs traces dans la neige, il pourra les traquer sans problème. Il connaît le pays mieux que quiconque : c'est lui qui traque les braconniers.

Il respire à longues inspirations pour garder son calme. Il sait qu'il doit faire vite. Même si la neige les en empêche encore, les renforts de Notchbridge vont finir par arriver. Il a tellement insisté pour qu'ils viennent entériner ses indices à charge pour incriminer Hunter ! Il faut qu'il parte chasser les filles avant le petit matin. Il a besoin d'un jour ou deux, pas plus. Il tue les filles et cache leurs corps dans la neige et la glace le temps de l'hiver. Quand tout se sera tassé, au printemps, il ira les enterrer à tout jamais. Il sait déjà où. Il tue aussi Hunter mais ramène son corps. Plus de trace des filles, plus de trace du bowling, plus de trace de Jayzy, qui d'autre pourrait l'impliquer de tous ceux qui sont là maintenant, dispersés sur le parking, à regarder la charpente incandescente du bowling s'effondrer dans des tourbillons de braise ? Ashton Hayes et son frère Ethan. Il suffit qu'il porte à ces deux-là une bouteille de Moonshine dans leur gourbi là-bas, au fond des bois, et il les flingue sans problème pendant qu'ils se mettent la tête à l'envers avec leur gnole. Pareil pour Elmer et Bekky Haselman, les deux vieux qui regardent partir en fumée ce qu'ils ont mis vingt ans à construire avant de le leur vendre, à lui et à Jaysen. Boum, boum, derrière la tête par surprise alors qu'elle lui sort une Hill Farmstead du frigo et que lui ne quitte pas des yeux sa télé depuis son sofa qui pue le chien mouillé. Et boum pour le chien abruti qui regarde le carnage avec sa langue qui bave en attendant de pouvoir lécher le sang. Pour Jenny et sa fille Candice, il faudra d'abord qu'elle lui ouvre. Jenny ne l'aime pas. Il lui a mis la main aux fesses quand elle faisait les ménages au motel et cette conne en a fait tout un fromage. Il a dû la virer. Mais même si sa boutique de souvenirs-épicerie-librairie-salon de thé à l'entrée du village est fermée l'hiver, elle sera bien obligée d'ouvrir au shérif. Elle d'abord, tout de suite, dès qu'elle entrouvre la porte. La môme ensuite, où qu'elle soit, en train de jouer ou de se planquer à l'étage. C'est mieux dans cet ordre-là. Ça hurle moins…

Sur le parking, le rougeoiement du feu sculpte les visages et étire les ombres sur la neige. Les Chapman sont là aussi, Doug et sa vieille. Lui, il faut le descendre d'emblée, sans lui laisser le temps de comprendre. Avec sa maison dans les bois, il est capable de garder une arme à portée de main. Ensuite Lee Ann et les gosses, c'est plus compliqué. Elle, il faut espérer que l'autre malade qui s'amuse à jouer les Hunter s'en soit occupé comme il faut. Les mômes, il faut voir. Il compte dans sa tête. Ça fait onze sur dix-neuf. Moins Jayzy et Elias, qui sont déjà morts, et lui, il en reste cinq. Il regarde autour de lui et aperçoit le petit groupe compact et uni des McKinney. Avec ceux-là, ça sera plus coton. Limite survivalistes. Lui bûcheron et elle qui donne de la cognée presque aussi fort que lui. Quant à Wade et Saddie, les jumeaux de vingt ans, ils sont aussi affûtés que des décathloniens. C'est par eux qu'il doit commencer. Les piéger là-bas dans leur maison qu'ils ont construite de leurs mains, avec les arbres qu'ils ont abattus et débités eux-mêmes, au milieu de la clairière qu'ils ont défrichée en famille, tous les quatre, toujours ensemble. Ceux-là, il doit les avoir d'un coup avec l'artillerie lourde pour éviter qu'ils ne se retranchent dans une de leurs caches de survie dont rien ne pourrait les déloger pendant des mois. Et puis bien sûr, après, il y aura Denise…

Voilà. Pas plus compliqué que ça. Ça tient même la route. Les mecs du FBI débarquent quand ils veulent. Ils tombent sur le carnage et ça les occupe. Sept scènes de crime dont un incendie. Lui revient un ou deux jours plus tard avec le corps de Hunter et raconte comment ce fou est revenu à Pilgrim's Rest assouvir sa vengeance de dément contre tous les habitants du bled où il a été arrêté.

Hackman inspire une dernière fois à pleins poumons pour marquer la fin de sa réflexion. Au même moment, ce qui reste du bowling s'effondre et l'intensité lumineuse du brasier diminue après une gerbe d'étincelles en farandole. C'est de nouveau la nuit et le froid qui leur mordent les reins sur le parking.

— C'est bon, il n'y a plus rien à voir ! crie soudain Hackman à la cantonade. Tout le monde rentre à la maison. Vous verrouillez toutes les issues et vous n'ouvrez à personne d'autre que moi. Je passerai un peu plus tard chez chacun d'entre vous, à tour de rôle, pour vous faire un topo.

En quelques minutes le parking se vide. En pick-up ou en motoneige, chacun disparaît dans la nuit, tiré par le faisceau de ses phares. Depuis la fenêtre du Denise's, Freeman regarde Hackman contempler le vide autour de lui, immobile, puis monter dans sa voiture de patrouille et venir la garer en marche arrière contre le bureau du motel. Dans les fausses ombres mouvantes des braises, il le voit ouvrir le coffre avant d'entrer dans le bureau. Il en ressort chargé de deux sacs de voyage puis reste quelques instants caché par le hayon relevé. Quand il réapparaît, Freeman distingue les fusils qu'il tient sous son bras et qu'il dépose sur la banquette arrière. Il éteint aussitôt la lumière de la chambre et se dissimule par instinct derrière les rideaux, mais il comprend dans la seconde qu'il vient de se trahir. Comme il s'installe au volant, Hackman suspend son geste, attiré par ce changement de lumière à la périphérie de son champ de vision. Et le nègre, bien sûr ! Dix-neuf résidents l'hiver à Pilgrim's Rest, mais vingt en ce moment avec ce foutu nègre.

Sans quitter des yeux la fenêtre éteinte, il redescend de la voiture, ouvre la portière arrière, se penche à l'intérieur et ressort avec un fusil sous chaque bras. Il regarde un long moment la fenêtre où se cache Freeman, puis comme s'il se résignait à quelque chose qu'il faut bien faire, se dirige vers le Denise's.

— Denise ! hurle Freeman, éteins tout et trouve-moi une arme, vite, et une pour toi aussi !

Chapitre 34

Où la force arrive en force

D'abord il croit aux reflets de l'incendie sur les rondeurs enneigées qui emmitouflent les sapins. Puis il devine les doigts de lumière jaune qui fouillent la forêt sous les jupes des arbres. Quand il sent la nuit pulser au rythme des gyrophares, il comprend. Un GMC Yukon d'abord, suivi de deux Hummer H2 AMG, tous noirs, débouchent de la route de Notchbridge. Le premier fonce droit sur Hackman et pile à dix mètres de lui en dérapant sur la neige malgré ses équipements spéciaux. Les deux autres s'écartent de chaque côté pour prendre le shérif dans le faisceau de leurs phares. De chaque Hummer jaillissent quatre hommes en tenue d'intervention qui se déploient en éventail, et du GMC un couple que même une ribambelle de mômes nomades devant leur yourte au cœur de la steppe mongole reconnaîtraient immédiatement comme des agents du FBI. Un petit chauve nerveux et une grande brune un peu tendue qui le braquent de leur arme de poing.

— FBI, jetez vos armes !

Hackman se fige au milieu du parking.

— Posez vos armes à terre, avancez de cinq pas et allongez-vous face contre terre les mains derrière la tête.

— Je suis le shérif Hackman. C'est moi qui vous ai demandé de venir.

— Nous verrons ça plus tard. Pour l'instant obéissez aux ordres : armes à terre, cinq pas en avant et à plat ventre.

Hackman pose lentement les deux fusils.

— Votre arme de poing et le ceinturon aussi.

Il s'exécute, puis avance de cinq pas les bras écartés.

— Mains au-dessus de la tête.

Il lève les bras et attend.

— À terre face contre sol !

Hackman ne bouge pas.

Les culasses des fusils qu'on arme claquent dans le froid de la nuit.

— C'est bon, c'est bon, s'énerve le shérif en s'agenouillant dans la neige.

— Face contre sol mains dans le dos.

Hackman hésite puis cède et s'allonge dans la neige, la nuque cambrée pour ne pas quitter des yeux le couple du FBI. Il croise ses doigts derrière la tête avant même qu'ils ne lui demandent. Le petit nerveux va s'élancer pour le menotter quand le chef du commando d'intervention devine un mouvement derrière Hackman.

— Menace à dix heures !

Quatre fusils se braquent sur une silhouette qui s'avance, mains en l'air, à vingt mètres sur la gauche derrière le shérif.

— On ne bouge plus ! Face contre terre vous aussi, comme votre camarade.

— Ce type n'est pas mon camarade, répond Freeman, et je ne suis pas armé.

— Un pas de plus et je donne l'ordre de tirer.

— Je ne suis pas armé, j'ai les mains en l'air, je suis un ex-flic, et le père d'une des victimes de Hunter. Vous voulez vraiment tirer ?

— C'est la procédure. Obéissez ou je donne l'ordre de tirer.

— Je ne m'allongerai pas dans la neige, ce cow-boy a déjà essayé de m'y forcer et je n'ai pas cédé.

— Sommation ! crie le chauve.

Le coup de feu claque et fait gicler la neige à un mètre du pied gauche de Freeman.

— Bien, commente Freeman d'un calme qui déstabilise l'agent spécial Rick Marvelias, et maintenant que vous avez affiché votre taux de testostérone et testé le mien, qu'est-ce qu'on fait ? Vous me descendez et tout le monde témoigne que je ne représentais aucune menace, ou vous rengainez et vous perdez la face. Dans les deux cas, vous vous êtes quand même mis dans un sacré pétrin, non ?

— Et toi dans une situation où tu vas payer cher ton insolence, tu ne crois pas ?

— Oh, si vous envisagez de me passer à tabac pour m'apprendre à vivre, ne vous donnez pas cette peine. Le cow-boy mort de trouille qui baigne dans la gadoue s'en est déjà chargé avant vous. Je tiens à peine debout. Mais ce n'est pas une raison pour que je m'allonge dans la neige.

— Tu n'es pas en position de discuter un ordre du FBI.

— Que vous dites. Tout se discute de nos jours, et souvent devant les tribunaux d'ailleurs. Me forcer à m'allonger dans la neige est une humiliation injustifiée par rapport au danger que je représente. Je suis seul, vieux, sans arme, à moitié mort et les mains en l'air, et vous êtes dix dont huit commandos d'intervention. Du miel pour un avocat. Et allez savoir en plus si ce n'est pas aussi un peu parce que je suis noir. Vous êtes au courant que la vie des noirs importe, comme on dit de nos jours, non ?

— Et merde ! lâche Marvelias dans un long soupir résigné. Allez me chercher ces deux gus.

Les commandos s'élancent comme s'ils partaient à l'assaut du QG retranché de Poutine en Sibérie et ramènent Freeman et Hackman pour les plaquer contre la carrosserie d'un GMC chacun. Les hommes les fouillent sans ménagement puis l'agent du FBI leur fait signe de les laisser libres de leurs mouvements et attend qu'ils se retournent.

— Agent spécial Rick Marvelias, dit le chauve qui ressemble à Telly Savalas en plus petit, et agent spécial Steffie Delesteros. Alors c'est qui le shérif ?

— C'est le blanc qui tabasse le noir, répond Freeman comme une évidence.

Marvelias se retourne vers Hackman sans relever.

— C'est quoi tout ce foutoir, shérif ? C'est Bagdad ici ou quoi ?

— L'aile nord du motel vient de partir en fumée. Hunter y a mis le feu. Il a aussi tué deux hommes. Celui pour lequel je vous ai appelé, le rouquin, et un autre depuis, mon assistant, pendant que nous vous attendions.

— Hey, ne nous cherchez pas sur ce terrain-là,

d'accord ? Nous venons de nous taper pratiquement douze heures de neige dans la tempête. On a tout eu sur la route. Congères, avalanches, verglas. Un type a déglingué la moitié de Notchbridge au chasse-neige et ça n'a pas franchement été une partie de plaisir pour arriver jusqu'ici.

— Demandez-lui de vous présenter ses excuses, siffle Hackman en désignant Freeman du menton.

— Des excuses, j'en ai rien à cirer, mais l'addition, l'administration ne va pas manquer de la lui présenter si c'est lui. Vous êtes sûr que c'est Hunter pour le rouquin et l'autre ?

— Même mode opératoire, lâche aussitôt Hackman.

— Presque, corrige Freeman.

Marvelias les interroge du regard. Il a l'œil noir des Grecs. Celui qui porte malheur quand on les cherche.

— Il a cloué ses deux victimes à un arbre avec un carreau d'arbalète, et il a kidnappé leurs femmes.

— Les femmes ont disparu, rectifie Freeman.

— La différence ? conteste Hackman, c'est exactement comme dans les crimes pour lesquels il a été condamné : elles ont disparu sans laisser de trace.

— Sauf des traces de sperme et des poils un peu partout cette fois, précise Freeman sans quitter Marvelias des yeux.

— Ce sont ceux de Hunter, et ce n'est arrivé que pour la femme du rouquin.

— N'empêche que si les indices matériels relevés par le shérif le confirment, comme il en est d'ailleurs convaincu, Hunter aurait violé une de ses victimes en laissant des traces partout, ce qu'il n'avait jamais fait auparavant.

— C'est vrai que c'est un gros changement dans le mode opératoire d'un tueur en série. Tu en penses quoi, Delesteros ?

L'agent spécial Delesteros a suivi l'échange à fleurets à peine mouchetés entre Hackman et Freeman sans les quitter des yeux.

— J'ai plutôt tendance à croire celui qui en a assez pour refuser de se vautrer dans la neige devant le FBI. Je pense que Freeman a raison, c'est un changement de mode opératoire important. D'un autre côté, Hunter peut avoir changé en dix ans de taule. Surtout côté libido.

— C'est ce que je lui ai dit, intervient Hackman en sautant sur l'argument, et c'est le seul changement…

— C'est le seul changement opératoire, mais ce n'est pas la seule différence. Le rouquin a été planté par quelqu'un de beaucoup plus grand que Hunter.

— Ah oui ? Et on le sait comment ?

— J'ai mesuré l'angle de pénétration du carreau dans le tronc sur lequel a été planté le rouquin. Légèrement de haut en bas. Le tireur avait au moins une tête de plus que Hunter.

— Vous êtes allé sur la scène de crime ? s'offusque Marvelias.

— Ce type n'arrête pas de fouiner partout sans respecter ni consignes, ni procédure. C'est pour ça qu'on l'a un peu bousculé. Pour lui apprendre à respecter les règles.

Freeman encaisse l'assurance de Hackman comme une fausse droite qui annonce un crochet fulgurant. C'est Delesteros qui le sauve, en lui faisant savoir du regard qu'elle le fait.

— Bon, moi je me les gèle !

— Oui, tu as raison, répond Marvelias comme s'il découvrait soudain la nuit prise dans la neige et la glace tout autour de lui. Qui gère le motel ?

— Jaysen, mon frère. Je ne sais pas où il est passé. Mais je peux m'en occuper si vous voulez.

— Parfait, il reste des chambres ?

— À part la 5, qui est la scène de crime de la môme du rouquin, toutes les autres sont libres. La première près du bureau est familiale, la dernière après la buanderie est une suite honeymoon, et toutes les autres sont des chambres doubles king size.

Marvelias interroge Freeman du regard.

— Le shérif m'a viré de l'hôtel, explique-t-il en désignant le Denise's d'un hochement de tête. Je loge chez l'habitante.

— Okay, décide Marvelias. La familiale est notre QG. La 2 devient le dortoir du commando. Je prends la 3 et Delesteros la 4. On transfère tout le matériel et on s'installe. Briefing à six heures demain dans la familiale.

Le commando s'agite aussitôt et décharge des véhicules une quantité de matériel qui sidère Freeman. Delesteros en profite pour se rapprocher de lui.

— Vous êtes le père de Louise, n'est-ce pas ?

— Oui.

— Comment vous êtes-vous retrouvé à Pilgrim's Rest à traquer Hunter ?

— Vous le savez déjà, je suppose. Je l'ai suivi. J'étais à l'audience préparatoire de son nouveau procès. Je suis partout où il est, partout où il va, depuis son arrestation. Je l'ai vu se faire embarquer discrètement par des flics et j'ai hésité deux secondes à me précipiter sur lui pour le buter, parce qu'honnêtement, je n'ai plus pour seul espoir aujourd'hui que celui de me venger.

— Et ?

— Et quelque chose m'a semblé bizarre. Les flics étaient jeunes mais ne se comportaient pas vraiment comme des bleus qui ramènent un monstre vers le couloir de la mort. Un poil trop d'assurance chez eux. Et ce chauffeur de la pénitentiaire qui somnolait bien trop tranquille au volant de son fourgon. L'autre voiture aussi, en plus de la voiture de patrouille. J'ai d'abord pensé à une escorte genre FBI. Mais dans les gestes des flics, ni peur, ni dégoût, ni colère. Juste un soupçon de déférence qui m'a convaincu que ce n'était pas une discrète exfiltration, mais plutôt une évasion. Alors j'ai décidé de tenter ma chance.

— Vous savez que vous irez en taule pour ça, un de ces jours ?

— Ça fait quatorze ans que je suis à l'isolement dans ma propre vie par la faute de ce type, vous croyez vraiment qu'on peut m'infliger pire ?

— Vous lui avez mis la main dessus à Notchbridge, c'est ça ?

— Oui. Désolé pour le grabuge, mais dans la bagarre, il a enclenché le moteur d'un chasse-neige et je n'ai pas su le stopper.

— Il faudra aussi payer pour ça…

— Vous êtes agent spécial ou agent comptable ?

Delesteros sourit et allume une cigarette.

— Et il vous a échappé…

— Ce môme, le rouquin, je le prends en stop en pleine tempête et il me braque et me pique ma Camaro avec Hunter dans le coffre. Après je ne sais plus rien.

Quand je reviens dans l'histoire, le rouquin est cloué à un arbre et Hackman est certain que c'est par Hunter.

— Mais pas vous.

— Pas moi.

— Bon, dit Delesteros après un court silence. Ça m'a l'air d'être un tout petit patelin ici. Si on nous voit parler plus longtemps tous les deux, on va finir par s'imaginer des choses et ça va jaser. Alors à demain matin. Vous faites partie du briefing.

Freeman la retient par le bras.

— Attendez, venez prendre un café chez Denise. Il faut que je vous parle de l'autre type.

— Quel autre type ?

— Celui qui s'intéresse à la garde-robe de ma logeuse.

Delesteros hèle Marvelias pour lui dire qu'elle accompagne Freeman au Denise's et demande à un commando de déposer son sac dans la chambre 4. Puis elle suit Freeman.

Chapitre 35

Où Pilgrim's Rest devient Stockholm

Hackman ne lâche pas Marvelias d'une semelle et le regarde organiser son dispositif quand un des commandos hurle une nouvelle alerte.

— Menace à une heure !

Delesteros a disparu chez Denise avec Freeman et quand le cri fuse, le shérif se retourne dans la direction où pointent soudain toutes les armes. Une silhouette court droit vers eux dans les ombres mouvantes de l'incendie qui meurt.

— Halte !

Mais le fantôme échevelé continue une course que tous devinent épuisée et au bord du déséquilibre.

— Halte, dernière sommation !

Puis dans l'éclat rougeoyant d'un regain de flamme, Hackman reconnaît Lydia et son cœur dérape. Il cherche aussitôt une arme à sa ceinture mais n'en trouve pas. Il a été désarmé par Marvelias et voilà que cette folle vient le dénoncer. Tout ne va quand même pas se terminer comme ça !

— Femme, crie le commando, sans arme, état de choc apparent !

— Ne tirez pas ! hurle aussitôt Marvelias.

La femme est affublée d'un drôle d'accoutrement. Un genre de poncho. Elle passe devant l'homme du FBI et se jette dans les bras de Hackman.

— Ce n'est pas lui ! Ce n'est pas lui ! murmure-t-elle épuisée. C'est Hunter !

Marvelias n'est pas sûr d'avoir tout entendu, mais il a saisi le nom de Hunter.

— Qui est-ce ? demande-t-il à Hackman.

— Je n'en sais rien, ment le shérif.

— Portons-la à l'abri. La chambre 6 est libre.

Un commando s'approche pour s'occuper de la jeune femme, mais le shérif le repousse et la prend dans ses bras.

— Je m'en occupe. Le chauffage de la 6 est défectueux. Elle sera plus confortable dans la honeymoon.

Putain, il est trop fort ! Plus fort que tous ces cons diplômés du FBI. Il court vers la chambre, ordonnant même à Marvelias de courir récupérer la clé de la 7 au tableau du bureau, et au commando de le précéder pour l'éclairer. Quand il serre Lydia contre lui, comme pour la protéger du froid, son front contre son épaule, son visage dans les cheveux, il murmure plusieurs choses à son oreille avant qu'elle ne perde connaissance. Marvelias revient avec la clé et déverrouille la porte que Hackman pousse grande ouverte d'un coup de botte. Il s'étonne lui-même de savoir exactement ce qu'il fait, sans aucune peur ni aucune panique. Il est fier de lui. Il assure. L'idée de la suite honeymoon, c'est du grand Hackman. Et cette excuse du mauvais chauffage de la 6 ! Il arrache les draps et la couette du grand lit king size et y dépose Lydia.

— Comment va-t-elle ? s'inquiète Marvelias.

— Elle est en hypothermie, explique Hackman, on a l'habitude de ça par ici avec les randonneurs ou les touristes qui s'égarent chaque année. Il faut y aller doucement. Le mieux c'est de la laisser se réchauffer nue sous la couette.

— Vous voulez que Delesteros s'en occupe ?

— Non merci, je sais encore déshabiller une femme. Qu'elle demande plutôt à Denise de lui donner des vêtements chauds pour plus tard.

— Moi aussi je sais encore, essaye Marvelias, vous ne voulez vraiment pas un coup de main ?

— Non, essayez plutôt de savoir d'où elle venait en repérant ses traces avant que la neige ne les efface.

— Vous êtes sûr qu'elle ne risque rien ? Il n'y a pas un médecin dans votre bled ?

— Elle n'est pas dans les pommes. Elle dort. Cette fille est juste épuisée et frigorifiée. Elle n'a besoin que d'une bonne nuit de sommeil au chaud.

— Elle a bien parlé de Hunter, n'est-ce pas ?

— C'est ce que j'ai cru comprendre.

— Dieu fasse qu'elle soit la dernière proie de ce salaud et qu'elle lui ait échappé, parce qu'avec ça on le tient !

— À votre place, je n'y mettrais pas tant d'espoir. Dieu ne passe pas souvent par ici. Vous savez d'où vient le nom Pilgrim's Rest ? Rien à voir avec le repos d'une bande de pèlerins de passage. Une troupe de culs bénis chassés de France par des culs encore plus bénis qu'eux ont voulu évangéliser au passage les natifs du coin. Ils les ont tellement convaincus de leur supériorité chrétienne que leurs bons élèves les ont tués et ont bouffé leur cœur et leur foie pour s'approprier leur force d'âme. C'est vous dire où vous mettez les pieds !

— Oui, eh bien personne ne bouffera mon témoin, je vous le garantis. Je fais venir un de mes hommes pour sécuriser cette pièce. Vous pouvez rester près d'elle en attendant ?

— Bien sûr…

C'est à ce moment-là que Hackman le décide. L'idée s'articule dans son cerveau galvanisé par l'adrénaline. C'est maintenant qu'il faut jouer cette carte. Dès que Marvelias est sorti, il s'assied sur le lit et se penche sur Lydia.

— Tu peux te réveiller maintenant, mon amour. Laisse-toi faire…

Lydia ouvre les yeux et se laisse faire pendant qu'il ôte la couverture qui lui servait de poncho. Elle lève les bras sans le quitter du regard pendant qu'il passe par-dessus son visage les tee-shirts qu'elle avait enfilés les uns sur les autres. Cette petite salope, ou celle qui lui en a donné l'idée, a fouillé partout et a pensé à tout. Elle ne porte rien d'autre. Elle est nue, allongée devant lui, bras encore tendus au-dessus de sa tête, les seins remontés haut par son geste. Il lève ses jambes l'une après l'autre pour enlever ses chaussures et tirer ses chaussettes. Le mouvement entrebâille son sexe et elle sent le regard d'Hackman la caresser.

— Écoute-moi bien, ma chérie, Tu as été merveilleuse jusqu'ici. Tu ne peux pas savoir à quel point je suis heureux que tu sois revenue. Maintenant, il faut que nous nous en tirions tous les deux. Ce type est sorti, mais un autre va venir alors retiens bien tout ce que je vais te dire. Tu es Thelma. Tu es la fille du rouquin. Hunter t'a enlevée dans la chambre 5 et tu lui as échappé. Si on t'interroge, tu ne dis que ça pour l'instant, d'accord mon amour ? Si on te pose d'autres questions auxquelles tu ne sais pas quoi répondre, tu fermes les yeux comme si tu tombais dans les pommes. Tu peux faire ça ? Tu peux faire ça pour moi ?

Hackman caresse les seins de Lydia qui gémit aussitôt.

— Tu as toujours été ma petite préférée, murmure-t-il à son oreille. Tu es ma toute première. La seule à ne m'avoir jamais abandonné. Tu es revenue à moi, et je te récompenserai pour ça quand tout sera terminé. Les autres, je vais les punir pour ne pas avoir été sages comme toi. Tu sais où elles sont allées ?

Lydia ne sait pas exactement, mais elle lui donne les informations dont elle se souvient. La direction dans laquelle Hunter les a entraînées, le temps qu'il a dit que ça durerait…

Il l'écoute en pliant soigneusement ses vêtements. Puis il pose les chaussures dessus et glisse le tout sous le lit avant de se pencher à nouveau sur Lydia et de tirer sur elle le drap et la couette. Mais il garde une main sous le tissu et la glisse entre ses cuisses. Ses doigts frôlent son sexe et le souffle de Lydia se fait aussitôt plus court. Il appuie son front contre sa tempe et glisse sa langue dans son oreille.

— Quand je les aurai punies, toi tu viendras vivre avec moi, dans ma maison, dans mon lit. Plus de chaise pour toi, sauf si tu le demandes. Mais tu dois devenir Thelma jusqu'à demain. Tu le feras pour moi ?

— Oui, murmure Lydia au bord de l'orgasme malgré son épuisement.

Elle lui sourit, ravie, habitée par un bonheur infini, un abandon insondable, comme si après toutes ces années elle recevait enfin ce qu'elle méritait depuis longtemps en récompense de tous ses renoncements.

Il se penche encore plus sur elle. Sa bouche frôle la sienne quand il lui parle et lui demande une dernière promesse. De faire une dernière chose pour lui quand il le lui fera savoir. Un secret rien qu'à eux. Un secret d'amoureux le moment venu. D'amants. Il murmure à son oreille. Son doigt pénètre plus profond en elle. La jouissance vient et il pose sa main sur sa bouche pour étouffer son gémissement.

La porte s'ouvre et Marvelias entre dans la chambre suivi d'un commando. Quand il voit Hackman penché sur la fille, il s'inquiète aussitôt.

— Elle ne va pas bien ?

— Si, répond le shérif, elle s'est réveillée quelques instants et vient juste de se rendormir.

Il se relève, dos à l'agent du FBI pour faire écran, et fait mine de rajuster la couette sur le corps de Lydia. Une dernière fois il plonge son regard dans ses yeux avant qu'elle ne les referme. Il y voit tout l'amour extatique que cette pauvre conne lui porte et ça le renforce. Il les aura tous. Même ce petit con prétentieux du FBI.

— Elle a dit quelque chose ?

— Vous allez être content, elle s'appelle Thelma et elle était bien avec le rouquin. Il a piqué la Camaro du nègre et il est allé se débarrasser de quelque chose. Elle l'a attendu. Quand la Camaro est revenue, on a frappé, elle a ouvert, et ce n'était pas le rouquin.

C'était Hunter. Il l'a sonnée d'un direct et elle s'est évanouie. Le souvenir suivant, elle est dans la neige et il l'emmène elle ne sait pas où. Il glisse, il y a une branche, elle l'assomme et elle s'enfuit. Elle s'est dirigée vers la lueur de l'incendie. Si ça se trouve, ce foutu motel lui a sauvé la vie en brûlant.

— *Yes !* exulte Marvelias, on tient cette ordure. Cette fille est plus précieuse que la prunelle de vos yeux, shérif. Mon homme va installer des sécurités électroniques sur toutes les issues. On ouvre, ça hurle. Vous pouvez aller vous reposer. Il va prendre son tour de garde.

Chapitre 36

Où le désir devient un refuge

Une demi-heure après avoir abandonné Hunter dans la forêt, Sofia se jette à plat ventre dans la neige. Malgré le froid qui leur enserre les tempes et leur entaille les doigts, les deux autres filles l'imitent aussitôt. Toutes ont aperçu, loin devant à travers les troncs fantômes des arbres givrés, la cabane à peine éclairée par un reflet de lune. Juste une lueur. Sofia s'approche lentement, se cachant d'arbre en arbre, jusqu'à une vingtaine de mètres. C'est un abri tapi au pied d'un énorme rocher fendu en deux. Probablement une grotte aménagée en refuge avec une façade en rondins, comme un appentis posé contre une falaise. Au hasard des nuages qui défilent, elle devine un toit de mousse recouvert de neige. Sans le fugace clair de lune, elles seraient passées à côté sans en deviner la présence. Elle se retourne pour faire signe aux filles qu'elle va aller y voir de plus près, mais les découvre blotties l'une contre l'autre, le visage défait par la peur. Quand elle tourne la tête pour voir ce qui les effraie, le loup s'avance vers elle en grognant, la tête dans les épaules, le poil hérissé et les babines retroussées sur ses crocs jaunis. Elle tire par réflexe. Le coup claque dans le froid et la bête roule contre elle en gémissant. Dans le même temps une autre bête retombe contre elle, le cou transpercé par un carreau d'arbalète. Sofia n'hésite pas une seule seconde.

— On court ! hurle-t-elle en se précipitant vers la cabane.

Kathia et Thelma s'élancent derrière elle en même temps que les autres bêtes. Elles entendent courir et gémir des loups mais ne se retournent pas. Sofia ouvre la porte d'un coup violent qui lui meurtrit l'épaule, tire les deux filles si fort à l'intérieur qu'elle les envoie bouler au fond de la cabane, puis referme et s'adosse à la porte. Dans son dos, elle sent le choc des bêtes et le raclement des griffes qui déchirent le bois. Puis trois autres chocs, comme des clous qui s'enfoncent d'un coup, et le glapissement des bêtes qui abandonnent et s'enfuient. Après un long moment de silence, attentives et immobiles, le regard perdu vers l'extérieur à travers les murs en rondins, les trois femmes découvrent à tâtons leur refuge. Elles laissent leurs yeux s'habituer à l'obscurité. Petit à petit la cheminée fait comme un faible puits de lumière qui dessine les contours des meubles. Sofia trébuche dans une chaise qu'elle rattrape et tend aussitôt à Thelma.

— Thelma, bloque la porte avec ça. Sinon on cherche de quoi s'éclairer. Une lampe-tempête accrochée au plafond peut-être, une lampe torche sur une étagère ou dans un tiroir, ou des allumettes près de la cheminée.

— J'ai ! dit soudain Kathia près de la cheminée. Des allumettes et du papier.

— Alors regarde si la neige n'obstrue pas la cheminée et brûle n'importe quoi pour faire du feu.

Mais Kathia n'a pas à chercher. Du petit bois sec est stocké d'un côté de la cheminée, avec une pile de bûches de l'autre. Dès que le papier s'enflamme et que le petit bois crépite, l'intérieur de la cabane s'éclaire et Sofia trouve une lampe-tempête accrochée à une poutre au-dessus d'une table. Le réservoir plein, et la mèche neuve.

Les filles s'affairent aussitôt. Sofia inspecte toute la cabane. Deux pièces en tout. Quelque chose comme une chambre, avec une paillasse sur un cadre du même bois brut qu'une petite armoire. Une pièce plus grande, avec une table et deux chaises, une cheminée, deux placards et des étagères. Dans les placards, elle trouve des conserves et vérifie les dates. Pas périmées. Cet endroit est plus qu'un refuge, c'est une planque prête à recevoir quelqu'un qui doit se faire oublier. Elle fait l'inventaire de ce qu'elle trouve : de quoi tenir un mois pour un fugitif seul. Comment Hunter connaissait-il cet endroit, et pourquoi la planque est-elle prête avec des vivres et tout ce qu'il faut à quelqu'un en cavale ? Elle cherche des réponses quand Thelma hurle de joie.

Dans un bocal, elle a trouvé de l'herbe. Au moins un kilo et de la bonne. Avec ce qu'il faut de papier à rouler pour des jours et des nuits de joints. Sofia et Kathia la regardent s'évader aussitôt dans les volutes odorantes, un sourire bienheureux aux lèvres pour la première fois depuis qu'elles la connaissent.

— Hey les filles, faudrait peut-être penser à aller rechercher notre beau gosse maintenant, suggère-t-elle doucereuse après un long moment de silence.

Si ça se trouve c'est un bon coup, qui sait ? Après dix ans de taule, il doit l'avoir affamée !

— Thelma, tu ne crois pas qu'on a mieux à faire ?

— Ben je sais pas moi, comment vous faisiez entre vous pendant tout ce temps, les gouinettes, ça ne vous a pas manqué ?

— Ferme-la, Thelma !

— Cool les filles, mais avouez quand même que ce type ne nous a pas embrouillées. Sa cabane elle est bien là où il a dit qu'elle serait et on est bien contentes d'y être à l'abri, non ? Alors pourquoi on n'irait pas le chercher pour lui faire partager un peu beaucoup de nos chaleurs ?

— Tu oublies les loups !

— Écoute, quand j'imagine son petit côté Jeremiah Johnson sur une peau de bête devant la cheminée, ça me tente bien et c'est pas quelques clébards des bois qui vont m'en priver.

— Thelma, n'y pense même pas, murmure Sofia.

— Merde quoi les filles, vous pourrez regarder si vous avez oublié comment on fait, mais moi ça commence à me manquer…

— C'est du suicide, Thelma, n'y va pas, s'inquiète Kathia.

— De la part de quelqu'un qui l'a condamné à mourir de froid, je trouve ça plutôt hypocrite, non ?

— Kathia a raison, intervient Sofia d'une voix plus triste. Nous ne pouvons rien faire pour lui. Et puis il s'est peut-être libéré. C'est peut-être lui qui a tiré des flèches sur les loups. Ou alors il a un complice qui va lui venir en aide. Il a bien fallu que quelqu'un prépare cette planque pour lui…

Une fumée âcre les prend soudain à la gorge.

La cheminée refoule. Le vent dehors, ou l'intérieur trop froid. Les filles paniquent un instant en s'écorchant la gorge. Sofia demande qu'on vérifie si les deux petites fenêtres s'ouvrent. Le temps qu'elles s'agitent en se bousculant, les yeux en larmes piqués par la fumée qui les suffoque, Thelma se jette sur elle, lui arrache l'automatique, et se précipite vers la porte.

— Salut les gouinettes, je vais chercher mon mec !

Mais elle a à peine entrebâillé le battant d'un centimètre qu'il s'ouvre brusquement. Thelma bascule à la renverse et laisse échapper son arme. Hunter est là. Tout le monde se fige à l'intérieur, et un brusque courant d'air fait remonter la fumée dans la cheminée.

Sofia réagit la première et plonge vers l'automatique, mais Hunter la braque déjà de son arbalète.

— Ne la tue pas ! hurle Kathia. On allait te chercher…

— Oui, je sais. Enfin, surtout elle, répond Hunter en tendant une main à Thelma pour l'aider à se relever. J'étais derrière la porte et je vous ai entendues.

— Depuis longtemps ?

— Depuis que je suis redescendu du toit.

Thelma, emportée par ses vapeurs odorantes, se love contre Hunter.

— Ben si tu as tout entendu, beau gosse, tu sais pourquoi j'étais prête à braver les loups pour toi…

— C'est toi qui as obstrué la cheminée, c'est ça ?

— Je suis un homme de ressources…

— Et les loups ? s'inquiète Sofia.

— Partis pour l'instant.

— Ils vont revenir ?

— Ils ne me font pas peur.

— Toi non plus tu ne me fais pas peur, roucoule Thelma.

— Elle est en manque depuis deux jours, s'excuse Sofia en désignant Thelma.

— Elle n'en a pas l'air.

— En manque de sexe, pas de came, précise-t-elle.

— Après quinze ans, j'aurais plutôt pensé que ce serait vous, ironise Hunter.

— De ce côté-là, les filles et moi frôlons plutôt l'overdose, crois-moi.

— Oui, dit Hunter sur un ton d'excuse, je veux bien vous croire, désolé. Maintenant ce n'est pas parce que vous n'avez pas l'intention de vous en servir, à part mademoiselle Thelma, que je dois me les geler quand même. Je peux entrer sans grabuge ?

Sofia lui fait signe qu'il le peut et, dès la porte refermée, les filles se regroupent autour de lui.

— Qu'est-ce qu'on fait maintenant, alors ?

— Moi j'ai bien une idée… tente Thelma.

— Et si on mangeait plutôt ?

Chapitre 37

Où l'amour prépare à la mort

Elle entend l'homme en noir et en armes dormir sur le dos à même le sol, raide comme un gisant. Il ronfle. Elle peut le voir en se tournant sans bruit. Les diodes rouges des alarmes, aux fenêtres et à la porte, feutrent l'obscurité d'une étrange clarté. Ses yeux s'y sont peu à peu habitués. Maintenant elle distingue tout, un peu comme à bord d'un sous-marin dans un film de guerre. Elle est heureuse. Il l'a prise dans ses bras. Il a caressé son sexe et ses seins. Il lui a parlé. Enfin Il sait qu'elle tient à Lui. Elle n'a rien oublié de tout ce qu'Il a murmuré à son oreille. Elle fera tout ce qu'Il a dit, et Il l'accueillera dans Son lit quand Il aura fini de punir les autres. Ces imbéciles, ces garces, qui sont venues année après année Le lui prendre. Voleuses ! Comment ont-elles pu croire qu'Il les préférerait ? Ce n'étaient que des passades pour qu'Il s'amuse. Il en avait bien le droit si elle s'était montrée incapable de Le satisfaire tout le temps. Mais Il l'a dit. Elle était Sa première. Sa préférée. Alors, comme Il le lui a fait promettre, elle n'a plus qu'à L'attendre.

Il est trois heures du matin quand Il l'appelle. Un grattement, à peine perceptible, sur le mur du fond comme Il l'a promis, suivi d'un court silence avant un autre grattement. Quand c'était l'Autre qui venait la chercher pour la chaise, c'était deux coups violents à ébranler la porte avec un long silence entre les deux. Le premier pour prévenir qu'il était là et qu'elles cessent toutes ce qu'elles faisaient. Le ou les suivants pour dire laquelle d'entre elles y avait droit. Mais cette nuit, comme Ses mots murmurés dans ses cheveux, comme Ses lèvres parlant contre ses lèvres, comme Son doigt glissé dans son sexe, Lui est délicat et prévenant. Elle se lève sans aucun bruit. Elle est nue comme Il l'a demandé. Elle se dirige sur la pointe des pieds vers la cloison en bois verni sans quitter des yeux le soldat qui dort comme un mort. Maintenant la lueur rouge des diodes donne à la pièce une atmosphère sombre et secrète qui l'excite. Il l'a appelée et elle va à Lui comme Il l'a commandé. Une fois contre le mur, elle compte les planches comme Il l'a dit. Elle trouve le nœud dans le bois à la base de la neuvième, à la jointure avec la huitième. Un rond plus sombre dans le bois brillant. Elle gratte comme Il l'a fait pour l'appeler, et regarde le nœud, tendue par le désir et l'attente. Quand elle voit le petit cylindre de bois sombre s'enfoncer à reculons dans la planche, elle croit défaillir. Il est là, derrière, tout contre elle, comme Il le lui a promis. Pour elle. Pour elle seule. Et maintenant Il va tout lui dire. Tout ce qu'il faut faire et qu'elle fera. Jusqu'à tuer ce soldat endormi s'il le faut. L'égorger de ses dents s'Il le veut. Tout. Sa vie même pour Lui !

Chapitre 38

Où l'art du vice devient macabre

Longtemps il avait cru que c'était ce vieux pervers d'Elmer Haselman. Le trou était juste à la bonne taille pour sa grande dégaine d'échalas. Il s'était persuadé que ce vieil obsédé avait calculé son coup dès la conception du motel. Isoler la suite honeymoon des autres par la buanderie, c'était bien vu. Et vous verrez, vous serez tranquilles. Entre votre suite et les autres chambres, il y a la buanderie. Pas de danger que vous réveilliez vos voisins, les tourtereaux ! Combien de jeunes couples avides de plaisir et de licence avait-il ainsi surpris ? Une fois retiré le bouchon du nœud, il avait vue sur la chambre et le lit et tous les ébats de ceux qui avaient justement choisi cette chambre-là pour ça. Il avait découvert le subterfuge un peu après avoir racheté le motel avec Jaysen. Avant la réouverture, ils avaient tout repeint, y compris l'intérieur de la buanderie en blanc pour donner plus de clarté à cette pièce sans fenêtre. Un clou était enfoncé presque entre deux planches. Trop court pour servir de crochet, pas assez long pour fixer quelque chose. Quand il avait voulu l'enlever à la tenaille pour mieux repeindre, le petit cylindre de bois dur était venu avec le clou et Hackman avait compris. Il ne l'avait jamais dit à Jayzy. Il était déjà bien trop obsédé sans ça. Lui en avait profité au début, quand le motel marchait encore un peu. Il convoitait le corps des femmes, comparait ses muscles et son sexe à ceux des hommes, et se masturbait devant les ébats frénétiques des couples déchaînés par ce qu'ils pensaient être le secret de leur intimité. Puis un jour il boit son café chez Denise en surveillant par la vitre un couple qui rentre dans la honeymoon. Ils sont si pressés qu'ils s'embrassent déjà sur le pas de la porte. Lui caresse les fesses de sa toute jeune femme pendant qu'elle torture maladroitement la clé dans la serrure, penchée en avant, sachant très bien sa croupe offerte au regard de son homme qui la bouscule en riant. Elle se défend en lui empoignant l'entrejambe de sa main libre à travers son pantalon, tortillant des fesses sans se retourner pour le narguer. Denise les regarde faire de loin elle aussi, un sourire aux lèvres.

— Quand je pense que ma petite sœur passera bientôt cette porte !

— Elle se marie ? s'étonne Bekky Haselman.

— Oui, et elle fera étape ici pendant sa lune de miel !

— Tu parles d'un bled pour s'envoyer en l'air, plaisante la vieille femme qui sirote son café brûlant perchée sur un haut tabouret face à Denise.

Hackman, silencieux, attend que le couple roule contre la porte jusque dans la chambre en s'embrassant à pleine bouche. Alors il demande à Denise de mettre le café sur sa note et sort en saluant Bekky.

— Bon courage Mickey, lui lance la vieille. Y a encore pas trop de monde à cette saison, tu devrais t'en sortir avec une petite lessive rapide à la main dans la buanderie.

Ce jour-là, il comprend que le trou dans le mur était l'idée de Bekky et qu'elle se l'est gardé pour elle toute seule. Le vieux Elmer n'y a sans doute jamais eu droit. Ou alors par ricochet, le soir dans leur lit, par perversion collatérale.

Il y repense en préparant l'arbalète. Le trou mesure douze millimètres de diamètre. Il a choisi un carreau long de quarante-quatre centimètres et fin de huit millimètres. Un trait en carbone avec tête de chasse vissée en acier. Pour être plus perforant.

Chapitre 39

Où les loups solitaires ne sont pas ceux que l'on pense

Elles sont assises toutes les deux sur le lit, parmi les robes. Lui est debout.

— Vous êtes mariée ? demande Delesteros.

— Non, répond Denise un peu étonnée.

— Vous l'avez été ?

— J'ai réussi à éviter ça, pourquoi ?

— Vous avez pris du poids récemment ?

— C'est quoi cette question insolente ?

— Ne vous vexez pas, Denise, mais je vois là pas mal de robes que vous auriez du mal à enfiler aujourd'hui.

— Ah, ça ! Les tailles 29 sont à ma sœur, les 34 à moi, malheureusement.

— Votre sœur vit avec vous ?

— On ne sait pas très bien où vit ma sœur, répond Denise en se fermant soudain. Ni si elle vit encore quelque part d'ailleurs…

Delesteros se tourne vers Freeman pour l'interroger du regard et qu'il lui décrypte le message.

— La sœur de Denise a été la troisième « disparue » de Hunter.

— Oh, excusez-moi, c'est vraiment stupide de ma part, pardonnez-moi, j'aurais dû le savoir… Dites-moi, est-ce que votre sœur était mariée ?

Cette fois Denise ne peut retenir sa peine et pleure. Freeman s'approche d'elle et pose une main sur son épaule. C'est lui qui répond.

— Elle l'a été. Cinq jours exactement. Ils se sont mariés à Mankato, dans le Minnesota, et sont passés par Pilgrim's Rest au début de leur voyage de noces. Hunter a tué Dwain le lendemain de leur arrivée, et on n'a plus jamais revu Suzanne depuis.

— Donc elle a bien été mariée.

L'insistance de Delesteros déstabilise Denise et exaspère Freeman.

— Vous n'avez pas de meilleures questions à poser ? En quoi est-ce si important qu'elle soit mariée ou pas ?

— Est-ce qu'elle est venue directement ici après son mariage ? insiste Delesteros en ignorant Freeman.

— Oui, répond Denise qui cherche à maîtriser ses sanglots.

— Avec sa robe de mariée dans ses bagages ?

— … Oh mon Dieu, sa robe de mariée ! s'écrie Denise en pleurs qui comprend aussitôt.

Elle se précipite vers la penderie, puis vers l'armoire, fouille partout, éventre des cartons, retourne des tiroirs et soudain s'immobilise. Tétanisée.

— Sa robe de mariée. Ce fou furieux a volé la robe de mariée de Suzanne !

Delesteros ne dit rien. Elle regarde Freeman puis se lève.

— Qu'est-ce que ça veut dire ? demande-t-il inquiet.

Delesteros préfère sortir sans répondre. Freeman serre Denise dans ses bras, pose un baiser dans ses cheveux, puis sort à son tour rejoindre la femme du FBI.

— Je connais ce silence, dit Freeman en prenant Delesteros par le bras pour la retenir.

L'agent spécial ne résiste pas et ils s'arrêtent. Elle reste là quelques instants à éviter son regard, les yeux sur ses chaussures, à écraser dans la neige fraîche une cigarette imaginaire. Puis elle le fixe soudain et il voit toute la détresse qui attriste son visage fatigué.

— Et ça, c'est le regard d'un flic qui vient de se forger une terrible certitude. Une intime, mais horrible conviction, n'est-ce pas ?

Elle pose ses mains bien à plat contre la poitrine de Freeman et tord sa bouche d'une moue résignée. Il connaît la musique. C'est à la fois un contact physique de confiance, et en même temps un geste qui marque une limite. Cette femme veut le protéger de quelque chose parce qu'elle l'aime bien et que ce quelque chose est terrible. Il sait qu'elle ne va rien lui dire parce qu'elle ne le peut pas.

— Vous n'êtes plus flic, Freeman, et vous êtes une partie prenante bien trop impliquée dans l'affaire. Je ne peux rien vous dire.

— C'est cette histoire de robes, n'est-ce pas ?

— Je ne peux rien dire.

— Quelque chose à voir avec la robe de mariée…

— Vous restez un bon flic…

— C'est une signature, n'est-ce pas ? C'est ça ?

Delesteros va répondre quand Marvelias sort de la suite honeymoon suivi d'un commando. Quand il les aperçoit, il donne un ordre à l'homme en uniforme puis se dirige droit vers eux. Delesteros réalise soudain que sa posture, les deux mains sur la poitrine de Freeman, porte à équivoque. Elle s'écarte et se place à côté de l'ex-flic pour faire face à son partenaire.

— Le pas de l'engueulade, murmure-t-elle de côté.

— Au département on appelait ça la charge de l'éléphant : oreilles au vent et trompe en l'air.

Delesteros n'a pas le temps de sourire. Marvelias est déjà sur elle.

— Steffie, tu étais où ? Qu'est-ce que tu foutais, bon sang ?

— Pourquoi, il y a du nouveau ?

— Plutôt, oui ! Une fille à moitié nue a surgi de la forêt pour se jeter dans les bras du shérif. Sans doute Thelma, la môme du rouquin. Avec un peu de chance c'est sa dernière victime qui lui a échappé et on tient un témoin direct !

— Génial, et où est-elle ?

— C'est pour la déshabiller et la coucher qu'on avait besoin de toi. Maintenant elle dort. Elle est sous le choc. Je l'ai mise dans la dernière chambre avec toutes les issues sécurisées de l'intérieur et un homme dedans. Demain matin première heure on la débriefe. Franchement, j'aurais préféré que tu sois là plutôt que de te voir roucouler avec monsieur fouille-merde.

— Ah, dit Freeman en souriant, je vois que Hackman vous a parlé de moi.

— Oui, et maintenant c'est une enquête fédérale, alors vous allez vous tenir le plus loin possible de nous, c'est bien compris ?

— D'accord, répond Freeman en faisant demi-tour pour retourner chez Denise, vous voulez que je vous le signe, comme son complice ?

Marvelias ne comprend pas l'allusion, mais il devine un message caché. Il regarde Freeman qui s'éloigne, puis Delesteros qui écarquille les yeux de découragement. Tous ces mecs et leurs querelles d'ego !

— Qu'est-ce que ça veut dire ? demande Marvelias. Tu peux décoder ?

Elle le prend par le bras pour l'entraîner loin de Freeman qui s'est arrêté pour écouter leur conversation.

— On est dans la panade, Rick. Et profond avec ça !

L'agent spécial va lui demander plus de précision mais un coup de feu claque soudain dans la nuit. Loin. Du côté de la forêt. Freeman revient en courant vers eux.

— Arme de poing, dit Delesteros.

— D'accord avec ça, lâche Marvelias.

— Beretta Parabellum 9 mm chargeur de 15, précise Freeman.

— Comment pouvez-vous savoir ça ?

— C'est le mien. Il aboie pareil. Le rouquin me l'a piqué.

Marvelias tourne la tête et aperçoit Hackman qui est sorti sur le pas de la porte de la chambre 6. Il regarde vers la forêt lui aussi.

— Qu'est-ce qu'il fait là ? demande Freeman.

— Il habitait dans la partie du motel qui a brûlé alors il va squatter cette chambre quelque temps, explique Marvelias. Hey, shérif, vous avez entendu ?

— Arme de poing… répond Hackman sans quitter des yeux la masse sinistre de la forêt sous la neige.

— Et alors ?

— Alors quelqu'un a des emmerdes avec des loups je suppose, répond le shérif en retournant dans sa chambre.

— Si c'est Hunter, dit Freeman en regardant Marvelias, j'espère qu'ils vont le dépecer vivant toute la nuit.

— Vous en pensez quoi, shérif, on peut aller voir ?

— Trop risqué de nuit avec cette tempête. J'irai voir ça demain matin. Ça peut aussi être des braconniers.

— Des braconniers avec un Beretta ?

— Ici on prend toujours une arme de poing par précaution. Le fusil, c'est bien pour la chasse, mais quand la meute est sur vous, c'est au flingue qu'on se défend le mieux.

— Okay, une équipe ira voir ça demain, pendant que l'autre débriefera la fille.

— Et pour la robe ? demande Freeman.

— Quoi la robe, quelle robe ? s'étonne Marvelias.

— Freeman, coupe Delesteros, votre logeuse vous attend.

Il se retourne et aperçoit la silhouette de Denise en contre-jour dans la fenêtre à l'étage. Marvelias comprend que sa partenaire congédie l'ex-flic et insiste.

— Allez-y, Freeman. Nous n'avons pas que ça à faire. Nous attaquons tôt demain et nous avons tous besoin de repos.

— D'accord, répond Freeman en s'éloignant, alors à demain matin.

— Non Freeman, pas vous. Pour vous c'est grasse mat'. Demain et tous les jours qui vont suivre. Et je ne veux pas vous voir hors de chez votre logeuse. Profitez-en, elle semble vous avoir à la bonne, hein, Delesteros ?

— Rick, il faut vraiment que je te parle…

Chapitre 40

Où le mariage vire à l'obsession morbide

La jeune femme est allongée dans sa robe, bras en croix, sur la pelouse impeccablement tondue de la maison des Sutter à Anoka, dans le Minnesota. Le soleil bas de l'été indien irradie sur la scène des reflets chauds que contraste le filtre polarisant de l'appareil. La robe et ses dentelles resplendissent d'un blanc éclatant contre le vert profond et lumineux de l'herbe rase. Ça pourrait être la photo heureuse d'une jeune mariée, quelques instants après les cérémonies, une fois retombée la tension des conventions. Un instant de bonheur abandonné, volé à la foule des invités. S'il n'y avait ce sang sur son ventre qui macule sa robe. Et sur l'autre photo, sous la robe relevée par des mains gantées de latex, la plaie béante ouverte depuis le sexe jusqu'au nombril. Et sur la suivante, le corbeau mort enfoncé de force dans ses entrailles…

— C'est sa signature, insiste Delesteros en faisant défiler à l'écran d'autres photos d'autres femmes, toutes éventrées, un corbeau mort enfoncé dans leurs tripes. Whitefish Montana, Gilette Wyoming, Madison Dakota du Sud, Anoka Minnesota, Wautoma Wisconsin. C'est Warrick Gordon Beckworth, alias Crow.

— Nom de Dieu, le Crow du nouveau procès de Hunter ? Celui dont il a endossé le crime pour lequel il était enfermé et qui l'a fait libérer ?

— Celui-là même. Beckworth s'est fait arrêter et condamner pour le massacre d'Anoka. Le seul de ses crimes auquel il était lié par un indice matériel. Un joggeur matinal l'a vu tuer un corbeau et le fourrer dans sa poche dans le petit parc historique de Two Rivers, au confluent du Mississipi et de la Rum River. Ils sont plutôt *nature friendly* là-haut, alors le type l'a dénoncé pour violence sur animal, tu crois ça, toi ? Les flics du coin n'ont pas eu de mal à le repérer. Beckworth mesure un mètre quatre-vingt-seize et porte les cheveux longs à l'indienne. Sauf que quand ils le coffrent, il n'a plus de corbeau dans la poche de son manteau. Par contre ses manches portent des traces de sang. Quelques heures plus tard, on découvre le corps d'Abbie Marciano dans l'état que montre la photo.

— Il s'est expliqué ?

— Oui. Il aurait tué le corbeau justement parce que la bestiole était couverte de sang. Il a dit qu'il n'aimait pas les corbeaux. Que c'étaient des prédateurs qui s'attaquaient aux moineaux et aux pigeons, aux chats même, et jusqu'aux petits chiens. Qu'il l'a tué parce qu'il avait du sang plein les ailes et qu'il devait avoir tué un pauvre animal quelque part. Puis comme il ne trouvait aucune charogne, il avait balancé le corbeau dans le Mississippi sans faire attention qu'il avait taché ses manches avec le sang.

— Les jurés ne l'ont pas cru ?

— Beckworth n'a pas vraiment une gueule à séduire un jury. Et puis le ministère public a ressorti les photos des autres crimes et trois fois sur quatre, la présence de Crow a pu être avérée. Pas sur les lieux même du crime, mais au moins dans la même ville.

— Ça ne tient pas juridiquement.

— Non, mais ça a marqué le jury. Beckworth n'a en fait été condamné que pour le seul crime d'Anoka. Pas d'indice matériel suffisant pour les autres.

— Et que vient faire Hunter dans cette histoire ?

— Il rencontre Crow en prison. Ils partagent un moment la même cellule. Et deux ans plus tard, Hunter demande à voir un représentant du procureur et s'accuse du meurtre d'Abbie Marciano. Il donne une tonne de détails qui n'étaient apparus ni à l'enquête, ni au procès. Il ressort un ticket de caisse d'un Hardee's sur Main Street à Anoka, un billet pour un match à domicile des Tornadoes à Goodrich Field, et un billet pour une séance de ciné au Redbox à la sortie de laquelle deux gamins ont fait le coup de poing et dont les témoignages ont été recoupés. Avec, cerise sur le gâteau, la cache où trouver le couteau de chasse qui a servi à éventrer la victime. Un Anza Whitetail Large avec un manche en bois de cerf. L'arme du crime selon le légiste.

— Et Beckworth a eu droit à un procès en révision qui l'a innocenté, c'est ça ?

— Oui, avec un beau paquet de dollars en indemnisation provisoire et les excuses obligées du juge qui pourtant ne croit pas une seconde à son innocence.

— Et toi, maintenant, tu crois que Crow est ici, à Pilgrim's Rest.

— L'histoire de la robe de mariée est troublante. Chez Denise comme chez la femme de l'adjoint, un intrus a fouillé la garde-robe.

— Mais l'adjoint n'était pas marié. On n'a pas pu voler la robe de sa femme.

— Aucune des victimes de Crow n'a été tuée dans sa propre robe. Elles avaient toutes été achetées sur le Net avec des cartes bancaires volées et livrées à des boîtes postales.

— La sœur de Denise aussi ?

— Oui. Ce n'était pas sa robe.

— Alors ça voudrait dire que…

— Oui, si c'est Crow et qu'il cherche une robe de mariée, c'est pour une prochaine victime.

— Mais si tu penses que Crow est derrière tout ça, quel est le rôle de Hunter ?

— D'abord je pense que Hunter a accepté d'endosser le crime de Crow pour que ce dernier puisse sortir. Après je ne sais pas où en est l'enquête sur l'évasion de Hunter, mais je parie ma culotte que Crow s'est servi de son pactole pour organiser la fuite de Hunter.

— Ça, je saurai te le rappeler.

— Quoi ?

— Ta culotte. Mais si Crow et Hunter sont dans la nature, ils sont quittes maintenant. Quel intérêt pour eux de se rejoindre ?

— Je n'en sais rien. À moins que Hunter n'ait amélioré son mode opératoire en s'inspirant de Crow. Par admiration pour son mentor, ou pour faire diversion, je n'en sais rien. Mais Freeman est convaincu que celui qui a planté le rouquin était bien plus grand que Hunter. Et souviens-toi, Crow, c'est un mètre quatre-vingt-seize !

— Ouais, eh bien on mesurera tout ça demain. Là je suis vraiment crevé. Je vais aller rêver de ta culotte.

Chapitre 41

Où la Faucheuse joue les Guillaume Tell

Delesteros dévale la pente seins nus en culotte de dentelle noire dans la neige. Elle rit à gorge déployée les bras au ciel. Il court après elle, à poil lui aussi, son bazar bringuebalant dans tous les sens à chaque fois qu'il s'enfonce dans la poudreuse jusqu'aux genoux. Soudain il perd l'équilibre et roule jusqu'à elle qui hurle de terreur maintenant. Quand il s'agrippe à sa culotte pour se retenir, elle se déchire et part en plumes noires qui virevoltent et deviennent des corbeaux criards qui se retournent sur lui pour lui becqueter les yeux. Alors son pied aveugle s'enfonce dans les entrailles fumantes de sa partenaire éventrée qui hurle en silence et il bondit comme un diable hors de son cauchemar.

Dehors, une sirène hurle aussi.

Quand Marvelias sort de sa chambre, Delesteros et Hackman sont déjà dehors dans la nuit et le commando court vers eux en gesticulant. Les fenêtres éclairées découpent des damiers jaunes sur la neige bleutée par la nuit. Le village est étouffé sous la neige. La forêt plus resserrée, l'amas des nuages plus bas. Il a encore neigé. De l'autre côté, il devine les silhouettes de Freeman et de sa logeuse à leur fenêtre allumée. Le son strident de l'alarme pulse depuis la suite honeymoon. Quand il voit Hackman et sa partenaire s'y précipiter, Marvelias s'élance à son tour et les rejoint à l'intérieur. Ce qu'il voit le sèche sur place d'un coup de sang au plexus. La fille est là, nue, de profil contre le mur qui sépare la suite de la buanderie, affaissée sur elle-même mais toujours debout, retenue par une flèche qui lui sort de l'oreille.

— Nom de Dieu ! jure-t-il. Que s'est-il passé ?

— Je n'en sais rien, avoue le commando. Elle était comme ça quand je me suis réveillé.

— Quand vous vous êtes quoi ?

— La fille dormait et chaque issue était sécurisée par une alarme anti-intrusion. La consigne n'était pas de rester éveillé, se justifie l'homme en tenue.

— Abruti, s'emporte Marvelias, la consigne était de veiller sur cette fille pour qu'elle arrive vivante au débriefing du matin, pas qu'elle se fasse clouer au mur comme un bibelot. Foutez-moi le camp, et arrêtez cette putain d'alarme !

L'homme débranche la sirène et disparaît. Marvelias reprend son calme et s'approche de la fille pour inspecter sa blessure.

— Comment a-t-il fait ça ? murmure-t-il.

— Quoi ? s'inquiète Delesteros qui entame un détour pour ne pas détruire d'éventuels indices au sol.

— Tu peux venir direct, personne n'est entré dans cette pièce. Viens voir.

Elle s'approche et comprend ce qu'il veut dire.

De l'oreille de la fille sort l'extrémité d'une longue flèche. Pointe en acier vissée sur un corps en quelque chose comme du carbone.

— Ne me dis pas que…

— Si, elle a été clouée au mur depuis l'extérieur, à travers le bois de la cloison.

— C'est quoi derrière ? demande-t-elle en se tournant vers le shérif.

— La buanderie, répond Hackman.

Marvelias sort sans un mot et les deux autres le suivent. En passant devant le commando effondré que ses camarades fusillent du regard, l'agent spécial lui demande s'il peut au moins surveiller la chambre, juste la chambre, maintenant que son unique témoin est mort pendant le sommeil d'un abruti d'idiot de commando de merde ! Puis il se plante devant la porte de la buanderie et fait signe à Hackman d'ouvrir. Quand le shérif allume, ils découvrent une pièce grande comme une chambre mais au sol en béton brut et aux murs passés au blanc. Il y a des machines à laver et des sécheuses qui n'ont pas dû servir depuis des années, et des étagères pour le linge de maison avec des réserves de bidons de produits d'entretien. Marvelias ignore tout ça et observe le mur de droite qui sépare la buanderie de la suite. Il n'a pas à chercher longtemps. Les deux plumes d'empennage dépassent du bois. Hackman reste en retrait, mais les deux agents du FBI s'approchent jusqu'à coller leur nez au mur.

— Combien fait la cloison ? demande Marvelias.

— D'épaisseur ? Ce sont des madriers de quatre-vingts, je dirais.

— Quatre-vingts pour le mur, on va dire deux cents

pour la tête, cinquante pour la pointe qui dépasse de l'autre côté et cent pour l'empennage ici, ça ne fait pas un peu long pour un carreau d'arbalète ?

— Ça doit être un 44 cm. Ce n'est pas courant mais ça existe, répond Hackman sans s'avancer, on en utilise par ici pour la chasse.

— Et ça peut percer du bois de quatre-vingts ?

— Avec un bon lanceur, un carreau comme ça, ça part à près de quatre cents kilomètres à l'heure avec une force de pénétration de soixante kilos au millimètre carré.

— Ça ne répond pas à ma question, s'emporte Marvelias.

— Pas la peine de t'énerver, coupe Delesteros l'œil contre la cloison, la puissance du trait n'a aucune importance, c'était déjà percé avant. Le diamètre du trou est plus grand que celui de la flèche.

Marvelias vient vérifier puis se retourne vers Hackman.

— Qu'est-ce que ça veut dire ? C'est quoi ce trou ? Qui a accès à cette buanderie ?

— Hey, on se calme, répond Hackman. Le motel, c'est l'affaire de Jaysen. Moi je suis shérif, d'accord ? Pas blanchisseur !

— N'empêche que ce trou ressemble beaucoup à un truc de voyeur.

— C'est vrai que Jaysen est un peu porté sur la chose, explique Hackman, surtout sur la masturbation, rapport à son petit retard mental.

— Son petit retard mental ? Vous voulez dire qu'on a un détraqué sexuel au milieu de tout ce bazar et c'est maintenant que vous le dites ?

— Hey, allez-y mollo avec Jayzy, okay ? C'est

mon frangin, mon petit frère, et ce n'est pas un détraqué. Il a un problème, c'est tout.

— Ouais, eh bien frangin ou pas, je veux le voir tout de suite, votre roi de la branlette.

— Je ne sais pas où il est.

— Ah oui ? Son motel part en fumée et vous ne savez pas où il est ? Alors trouvez-le moi au plus vite shérif, parce que la famille Hackman commence à me bassiner sérieusement.

— Il n'est pas à Pilgrim's Rest, c'est sûr, sinon il se serait précipité pour essayer de sauver le Double Seven. Ça lui arrive de partir deux ou trois jours se saouler avec des braconniers. J'irai voir ça demain matin à la première heure.

— Et l'incendie, qui vous dit qu'il n'est pas mort dans l'incendie ? On sait comment ça a pris ?

— Des témoins disent avoir vu l'enseigne clignoter quelques secondes. On pense à un court-circuit. D'habitude Jayzy ne monte jamais là-haut. Seulement le jeudi, pour jouer aux cartes avec moi. Le reste du temps il habite le motel.

— Pour s'astiquer le manche en matant les clients ?

— En voyant ce que je vois, je suis bien obligé de penser qu'il doit faire ça de temps en temps, oui, avoue Hackman.

— Qui d'autre pouvait être au courant ?

Le shérif n'aime pas la façon dont Marvelias enchaîne ses questions. Il comprend qu'il veut l'empêcher de réfléchir et le pousser à répondre spontanément. Mais il est bien moins idiot que ce mini Savalas semble le supposer. Il ne doit pas parler de Bekky Haselman. Il faut qu'il charge Jayzy. Demain ou après-demain au plus tard ils vont trouver son corps carbonisé dans les décombres du bowling et il doit en profiter.

— Personne. Quand on a racheté le motel on a tout retapé. C'est moi qui ai repeint la buanderie et à l'époque ce trou n'existait pas.

— Comment pouvez-vous en être sûr ?

— J'ai enlevé tous les clous un par un à la tenaille avant de repeindre. Vous pouvez vérifier. Vous ne trouverez aucun clou peint en blanc.

— Ça ne prouve rien. Vous pouvez avoir découvert le stratagème en cherchant à arracher le clou et décidé de vous en accommoder.

— Attendez, ça voudrait dire que ça existe depuis…

Putain, ce gnome vient de le piéger. Maintenant il va être obligé de parler des Haselman et Bekky va se la ramener en racontant qu'elle sait depuis longtemps qu'il se masturbe en espionnant les honeymooners. Ce type le balade comme il veut. Il faut qu'il botte en touche pour gagner du temps et réfléchir.

— De toute façon, voyeur ou pas, ce n'est pas lui qui a pu faire ça. Je veux dire planter la fille. Il fallait y avoir un intérêt, savoir qu'elle serait là, savoir qu'elle aurait la tête au bon endroit, de l'autre côté de la paroi, avoir la bonne arme, la bonne flèche. Jayzy, il est bien trop simplet pour ça.

— Je suis assez d'accord avec ça, lâche Delesteros. Reste donc à savoir qui serait assez intelligent pour le faire.

— Non, coupe Freeman depuis l'encadrement de la porte. La vraie question est de savoir pourquoi cette fille a collé elle-même son oreille juste à hauteur du trou derrière lequel l'attendait le tueur pour lui transpercer la cervelle.

— Qu'est-ce qu'il fout là ? hurle Marvelias en se retournant vers la porte. Je vous ai dit de rester loin de cette enquête. Et comment savez-vous que cette fille s'est fait clouer au mur ?

— Pas compliqué, explique Freeman. J'ai regardé par la fenêtre !

— Nom de Dieu, peste l'agent du FBI en se précipitant dehors.

Par la fenêtre éclairée on aperçoit le corps cloué de la fille et Marvelias vocifère aussitôt après les commandos. Le pauvre type de garde reconnaît qu'en apercevant le corps dans la nuit il a d'abord ouvert les rideaux pour vérifier qu'il n'y avait pas eu d'intrusion avant de se précipiter en panique vers la porte en déclenchant l'alarme.

— Puisque vous n'êtes pas foutu de faire votre boulot dedans, essayez au moins de le faire dehors. Je ne veux personne à l'intérieur d'un périmètre de dix mètres autour de cette chambre. Et surtout pas lui, ajoute Marvelias en désignant Freeman d'un geste du menton.

Derrière lui, Delesteros s'excuse d'un haussement des sourcils de la colère de son partenaire.

— Steffie, on ne peut pas laisser cette pauvre fille plantée comme ça trop longtemps. Photos, relevés et prélèvements et on la décroche. Où est le shérif ?

— Il a dit qu'il partait à la recherche de son frère, monsieur.

— On peut dire qu'il choisit le bon moment, celui-là. Je suppose qu'il n'y a pas de morgue dans ce bled. Une chambre froide ? Un congélo ? Un frigo ? Il a bien dû foutre les deux autres corps quelque part, non ?

— Je crois qu'il a laissé le corps d'Elias dans la forêt, lui répond Freeman de loin. Pour le rouquin, il l'a stocké derrière le motel au froid dans la neige.

— J'y crois pas, il est encore là celui-là ! se résigne Marvelias. Où ça derrière le motel ? Que quelqu'un aille me vérifier ça. Maintenant, tout de suite !

Un commando part aussitôt en courant comme s'il montait à l'assaut d'une position ennemie, sous l'œil amusé de Freeman qui s'est retourné et dont Marvelias n'apprécie pas du tout le regard.

— Quoi ?

— Rien !

— Rien quoi ?

— Rien ne fonctionne dans tout ça. Rien ne s'emboîte, rien n'a de sens, ça branle de tous les côtés et vous, vous débarquez avec vos gros sabots de fédéraux et vous piétinez tout avant même de chercher à comprendre.

— Parce que toi tu as compris quelque chose, peut-être ? se moque Marvelias. Et on peut savoir quoi ?

— Que nous voyons tous Hunter un peu trop partout, qu'il est trop petit pour être celui qui a tué le rouquin, qu'il peut difficilement avoir tué cette fille…

— Ah oui ? Et on peut savoir pourquoi ?

— Un condamné à mort évadé, recherché par tout le monde, en pleine tempête dans un bled d'une vingtaine d'habitants à peine et qui se connaissent tous, avec deux agents spéciaux du FBI et huit commandos qui bouclent les lieux, et le type revient planter une fille au cœur du dispositif à travers un petit trou dont il n'avait aucune raison de connaître l'existence et elle aucune raison d'y coller son oreille.

— Je ne sais pas ce que tu faisais dans Brooklyn,

Freeman, probable que tu ne faisais qu'aligner des contredanses pour dépassement de temps de stationnement, sinon tu saurais que les assassins ont des logiques à eux. Qu'ils sont capables d'oser l'impensable, de prendre des risques inimaginables. Hunter est d'ici, pourquoi il ne connaîtrait pas le motel ? Il a pu suivre la fille, voir où on la soignait, se glisser dans la buanderie et…

— Et quoi ? Comment il l'attire contre la paroi pour lui transpercer la cervelle ? Comment il sait, comment il fait ? Des déglingués, des pervers, des assassins, des tueurs, des violeurs, j'en ai vu dans ma carrière plus que vous n'en verrez dans la vôtre, Marvelias. J'ai traîné mes boots dans des caniveaux où vous n'oserez jamais tremper les talonnettes de vos Tod's. Alors ne vous en déplaise, mon expérience de vieux flic black de Brooklyn me pousse à penser que Hunter n'est pour rien dans ce meurtre, que le tueur était parmi nous avant que la fille débarque, et que si elle a collé son oreille contre la paroi, c'est qu'elle avait assez confiance en lui pour le faire. Il n'y a aucune preuve de ça, je vous l'accorde, mais accordez-moi en retour que ça se tient.

Marvelias ne répond pas tout de suite. Il garde son regard planté à distance dans celui de Freeman, comme s'il voulait maintenir la connexion, télécharger le disque dur de son cerveau.

— Écoutez, j'ai besoin de quelques heures pour procéder selon notre protocole. C'est notre force, cette capacité à ratisser dans tous les sens pour donner du grain à moudre à nos analystes et à nos bécanes. Et croyez-moi, notre informatique, c'est un peu plus que des moulins à café. Après, je veux bien vous accorder une heure pour envisager votre hypothèse. On commencera par aller vérifier votre histoire d'angle de la flèche dans le corps du rouquin. Ça, avec le recoupement des relevés de taille de la victime et du suspect, c'est typiquement l'info que peuvent nous recracher nos bécanes. La taille du tireur au centimètre près. Si ça cadre avec vos élucubrations, alors je vous prête Delesteros pendant vingt-quatre heures pendant que je continue avec notre méthode à nous. Celle qui fait que nous sommes les meilleurs.

— Tu me prêtes ? s'indigne la jeune femme qui sort de la suite honeymoon pour les rejoindre.

— Fais pas chier, Delesteros. Je te prête, je te détache, je te mets à disposition, prends ça comme tu veux, mais c'est toi qui t'y colles. Ça m'évitera de finir par assommer cet emmerdeur.

— Et la piste Crow, qui va la suivre ? demande Delesteros.

— La piste Crow ? Quelle piste Crow ? Vous parlez de Beckworth, Warrick Gordon Beckworth ? s'étonne Freeman.

— Et merde ! lâche Marvelias découragé. Tu ne pouvais pas la fermer, Steffie ? Bon sang, cette enquête part vraiment en vrille, les commandos qui déconnent, toi qui fuites, le shérif qui se tire et lui qui nous emmerde à cent sous de l'heure…

Il se frotte le visage dans ses deux mains larges ouvertes, soupire un grand coup, puis se décide.

— Désolé, mais c'est vous que j'ai sous la main alors on commence par vous. Oubliez tout ce qu'on vient de se dire. Vous rentrez chez votre logeuse et vous n'en sortez plus. Considérez que vous êtes aux arrêts domiciliaires.

Il fait signe à un commando de s'approcher.

— Ce type est assigné à résidence au premier étage de ce restaurant en face. Il met un pied dehors et tu passes trois mois en bataillon disciplinaire. Compris ?

— Oui monsieur ! hurle le commando comme un GI à son sergent-chef.

— Exécution !

— Attendez ! dit Freeman en regardant par-dessus leurs épaules.

Derrière eux, deux commandos sortent le corps de Lydia de la suite honeymoon. Elle est allongée sur une civière et couverte du drap qu'ils ont pris sur le lit. Il s'étonne du matériel d'intervention et du sens pratique du FBI. Se balader avec une civière pliable qui tient dans un sac…

— Vous avez repéré la morgue sauvage de notre cow-boy disparu ?

— Affirmatif monsieur. L'autre corps est sous bâche dans un petit enclos entre le bureau du motel et le bâtiment qui a brûlé, monsieur.

— Mais… ? demande Marvelias qui devine l'imminence d'une nouvelle emmerde.

— Mais l'incendie a fait fondre la neige, monsieur. Le corps n'est plus protégé par le froid.

— Et… ? insiste l'agent du FBI.

— Et… et rien, monsieur.

— Et rien ? Eh bien c'est parfait, c'est très bien soldat, alors on va le laisser pourrir comme ça, bien au chaud. On peut même le rapprocher un peu des braises, des fois que les loups, les renards ou n'importe quel autre carnivore un peu affamé par l'hiver soient partants pour un barbecue. Mais est-ce que quelqu'un dans cette foutue équipe peut une fois, une seule fois, faire preuve d'un peu d'esprit d'initiative ? Une fois ? C'est possible ?

Personne ne bouge. Surtout pas les commandos qui se figent au garde-à-vous. Alors Marvelias explose.

— Mais ne restez pas là comme un rang de manchots ! Courez me récupérer ce macchabée et trouvez-lui un endroit froid et protégé pour le recongeler sans qu'il se fasse bouffer par la vermine !

Deux uniformes détalent, trop heureux d'être volontaires pour échapper à l'hystérie de Marvelias.

— Et nous ?

Marvelias se retourne vers les deux commandos qui portent toujours la civière.

— Vous quoi ?

— Nous, on fait quoi d'elle, monsieur ?

L'agent du FBI n'en croit pas ses oreilles et le sourire moqueur de Freeman qui ne s'est pas éloigné d'un seul pas attise sa fureur.

— Mais vous, abrutis, vous attendez que vos petits copains aient trouvé un autre congélo naturel et vous irez la déposer au même endroit, qu'est-ce que vous vouliez faire d'autre ?

— Rien monsieur. C'est pour ça qu'on demandait…

C'est le moment que choisit la tempête pour revenir s'abattre sur Pilgrim's Rest. Un coup de vent vicieux chargé de cristaux leur ponce le visage et chahute le drap sur la civière. Dans le mouvement qu'ils ont pour se protéger de la bourrasque, les deux hommes font tanguer l'étroite civière et le bras de Lydia glisse hors du tissu qu'un autre coup de vent arrache aussitôt et jette dans le visage du second commando. Delesteros se précipite pour attraper le drap qui claque dans le vent et recouvrir le corps nu de la fille aussi vite qu'elle peut, pour lui garder autant de dignité que possible. Quand elle entend Freeman hurler, elle se retourne et le voit se jeter sur elle avant de s'effondrer et de perdre conscience dans les bras d'un commando qui tente de le retenir.

Chapitre 42

Où les morts reprennent leur nom

— Dorothy…

Denise se penche sur le lit où Freeman reprend connaissance.

— Salut beau black, alors mon lit te plaît à ce point que tu…

— Dorothy…

Cette fois le regard de Freeman l'inquiète. Ses yeux sont en panique. Elle pense qu'il est encore dans le cirage et quand il cherche à se redresser, elle le maintient gentiment sur le lit d'une main sur sa poitrine. Mais il s'agite aussitôt, la bouscule, rejette le couvre-lit, et pose un pied sur le parquet pour se lever.

— Freeman, non ! ordonne-t-elle.

Alerté par son cri, le commando en faction devant la porte se précipite à son aide. Freeman est trop faible pour résister. L'homme le force à s'allonger et saisit sa jambe pour la remettre sous la couverture. Dans son mouvement il s'expose et Freeman en profite pour saisir l'arme de poing que le commando porte à la ceinture. Aussitôt le soldat bondit de côté et braque son fusil d'assaut sur Freeman.

— Non ! hurle Denise en se jetant entre eux.

Mais Freeman est trop faible. L'arme lui glisse des mains et retombe sur le parquet. Le commando se précipite, l'envoie glisser à l'autre bout de la pièce d'un coup de pied, et appuie le canon de son SCAR sur la poitrine du noir qui retombe, épuisé.

— Vous pouvez éviter ça, s'il vous plaît ? intervient Denise.

— C'est la procédure madame, cet homme a braqué une arme sur moi.

— Arrêtez de me bassiner avec vos procédures, vous ne voyez pas que cet homme est épuisé ?

— Il est assigné et il a voulu sortir, madame, et j'ai des ordres pour l'en empêcher.

— Il est assigné à l'étage, abruti, pas dans cette chambre. Qui vous dit qu'il n'avait pas juste envie d'aller pisser ?

— C'est vous qui avez appelé, madame.

— J'ai juste voulu l'empêcher de se lever trop vite, et je n'ai pas appelé à l'aide.

— Ça ne change rien, madame. Il a braqué une arme sur un personnel du FBI et c'est une infraction en soi, madame. C'est une autre procédure désormais.

— Il a braqué une arme sur un imbécile de Rambo qui est entré avec un fusil-mitrailleur dans la chambre d'un convalescent qui se réveillait d'une syncope, abruti ! Et maintenant qu'est-ce qu'on fait ? Vous allez vous glisser dans le lit avec lui pour garder le canon de votre arme contre sa poitrine pendant qu'il dort ?

— Ce n'est pas ce que prévoit la procédure, madame.

— Et qu'est-ce qu'elle prévoit votre procédure alors, dites-moi ?

— Que j'en réfère à mon supérieur, madame.

— Eh bien allez référer et foutez-nous la paix.

— Je ne peux pas madame, la procédure prévoit aussi que je reste en maîtrise du prévenu.

— Ah oui, alors dans ce cas, ça se complique, effectivement. Si je comprends bien, vous devez prévenir votre supérieur mais sans perdre de vue le prévenu.

— Affirmatif, madame.

— Pourquoi ne pas utiliser votre transmission alors ?

— Je n'en suis pas équipé, madame. Les événements nous ont surpris dans notre sommeil et je n'ai pas eu le temps de tout prendre.

— Donc vous êtes dans la mouise, soldat, conclut Denise dans un sourire.

— Affirmatif, madame.

— Et vous voudriez peut-être que je vous en sorte en prévenant votre chef de groupe pour vous ?

— Affirmatif, madame.

— Eh bien négatif. J'aide ce monsieur à aller où il veut à l'étage et vous pouvez nous tirer comme des lapins boiteux si c'est ce que prévoit votre sacro-sainte procédure imbécile.

Elle repousse de la main le canon de l'arme, glisse un bras dans le dos de Freeman, et l'aide à s'asseoir sur le lit puis à se relever.

— Et si c'était pour aller pisser, murmure-t-elle à son oreille, je me ferai un plaisir de t'aider.

Mais Freeman ne sourit pas. Il sort de la chambre à petits pas et très vite Denise comprend qu'il la guide vers le bureau, le corps et le visage tendus par ce qu'elle perçoit maintenant comme une irrépressible angoisse. Quand ils entrent dans la pièce, il se dégage des bras de Denise, allume lui-même la lumière, et se dirige droit vers un des murs de photos. À le voir avancer si déterminé, bras tendu et doigt pointé devant lui, l'inquiétude gagne Denise à son tour. Quand Freeman pose son doigt sur une photo, elle reconnaît la première victime de Hunter, Dorothy Mallum.

— Qu'y a-t-il, Lazarus, que cherches-tu à me dire ?

— Mallum… Dorothy Mallum… appelle le FBI… la fille, appelle Delesteros…

Chapitre 43

Où rien n'est plus pareil

Denise soutient Freeman à la fenêtre de sa chambre. En bas, sur le parking, sous la neige qui reprend pour la énième fois, ils ne regardent pas Delesteros qui explique l'impensable à Marvelias. Tous les deux, anéantis, sonnés comme dans un coma debout, regardent la forêt sombre et lugubre autour de Pilgrim's Rest. Encore plus sinistre et terrifiante depuis qu'ils savent. Depuis qu'ils ont la certitude que ce n'est pas la fille du rouquin qui en a surgi, à moitié nue, pour se faire clouer au mur de la suite honeymoon du motel, mais bien Dorothy Mallum. Dorothy. Une des disparues de l'affaire Hunter. Comme Sue, la Suzanne de Denise. Et comme Lou, la Louise de Freeman. Ils se serrent l'un contre l'autre, abrutis de stupeur, le cœur et l'esprit atomisés par la nouvelle.

Chapitre 44

Où l'évidence s'impose !

Eux se sont réfugiés dans la suite honeymoon et ne disent rien. Chacun sait ce à quoi l'autre réfléchit. À ce que cela signifie. À toutes les douleurs à venir que cela implique. Aux impardonnables erreurs que cela suppose. Dorothy Mallum est réapparue seize ans après avoir disparu pour venir mourir entre leurs mains. Sous leur nez. Presque sous leurs yeux. Cela veut dire qu'ils n'ont pas su la retrouver à l'époque, qu'ils ne l'ont pas cherchée depuis, et qu'ils n'ont pas su la sauver aujourd'hui. Dans la tête de Marvelias s'entrechoquent des idées noires sur sa carrière, sur la détresse des parents, sur le destin tragique de cette pauvre fille et sur tout ce qui a pu foirer dans cette enquête depuis seize ans. Delesteros, elle, pense à Denise et Freeman et à leurs filles. À ce que la réapparition et la mort de Dorothy signifient pour eux. Deux coups au cœur en même temps. Le premier pour espérer l'impensable après toutes ces années, et le deuxième, comme un poignard, pour assassiner tous leurs espoirs dans la même seconde.

— On en est sûrs de chez sûr ?

— Freeman a reconnu le tatouage. J'ai vérifié sur les photos dans le bureau de Denise. C'est bien Dorothy Mallum. Pas la copine du rouquin.

— Merde. Mais d'où elle sortait, bon sang ? Pourquoi ici, pourquoi aujourd'hui ?

Delesteros ne répond pas. Elle tourne dans la chambre pour s'aider à réfléchir. Ses yeux glissent sur les détails de la pièce pendant que sa mémoire cherche à rattraper quelque chose qui lui échappe. Elle regarde les photos qui décorent le mur au-dessus de la petite table bureau avec les prospectus des attractions de la Scenic Drive, puis va s'asseoir sur le lit. Pour couvrir le corps de Dorothy, les commandos ont arraché le drap et la couverture est tombée à terre. Elle se baisse machinalement pour la ramasser et c'est comme une décharge qui la tétanise.

— La couverture… murmure-t-elle.

— Quoi ?

— Rick, où sont ses vêtements ?

— De quoi tu parles ?

— Rick, réveille-toi. Les vêtements de la fille, où sont-ils ?

Ils regardent d'abord dans la chambre sans les voir, puis fouillent méthodiquement partout. C'est Marvelias qui les trouve, bien pliés et glissés sous le lit.

— C'est ça que tu veux ?

Delesteros ne lui répond pas. Dès qu'elle voit les vêtements, elle se précipite dehors et quand elle revient, il n'a pas osé bouger.

— Regarde ! dit-elle en tendant une autre couverture qu'elle tient dans sa main.

— Ça vient d'où ? s'étonne l'agent du FBI.

— De ma chambre. Sur les lits ce sont des couettes, mais ça c'est la couverture d'appoint. Sur l'étagère du haut, dans l'armoire.

— Tu as eu froid cette nuit ?

— Marvelias, on s'en fout ! s'impatiente Delesteros. Tu ne vois pas qu'elles sont presque identiques ?

Il examine les couvertures et percute enfin.

— Nom de Dieu, tu as raison ! s'exclame-t-il.

Il examine le reste des vêtements et déplie les tee-shirts identiques marqués d'un slogan pour une bière.

— Elle ne portait que ça ? s'étonne Delesteros.

— Oui, pas de sous-tif, pas de culotte, pas de pull, pas de doudoune, pas de bonnet… En plein hiver, en pleine tempête. Je pense que cette pauvre fille s'est tirée vite fait de quelque part sans prendre le temps de mieux s'habiller.

Soudain Delesteros s'immobilise et pose une main sur le bras de Marvelias pour le préparer à ce qu'elle va dire.

— Rick, attends, je sais d'où elle venait.

— Quoi ? Tu sais d'où venait cette fille disparue depuis seize ans ?

— Punaise, oui je le sais. Et ça ne va pas te faire plaisir !

Chapitre 45

Où le retour d'entre les morts se prépare

La cabane embaume la carotte et la muscade. Hunter s'est levé tôt pour raviver le feu et préparer le gâteau. Il lui a manqué la vanille et les quatre épices, mais il a trouvé le reste. Il a d'abord fouetté à la fourchette l'huile, le sucre et les œufs, puis la farine, le sel et la muscade. Il a pris un tel plaisir à le faire, que ça l'a lui-même surpris. Après avoir finement râpé les carottes, il a tout mélangé pour obtenir une belle pâte colorée. Il s'est servi d'une gamelle comme four. Le cul dans les braises et des pierres chauffées sur le couvercle. Avant, quand il vivait à la sauvage dans les bois, heureux et libre, il cuisinait des brownies et des muffins comme ça. Des pies, des fudges, des devil's food cakes, des banana breads. Il faisait son pain… C'est la première fois depuis dix ans qu'il cuisine à nouveau. Et qu'il couche avec une fille. Et la première fois de toute sa vie qu'il dort avec trois. La veille elles étaient frigorifiées et épuisées. Le contrecoup de leur brusque liberté leur était tombé dessus comme un baquet d'eau glacée. Il avait poussé le feu, repoussé les avances de Thelma qui planait plus haut qu'un aigle royal, et préparé le wohanpi traditionnel des Lakotas. Ou ce qui s'en rapprochait le plus, puisque faute de bison il avait dû dépecer un des loups. Il avait fait revenir les carrés de viande avec ce qu'il avait trouvé d'épices, dans la gamelle qui lui servirait de four le lendemain matin, puis il avait ajouté l'eau et les légumes. Les filles l'avaient regardé faire, assommées par la fatigue, hébétées par leur nouvelle liberté, puis ils avaient partagé la soupe. Il manquait des cuillères dans la cabane. Celui qui avait presque tout prévu n'avait pas imaginé qu'ils seraient aussi nombreux. Ils avaient bu la soupe à même la louche, en se brûlant délicieusement les lèvres, le visage dans les vapeurs du fumet chaleureux du bouillon. Il les avait regardées perdre leur regard dans les volutes parfumées puis avait roulé des joints pour tout le monde. Toutes avaient déjà fumé. Un peu ou plus souvent. La marie-jeanne avait aussitôt embrumé leurs peurs et leurs angoisses. Leurs quinze années de supplices et de désespoirs. Elles s'étaient doucement laissées glisser dans les délices d'un abandon sans crainte. Corps et âme enfin relâchés.

Quand elles s'étaient endormies les unes contre les autres, il avait trouvé de quoi les couvrir. Il avait bloqué la porte au cas où et avait voulu veiller. Thelma s'était lovée contre lui, au bord du sommeil. Au petit matin, il s'était réveillé contre elle, au milieu des autres. Thelma était nue. Les autres filles à moitié défaites. Quand il s'était levé, son pantalon était déboutonné…

Qu'allait-il advenir d'elles quand elles se réveilleraient ? Leurs destins se sont télescopés, mais leurs histoires ne sont pas les mêmes. La veille avait été le dernier jour de leur cauchemar. Ce petit matin allait être le premier d'un autre. Hackman est dehors. Après eux déjà, sans aucun doute. Un chasseur, un prédateur. Il est armé. Il a l'autorité. Il va venir pour elles et pour lui. Pour les tuer. Tous. Et encore perdues dans leur sommeil, elles ne savent pas que lui a décidé de ne pas fuir et de l'attendre.

Au moins commenceront-elles la journée avec un bon petit déjeuner, même s'il lui a manqué la levure pour aérer son gâteau de carottes. Lui aussi a été prisonnier. Comme elles. Longtemps. Lui aussi a été malmené, battu, violé. Comme elles. Mais ce qui les attend, lui s'y est préparé depuis longtemps. Pas elles. Lui, sa décision est prise et ce qu'il va faire de ce qui lui reste de vie, il le sait. Il l'a décidé et s'y est préparé. Elles, elles vont passer à la moulinette des culpabilités, des remords, des règlements de compte, des fausses excuses. Les médias vont piétiner le peu d'intimité qu'elles auront réussi à préserver. Leurs proches aussi vont se faire laminer de les avoir crues mortes, pour avoir baissé les bras, les avoir abandonnées à leurs bourreaux. Honte à ceux qui en auront déjà fait leur deuil. Si elles espèrent retrouver un peu d'amour auprès d'un parent, leur seul retour va faire de lui un monstre sans cœur. Plus elles raconteront ce qu'elles ont vécu comme enfer, plus ceux qui auront renoncé à les chercher en seront maudits. Pendant qu'il démoule le gâteau, il les regarde dormir. L'herbe, la chaleur du feu et la fatigue rendent leur abandon beau et attendrissant. Il faudrait presque qu'elles ne se réveillent pas pour leur éviter la mortelle journée qui s'annonce. Ce serait encore le meilleur service à leur rendre. À elles et à ceux qui s'apprêtent à recevoir leur retour des morts comme une balle en plein cœur.

Chapitre 46

Où la mort se cache dans les décombres

Dès qu'ils ont compris, Marvelias et Delesteros se précipitent vers les ruines encore incandescentes du bowling. La structure a entièrement brûlé et le rez-de-chaussée s'est effondré dans le sous-sol. La neige qui tombe au ralenti tire du bois calciné des fumerolles bleutées qui dansent entre les flocons. Ils avancent en enjambant des poutres grésillantes et des braises qui s'éteignent à reculons dans les cendres grises. Ils ont demandé aux commandos de rester aux abords sans pénétrer dans les ruines. Ils préfèrent les explorer eux-mêmes en les fouillant du faisceau blanc et puissant de leurs torches à led. C'est Delesteros qui trébuche dedans sans le voir.

— Rick, par ici !

— Tu as quelque chose ?

— D'après toi, si je t'appelle, s'énerve-t-elle.

— Moi aussi !

— Moi d'abord. J'ai un corps !

Cette fois Marvelias rapplique et découvre le cadavre qui lui sourit dans la nuit sous un enchevêtrement de poutres calcinées. Il a horreur des visages brûlés et de leurs dents qui résistent aux flammes quand les lèvres et les joues ont fondu tout autour.

— Le frère du shérif ?

— Ça m'en a tout l'air, reconnaît Delesteros sans quitter des yeux sa macabre découverte.

— Qu'est-ce qui te fait dire ça ?

— On dirait bien que le feu l'a surpris le cul à l'air. Il semble n'avoir aucune trace de vêtement en bas. Ça recoupe ce que Hackman dit de son branleur de frère, non ?

— Déduction hâtive. Il pouvait être aux toilettes, ou sur le point de se coucher.

— Tu as vu ce qu'il reste des meubles autour de lui ? Chaises, bureau, armoire. Pas de cuvette.

— Bon, d'accord, tu as trouvé le corps du frère simplet du shérif surpris par l'incendie en plein exercice masturbatoire. D'après toi, il est mort des fumées toxiques ou d'une secousse orgasmique avant l'incendie ?

— Il est mort d'une balle ou de quelque chose qui lui a transpercé la poitrine, répond Delesteros en braquant sa torche sur le corps en charbon de bois de Jayzy. L'autre blessure dans l'épaule ne pouvait pas être mortelle. Et toi, qu'est-ce que tu as ?

— Viens voir par toi-même pour me dire ce que tu en penses.

Il guide Delesteros jusqu'à un endroit d'où ils surplombent ce qui avait été la salle de bowling au sous-sol du motel.

— Nom de Dieu, soupire la femme flic en explorant

les débris dans la lumière de sa lampe. C'est vraiment ce que je pense ?

— Oui. J'en ai compté six. Tu peux me dire ce que ça fait dans un bowling ?

— Ils sont peut-être tombés des chambres du rez-de-chaussée quand le plancher s'est effondré.

— Dans les chambres ce sont des lits en bois comme dans les nôtres, et tout a dû brûler. Ceux-là sont métalliques.

Delesteros examine un à un les sommiers métalliques tordus par la chaleur et les ressorts noircis des matelas brûlés. Six lits, six filles disparues. Pour la première fois l'horreur de la situation lui donne la nausée. Quand Freeman a identifié le corps de Thelma comme étant celui de Dorothy Mallum, elle a déjà reçu comme un coup au cœur l'hypothèse que les disparues de Murder Drive n'étaient peut-être pas mortes. Mais là, c'est sa bile qu'elle s'apprête à vomir par le nez. Vivantes, cela voudrait dire que ces pauvres filles auraient passé toutes ces années séquestrées avec tout ce que cela signifiait de supplices et d'inhumanité. Et voilà qu'ils découvrent à présent qu'elles ont peut-être été séquestrées ici même, à Pilgrim's Rest ! Là où la police a enquêté pendant des années, là où Hunter a été arrêté, où des bataillons de journalistes ont campé, écrit, enregistré, filmé, volé le moindre témoignage, là où des badauds morbides se sont photographiés pendant des années en prenant la pose.

— Tu sais ce que ça veut dire ? murmure Marvelias.

— Oui, répond Delesteros effarée par ce que cette découverte suppose d'erreurs, de fautes, de manquements, et de pas de chance.

— Merde ! hurle soudain Marvelias. Merde de merde de merde !

Il shoote dans tout ce qui traîne devant lui, brûlant ou pas, fracasse à coups de talons ce qui reste de poutres fumantes, piétine la cendre, écrase les braises. Puis il appelle le chef du commando et leur ordonne de tous venir les aider à inspecter les décombres. Maintenant !

— Qu'est-ce qu'on cherche, monsieur ?

— Des corps, lâche Marvelias encore en colère. Des corps. Six cadavres ! Ah non, au temps pour moi : cinq. Six moins la fille sous votre protection que vous avez laissée se faire planter dans la chambre !

Sans lui répondre, le chef du commando rassemble ses hommes d'un geste puis les disperse par signes. Ils investissent aussitôt les ruines fumantes comme une patrouille de *full metal jackets* en milieu hostile.

Une heure plus tard, il faut se rendre à l'évidence. Un seul corps carbonisé. Celui du frère du shérif, probablement. Des indices matériels concordants laissant penser que des personnes ont été séquestrées au sous-sol du bowling. Jusqu'à six peut-être, mais aucun autre corps. La nauséeuse hypothèse se dessine selon laquelle ces personnes étaient probablement les victimes de Hunter. Et l'angoissante question s'impose de savoir, dans ce cas, ce que sont devenues celles qu'on appelle encore aujourd'hui les disparues de Murder Drive.

Chapitre 47

Où la mort à venir prend un parfum de carottes

Il sait où Hunter se cache. Il sait où il a emmené les filles. Il s'est équipé pour la traque et est parti à leur poursuite dans la nuit. Rien ne lui fait peur ici. Ni la tempête, ni la forêt, ni les hommes, ni même les loups. Il a de quoi survivre trois jours et il est bien armé : un Slug Traqueur 12 magnum canon court pour les sous-bois et un Browning semi-automatique à lunette pour des tirs à grande distance. Et son solide Colt 45 fétiche à la ceinture. Il peut tenir un siège, seul contre tous. Il peut descendre Hunter et les filles, flinguer ses poursuivants, et disparaître dans la forêt. C'est la sienne, depuis qu'il est tout gosse, avec Jayzy. Quand Lily hurlait trop fort. Quand ces salauds la défonçaient, au moment où leur regard révulsé leur donnait l'air de succomber, les yeux exorbités roulés vers le ventilo indolent du plafond, rouges à s'en faire exploser les carotides, quand ils ne pouvaient plus rien maîtriser de leur ventre flasque qui claquait contre les fesses de leur maman, ni de leurs mains qui s'agrippaient à ses petits seins et qui lui déchiraient les cheveux pour lui cambrer la nuque. Quand il profitait de leurs éructations pour tirer soudain Jayzy par la main et l'entraîner, en courant à en perdre haleine, se réfugier dans la forêt pour caillasser de rage des écureuils et piétiner les oisillons dénichés. Cette forêt, il en connaît chaque arbre et jusqu'au moindre caillou. Ils ont tout exploré, à des kilomètres à la ronde. Ils se sont terrés dans la moindre faille, tapis dans la plus petite grotte. Pas un seul rocher qu'ils n'aient escaladé à attendre que ces salauds soient repartis, les couilles vides et la queue en berne, et que leur petite maman vienne errer entre les arbres à les supplier de rentrer, une clope au bec, pieds nus dans ses sandales, en serrant le col de son blouson du Double Seven Bowling Team enfilé à la va-vite sur ses maigres épaules et ses seins bleuis par les coups.

C'est de leur faute à tous ces salauds s'il doit partir à pied dans la nuit maintenant. S'il doit aller terminer ce que ces enfoirés l'ont obligé à commencer. Il suit d'abord la route de Medlock Pass en glissant ses pas dans les traces de la Wide Track de Denise qu'avait utilisée cet entêté de nègre la veille. Il va jusqu'à l'endroit où il a cloué le rouquin à son arbre, là où les traces de l'engin s'arrêtent pour revenir en arrière. Au-delà, la route disparaît sous la couche neigeuse et vierge. Alors il rentre dans les sous-bois sur la droite, chausse ses raquettes, et s'enfonce entre les troncs plaqués de glace. Il n'y a que peu de planques possibles pour abriter du froid et de la nuit quatre petites salopes apeurées, pleurnicheuses et sans endurance. Hunter est stupide de s'être embarrassé d'elles. Elles ne valent pas plus que ces biches imbéciles qui creusent les reins et dressent la tête dans sa ligne de mire. Dieu sait qu'il en a tué de ces bêtes idiotes. Il oublie les failles et les grottes et ne retient que les cabanes. Il y a celle où vivait le sang-mêlé quand il l'a arrêté. Là où lui-même avait accroché au mur tous les objets pour le faire accuser. Les photos, les bracelets, les mèches de cheveux. Tout ce qui avait écrasé Hunter sous une avalanche de preuves matérielles quand il lui avait fallu détourner l'enquête à l'époque. Un petit chalet à un kilomètre et demi à l'ouest, et c'est par là qu'il commence. Une cabane à la hippie baba cool. Il l'aborde dans la nuit, à la lueur de nuages chargés de neige que déchire une lune sinistre. Il observe de loin à la jumelle infrarouge. Rien ne bouge. Pas de fumée roulant de la cheminée, pas la moindre lueur. Mais dans la neige, devant la porte, des traces de pas. Plusieurs. Des plus anciennes, déjà à moitié comblées par la nouvelle neige, et les dernières, qui sortent de la cabane et s'enfoncent dans le sous-bois. Elles datent d'une heure à peine s'il se réfère à la neige qui tombe. Alors il réfléchit. Pas assez de traces pour une troupe de cinq personnes, ou alors Hunter s'est débarrassé des filles. Mais quel intérêt aurait-il eu à le faire ? Il a besoin d'elles pour prouver son innocence. Hackman examine encore chaque trace à travers ses jumelles et se convainc que ce n'est pas Hunter qui s'abrite dans cette cabane. Un autre traîne-savates du même genre peut-être, même s'il n'y a plus beaucoup de love and peace par ces temps de crise. Un braconnier peut-être. Possible. Mais pas Hunter.

Il hésite à suivre les traces pour s'en assurer, ou bien à fouiller la cabane, mais décide d'aller directement observer l'autre refuge. Cette conne de Lydia s'est embrouillée en voulant lui expliquer que Hunter les avait d'abord emmenées vers le nord-ouest ou le nord-est, ou quelque part entre l'ouest et l'est, un truc qu'elle n'avait pas très bien compris tellement elle n'était pas d'accord pour les suivre. Avant de construire sa propre cabane, Hunter s'était approprié celle abandonnée d'un trappeur disparu, à deux ou trois kilomètres au nord-est de Pilgrim's Rest. Après sa condamnation et son internement, c'était devenu un refuge pour randonneurs. Une cabane de passage pour un abri sommaire et temporaire. De quoi faire un feu, quelques conserves de secours et des couvertures. Aujourd'hui tout le monde a oublié ce refuge et il ne passe plus aucun randonneur. La dernière fois que Hackman s'en était approché, c'était pendant la traque d'un chevreuil qu'il avait mal blessé, trois ans plus tôt. Mais avec son ancienne cabane, c'est le seul endroit connu de Hunter qui peut abriter sa bande de fugitives.

Comme il connaît bien les lieux, Hackman préfère contourner par l'ouest. De mémoire, une friche coupe-feu part en perspective de la cabane et devrait lui donner un point d'observation et un angle de tir dégagé. Quand il débouche sur la friche, le vent d'est lui plaque au visage des nuées de flocons et un imperceptible parfum. Il se fige, hume le vent glacial qui lui lime l'intérieur des narines, et reconnaît l'odeur. Gâteau de carottes…

Chapitre 48

Où les pétales des roses ont la couleur du sang

— Tu veux dire que jusqu'à cette nuit encore les disparues de Murder Drive étaient séquestrées dans ce bowling, ici, et ça depuis une quinzaine d'années ?

— C'est ce que je pense, oui.

— Sous le bureau du shérif et dans un bourg d'une vingtaine d'âmes seulement où tout le monde se connaît ?

— Oui.

— Ricky, ça ne tient pas debout !

— Ça s'est déjà vu. Souviens-toi de Jaycee Lee Dugard, enlevée à onze ans et séquestrée pendant dix-huit ans. Dans le cabanon au fond du jardin de la maison de son ravisseur à Antioch en Californie, une ville de cent mille habitants. Natascha Quelque-Chose, en Autriche je crois, huit ans dans un petit pavillon au milieu des autres en pleine banlieue de Vienne. Elisabeth Fritz, ou Frizle, je ne me souviens plus, séquestrée et violée par son père pendant vingt-quatre ans dans la jolie maison familiale de Amstetten entourée de voisins qui connaissaient la famille depuis des décennies. Maria Monaco, près de Naples en Italie, séquestrée par sa famille pendant dix-huit ans avant qu'un voisin anonyme ne se décide enfin à appeler la police. Au Japon, une fille séquestrée pendant neuf ans au beau milieu d'un quartier bourgeois. Cette fille dont le nom m'échappe, séquestrée et violée pendant dix ans par un certain Garcia à Bell Gardens, dans la banlieue de Los Angeles. Je crois même que le record, c'est en France, avec une fille séquestrée et violée par son tuteur pendant vingt-neuf ans. Et tu sais quoi ? Plusieurs fois les services sociaux l'ont ramenée *manu militari* chez son bourreau qui l'avait déclarée fugueuse.

— Mais là on parle quand même de plusieurs filles à la fois. Six peut-être…

— Et les séquestrées de Cleveland ? Knight, Berry et De Jesus, je crois, ces trois gamines séquestrées et violées pendant dix ans par ce mec, là : Ariel quelque chose…

— Castro. Ariel Castro.

— Castro, c'est ça. Dans le quartier de Tremont, avec des voisins tout autour. Une rue à peine large de dix mètres et rien que des pavillons avec de belles petites vérandas pour chômeurs ou retraités avec rien d'autre à faire que d'observer toute la journée la maison d'en face. Et il a fallu dix ans pour qu'un voisin entende enfin les cris d'Amanda. Dix ans ! Tu crois que ces pauvres filles n'avaient jamais hurlé avant ? Tu peux vraiment croire ça, elles qui étaient battues et violées en permanence ? Plus aucune bassesse ne m'étonne dans ce monde, Delesteros, plus aucune cruauté, plus aucune lâcheté. S'il s'agit bien d'elles, ces pauvres disparues de Murder Drive peuvent très bien ne jamais avoir disparu et être restées là, sous le bowling, prisonnières du frère un peu déglingué du shérif.

— D'accord, admettons, dit Delesteros. Mais si on retient ton hypothèse, on débouche sur quoi ? Quel est le lien avec Hunter ? Avec son retour à Pilgrim's Rest ? Où sont passées les filles ? Qui a mis le feu au bowling ?

— Je n'en sais encore rien, avoue Marvelias, mais nous devons tout reconsidérer. Ce Jayzy est au cœur de l'histoire, c'est sûr. On retrouve son corps dans les ruines de l'incendie, il était copropriétaire du motel et du bowling, il habite l'endroit depuis bien avant la première disparition et c'était de toute évidence un détraqué sexuel. Admettons donc qu'il soit impliqué, d'accord ? Ça n'empêche que d'après le portrait dressé par le shérif, il semblait un peu trop simplet pour porter tout ça sur ses seules épaules, non ? Alors qui d'autre ? Hunter ? Il commet les crimes et les enlèvements, Simplet gère les séquestrations pendant son emprisonnement, et Hunter revient prendre les choses en main dès qu'il s'évade ?

— Risqué, non ? Sans la tempête et le chaos provoqué par Freeman à Notchbridge, pas mal de flics seraient déjà dans le coin à le rechercher par ici. Freeman était déjà là, lui ! Ou alors il ne venait pas pour reprendre les filles en main…

— Qu'est-ce qu'il venait faire, alors ?

— À part ses premiers aveux, qu'on a dû lui extirper par la violence étant donné l'ambiance de l'époque où tout le monde, flics compris, étaient prêts à lyncher le premier suspect venu, il a toujours protesté de son innocence. Pourquoi ne pas imaginer que s'il prend le risque de revenir ici, c'est pour régler des comptes et mettre la main sur le vrai coupable ?

— Tu penses qu'il débarque ici, fait son affaire à Simplet, met le feu au bowling et libère les filles ? Ça ne tient pas debout.

— Pourquoi ?

— Parce qu'il est toujours le coupable officiel, condamné à mort et évadé de surcroît, et que le témoignage de ces filles serait le seul moyen de prouver son innocence. Alors dans ce cas, il devrait déjà être là avec elles, allongé dans la neige les mains sur la tête pour ne pas se faire flinguer, à nous supplier d'écouter ce qu'elles ont à dire.

— Ah oui ? Mets-toi deux secondes à sa place : tu es innocent, ça veut dire que tu as tiré dix ans dans le couloir de la mort par la faute des flics, des juges, des journalistes, et tu aurais encore confiance dans leur système pour venir te rendre à eux les mains en l'air, toi ?

— Non, c'est vrai. Sans compter que…

— Que quoi ?

— Qu'on parle beaucoup de lui, mais que personne ne l'a vu. Tu l'as vu toi ?

— Tu sais bien que non.

— Alors pourquoi tout le monde ne parle que de lui ?

— À cause du meurtre du rouquin et de l'adjoint. Même mode opératoire.

— Freeman ne semblait pas tout à fait d'accord pour partager ce point de vue.

— Freeman est un ex-flic de Brooklyn débarqué de la police et l'esprit ravagé par le meurtre de son gendre et la disparition de sa fille. Trop impliqué pour un jugement fiable.

— Justement. Ce type a tant de haine contre Hunter qu'il devrait être le premier à s'acharner sur lui et le dernier à mettre en doute sa culpabilité.

— Qu'est-ce que tu veux dire ?

— Je veux dire que s'il doute que Hunter a planté le rouquin, c'est qu'il doit avoir ses raisons. Ça vaudrait peut-être le coup de mieux l'écouter, non ?

Delesteros ne répond pas tout de suite mais se lève et se dirige vers la table de nuit. Du vase de fausses roses rouges aux pétales veloutés de poussière, elle tire une fleur par la corolle et sort dans la nuit en adressant un clin d'œil à Marvelias.

— Va le voir, je te rejoins.

Chapitre 49

Où la vérité est plus cruelle encore que le crime

Denise est assise sur le lit, prostrée. Freeman sonné debout face à la fenêtre. Leurs âmes perdues, leurs innocentes chéries étaient peut-être là hier encore sous le motel. Si proches. Proches et séquestrées, terrées, apeurées, violées sûrement. Humiliées et rabaissées. Hier soir encore elles criaient peut-être. Suppliaient qu'on les épargne. Hurlaient à l'aide. Est-ce qu'elles les appelaient encore ? Avaient-elles encore la force de hurler, prisonnières depuis quinze ans alors que personne n'avait su les entendre pendant tout ce temps ? Denise chasse cette idée qui hante son esprit. Qu'a-t-elle fait, elle, pendant ces quinze ans ? Les souvenirs se bousculent en panique. Des images, des rires, des pleurs, des voyages, des rencontres, du travail, du sommeil, de la fatigue. Hier elle a partagé son lit avec cet homme, Freeman… Et chaque fois, face à ça, l'idée que pendant ce temps-là, dans le même village, à portée de voix, sous ses pieds presque, dans une tombe, sa petite sœur chérie n'avait qu'un seul et même souvenir : n'être plus rien. Rien. À cause d'elle. À cause de son abandon. Ils n'avaient pas fait l'amour. Freeman avec son corps brisé et elle avec son cœur pareil. Mais ils s'étaient couchés nus l'un contre l'autre. Ils s'étaient pris dans les bras en silence. Elle l'avait embrassé et lui l'avait caressée. Puis ils s'étaient endormis, chacun dans la chaleur de l'autre, comme un vieux couple. Apaisés le temps d'un sommeil. Et Sue avait peut-être hurlé son nom toute cette douce nuit. Peut-être même savait-elle où elle était séquestrée. À cent mètres d'elle, couchée avec un homme dont la fille hurlait peut-être aussi. Le même bonheur volé pour eux, la même terreur pour elles.

Freeman voit l'agent du FBI traverser le parking. Il devine qu'il vient les voir mais il sait déjà qu'il ne pourra rien leur apprendre. Il connaît leur façon de procéder. Prendre le temps, confirmer les informations, attendre les ordres, suivre la procédure, minimiser les risques. Et perdre la piste de Louise. Ne pas la trouver, ne plus la chercher, l'abandonner là, sous eux, à quelques pas, et revenir quatorze ans plus tard sans la voir. Lui au moins y avait toujours cru. Il a traqué Hunter de prisons en procès, lui a mis la main dessus, l'a bouclé dans le coffre de la Camaro de Lou, comme une première vengeance. Et même si tout a échoué à cause du rouquin, au moins les fédéraux sont là grâce à lui. Jusqu'à cette nuit, jusqu'à ce que Dorothy Mallum débarque de nulle part à moitié nue mais vivante, il s'en était voulu de ne pas avoir commencé par tabasser Hunter dans la forêt avant de croiser la route du rouquin. Lui avoir fait avouer ce qu'il avait fait du corps de Louise. Mais il a vu Dorothy revivre et mourir et maintenant il ne sait plus, sinon qu'il aurait peut-être tué Hunter pour rien. Il est trop choqué pour remettre de l'ordre dans ses idées mais, dans la confusion des sentiments qui lui tordent l'âme et le ventre, il devine d'autres horreurs plus viles encore que toutes celles qu'il avait prêtées à Hunter à l'époque.

— Je peux ?

Freeman se retourne et Marvelias est là. Il ne l'a pas entendu entrer, perdu dans ses tristes pensées. Denise lève les yeux vers lui sans répondre. Son regard trahit le vertige qui l'habite.

— Freeman, est-ce que nous pouvons nous parler ?

— Pourquoi ne cherchez-vous pas Suzanne ? demande Denise d'une voix éteinte, sans colère ni illusion.

— Nous nous préparons à y aller, madame. Aux premières lueurs nous partons sur leurs traces. La météo annonce un mieux et des renforts vont arriver. C'est pour cette raison que je dois parler à monsieur Freeman.

— Très bien, murmure-t-elle. Allez dans le bureau. Je ne veux plus rien entendre de vos horreurs. S'il vous plaît, je vous en prie…

Marvelias s'approche de Freeman pour l'aider à rejoindre le bureau. L'autre refuse d'un mouvement du bras et le précède. L'agent du FBI le suit en le regardant vraiment pour la première fois. Ce type qui a encaissé tant de coups, dans la vie en général et dans les dernières heures en particulier, marche pourtant droit, presque sans boiter. Lui aussi a pris des coups, et il mesure l'effort de Freeman pour maîtriser ses douleurs. Quand il le suit dans le bureau, Marvelias reçoit soudain comme un uppercut tout ce qu'il découvre de photos, de coupures de presse et de notes collées aux murs. Il s'en veut aussitôt d'avoir encore oublié de regarder avec compassion les survivants, ceux que l'agence appelle les victimes collatérales. Il leur arrive bien sûr, au Bureau, de suivre des affaires plusieurs années durant, mais eux en suivent plusieurs. Des dizaines. Cette femme et cet homme, eux, encore trop sonnés pour pleurer l'horreur que tous supposent maintenant, ont suivi une seule affaire pendant quinze ans. Leur affaire. Elle sa petite sœur et lui sa fille. Leur disparue. Dans cette pièce, jours après nuits, pendant plus de cinq mille nuits pour Denise. Et pour Freeman pareil, à sa façon. Et eux, au Bureau, ne savent plus écouter ces gens-là. Il pense soudain aux rappels de consignes que dispensent des consultants thérapeutes dans des séminaires de mise à niveau. Trop émotionnellement impliqués pour être inclus dans les procédures. Quelle absurdité ! Quelle inhumanité.

— Freeman, je voulais vous dire combien…

— Non, surtout pas Marvelias, laissez tomber. S'il vous plaît.

— Très bien, parlons de flic à flic alors.

— Je préfère.

Il invite Freeman à s'asseoir dans le fauteuil de Denise et trouve une chaise qu'il tire à lui.

— J'ai besoin de savoir si Hunter est vraiment dans le coin, demande-t-il sans détour.

— Oui, répond Freeman avec la même franchise.

— Cette histoire de corps dans la Camaro à laquelle fait allusion Hackman, c'est vrai ?

— Oui. J'ai mis la main sur Hunter à Notchbridge,

je l'ai ficelé dans le coffre de la Camaro, et j'étais en route pour ici quand le rouquin m'a braqué.

— Ce rouquin, ça pourrait être un complice de Hunter ?

— Non. C'était juste un junkie, une petite frappe sur mon chemin qui m'a eu par surprise. Il faut croire que je vieillis.

— Plutôt bien si on tient compte de ce que vous pouvez encore encaisser à votre âge. Mais vous pensez que Hunter a un complice ici, n'est-ce pas ?

— Je n'en sais rien. Je pense surtout qu'il n'a pas tué le rouquin. Des trucs clochent. Tout ne s'emboîte pas comme ça devrait.

— L'histoire de la flèche ?

— Le trait d'arbalète, oui, et le viol surtout, avec toute cette surabondance de preuves matérielles. Le sperme, le sang, les poils, c'est presque trop et surtout complètement contraire au comportement de Hunter dans sa première série de crimes. Il ne s'était jamais comporté de la sorte avec ses victimes femmes.

— Rien n'est confirmé pour l'instant.

— Hackman en est persuadé.

— On va reparler de Hackman. Est-ce qu'on peut envisager que Hunter soit revenu à Pilgrim's Rest pour retrouver un complice qui séquestrait les filles, et faire le ménage en effaçant toute trace de ses crimes ?

— Ça n'a aucun sens. Vous imaginez l'autre débile complice d'un tueur en série et capable de gérer pour lui pendant douze ans le kidnapping d'une demi-douzaine de femmes ? Sous le nez de son shérif de frère en plus ?

— Ce qui nous ramène à Hackman…

— Que voulez-vous dire ?

— Que Hackman est le fil rouge de toute cette histoire. Regardez autour de vous, toutes ces photos, toutes ces coupures de presse : Hackman est toujours là.

— C'est lui qui menait l'enquête…

— Oui, mais il est natif de Pilgrim's Rest, il connaît Hunter d'avant le début des crimes, il est le frère du fêlé qui possède le motel avec lui, il est là quand Hunter réapparaît…

— Attendez, si c'est ce que vous pensez, c'est aussi lui qui a arrêté Hunter pour l'envoyer dans le couloir de la mort. Je ne vois pas comment il pourrait être son complice.

— Pourquoi pas ? Hackman piège Hunter et lui fait porter le chapeau. L'autre s'évade et vient régler ses comptes.

— En recommençant à tuer au lieu de descendre Hackman ? Ça n'a pas de sens. Un type qui m'envoie dix ans en taule pour attendre l'injection létale, je l'abats dès que je sors. Hackman ne peut pas être le complice de Hunter. Et puis au procès, Hunter se serait défendu en l'impliquant, non ?

Ils n'ont pas entendu arriver Delesteros. Elle est là dans la pièce avec eux maintenant et se dirige droit vers Marvelias, son smartphone à la main.

— Regarde ça.

Sur l'écran, Marvelias aperçoit un corps gelé planté d'une rose en plein plexus.

— Qu'est-ce que c'est ?

— Le corps du rouquin. J'ai enfilé la tige en métal de cette fausse fleur dans la blessure faite par le trait.

— Et alors ?

— Alors la flèche a été tirée de haut en bas comme l'affirme Freeman depuis le début. Si je me souviens bien de mes cours de rattrapage en balistique, l'angle nous donne un tireur autour d'un mètre quatre-vingt-dix alors que le dossier de Hunter l'affiche à un mètre soixante-sept. Freeman a raison. Nous avons un autre tueur.

— Et merde, soupire Marvelias, nous avions bien besoin de ça. Tu as un début d'idée ?

— Beckworth. Warrick Gordon Beckworth, alias Crow.

— Crow, pourquoi ?

— Parce qu'il a partagé la cellule de Hunter, parce qu'il l'a probablement aidé à s'évader, parce que quelqu'un a fouillé la garde-robe de Denise et de la femme de l'adjoint et parce que ce quelqu'un est reparti avec une robe de mariée et que Crow a toujours habillé ses victimes dans ce genre de robe.

— Ça ne marche pas, répond Marvelias. Beckworth ne connaissait pas Hunter à l'époque des crimes et il était en taule comme lui les dix années pendant lesquelles les filles ont été séquestrées. Il ne peut pas être le complice de Hunter.

— Qui vous parle de complice ?

Marvelias et Delesteros se tournent vers Freeman, étonnés.

— On parle de celui qui a tué le rouquin, pas de celui qui a aidé Hunter à faire je ne sais quoi. On parle d'un tueur, pas d'un complice.

— Freeman, ne compliquez pas les choses. Qu'est-ce que vous voulez que Crow vienne faire à Pilgrim's Rest à clouer un type à un arbre à la façon de Hunter ? Qu'est-ce que ça leur rapporterait, à lui et à Hunter ?

— À eux je ne sais pas, soupire Freeman en s'affaissant dans son fauteuil, mais à nous je sais, ça nous éviterait d'avoir à envisager le pire.

— Quel pire ? s'inquiète aussitôt Delesteros.

— Nous convaincre qu'il ne reste qu'un seul homme assez grand et assez bon tireur à l'arbalète pour avoir tué le rouquin. Quelqu'un d'ici, d'insoupçonnable.

— Ne me dites pas que vous pensez à…

— À Hackman, si.

— Hackman ? Vous y allez un peu fort Freeman, non ?

— C'est vous qui avez parlé de fil rouge tout à l'heure, et vous avez raison. Hackman est partout dans cette affaire.

— Bon, d'accord, admet Delesteros, Hackman est le tueur du rouquin. Vous pouvez m'expliquer pourquoi ?

— À la manière dont il l'a fait, je dirais pour mettre le crime sur le dos de Hunter.

— Donc s'il le charge, il n'est pas son complice. Alors la question reste la même : pourquoi ?

— Pour qu'on croie que Hunter recommence…

— Encore une fois, pourquoi ?

— D'après vous, dans quel but quelqu'un essaye-t-il de faire croire que quelque chose a été fait par quelqu'un d'autre qui ne l'a pas fait ? dit la voix fatiguée de Denise.

Ils se retournent tous les trois. Elle est appuyée contre le chambranle. Son visage est pâle. Elle a pris dix ans sur les épaules depuis la mort de Dorothy. Elle les regarde longtemps avant de répondre à sa propre question…

— Pour faire porter par un autre le poids de ses propres crimes.

Ses mots flottent un instant dans un silence effaré. Marvelias et Delesteros se regardent. Puis la regardent à nouveau. Seul Freeman ne bouge pas dans son fauteuil. Il ferme juste les yeux, dans un geste las d'abandon et d'acceptation.

— C'était là sous mes yeux depuis tout ce temps, murmure Denise dont la voix se brise. Il est là, partout, tout le temps, avec sa vie cassée, avec son frère idiot, avec ses armes, son insigne, ses parties de cartes du jeudi. Il est là et je ne l'ai pas vu parce que je ne voulais pas le voir...

— Denise a raison, intervient Freeman d'une voix lasse elle aussi. Si le shérif était son complice, Hunter avait toutes les occasions de le dénoncer avant, pendant et après son procès. S'il ne l'a pas fait, c'est qu'il ne connaissait pas le lien entre Hackman et les crimes. Souvenez-vous, Hunter croulait sous les preuves amassées par Hackman, mais il a toujours clamé son innocence. Et s'il l'était vraiment ? S'il n'avait pas commis ces crimes ? Qui d'autre aurait pu le faire alors ?

— Nom de Dieu, jure Delesteros, Hackman, vous croyez ?

— Hackman est du pays et c'est le shérif de Pilgrim's Rest. Il est insoupçonnable et c'est lui qui mène l'enquête alors il piège un sang-mêlé baba cool qui devient le coupable idéal...

— Il est propriétaire du motel, il peut y séquester ses victimes avec l'aide de son frère...

— Quand on débarque, il brûle le motel avec Simplet dedans et les preuves au milieu...

— Et il a tous les moyens de neutraliser Dorothy Mallum quand elle réapparaît. Souvenez-vous, c'est lui qui nous met sur la piste de Thelma, la môme du rouquin. Et il est le seul à avoir parlé à Dorothy Mallum… Ça se tient, ça me fait vomir, mais ça se tient.

— Oui, Hackman n'a pas tué que le rouquin, mais il a tué tous les autres et il tient toutes les filles.

— Attendez, dans ce cas pourquoi Dorothy Mallum s'est-elle jetée dans ses bras en accusant Hunter ?

— Je n'en sais rien. Syndrome de Stockholm peut-être. C'était sa première victime. Si ce que nous supposons est vrai, cette fille ne connaît que lui depuis seize ans.

— Mais ça n'explique pas où sont passées les autres filles. Denise, est-ce que Hackman s'est absenté avant que le motel ne brûle ?

— Non. Il a été dans le coin toute la journée, la plupart du temps à menacer ou à tabasser Freeman. Une heure ou deux avant l'incendie, il est allé chez Elias avec Ashton Hayes vérifier que Lee Ann n'était pas en danger. C'est à ce moment-là qu'il a ramené les gosses et qu'il nous a appris la disparition de leur mère.

— Qu'est-ce qu'il a dit exactement ?

— En fait, c'est Ashton qui est venu. Mickey l'a distancé au retour. Je suppose qu'il était déjà au motel quand Ashton a déposé les gosses.

— Quelque chose de plus urgent que Lee Ann et les gosses ?

— Ashton a parlé d'un court-circuit dans l'enseigne du bowling. Freeman et moi l'avons vue s'allumer quelques secondes aussi. Je suppose qu'il est allé vérifier.

— Moi aussi j'ai vérifié, coupe Delesteros. L'incendie n'est pas dû à un court-circuit. C'est très nettement criminel, avec des traces d'accélérateur un peu partout. Un brasier immédiat.

— Donc Hackman revient de chez Elias paniqué par l'enseigne qui se rallume, court mettre le feu au bowling avec son frère au milieu, et quand nous débarquons, il est là sur le parking à regarder les flammes.

— Et tu en déduis quoi ?

— Qu'il n'a pas eu le temps de planquer les filles ailleurs. Ni de les tuer.

— Pourquoi pas ?

— Parce qu'une au moins est réapparue vivante, et que tuer cinq ou six filles d'un coup et faire disparaître les corps, ça ne s'improvise pas.

— Il a pu les emmener en forêt et les tuer loin d'ici, sans bruit, à l'arbalète ou à l'arme blanche.

— On vient juste d'établir qu'il était resté dans le coin toute la journée. Et puis si c'était pour tuer les filles, il aurait aussi bien pu le faire dans le bowling avant de mettre le feu.

— Tu essayes de nous dire que Hackman revient au bowling, constate que les filles n'y sont plus, descend son frangin pour éliminer son complice, et met le feu pour détruire les preuves et retarder l'enquête ?

— C'est un peu ça.

— Dans ce cas, nous avons cinq filles à moitié nues, perdues et à l'air libre pour la première fois depuis quinze ans dans la forêt en pleine tempête.

— Oui, et avec Hackman à leurs trousses.

— Et peut-être aussi Hunter.

— Peut-être aussi Hunter…

Chapitre 50

Où tout se prépare au calme pour la tempête

La tempête a tout effacé. Des nuages amoncelés qui s'écorchaient aux cimes enneigées, il ne reste rien. Juste un matin limpide, figé sous un ciel bleu de glace, percé d'un soleil blanc. La température a chuté et le froid a vitrifié la neige qui luit comme du métal poli. Le drone survole la forêt.

— On a quelque chose ? demande Marvelias.

— À une heure, monsieur, une sorte de refuge avec des traces de vie, répond le commando.

L'écran de contrôle se reflète dans les Ray Ban de Marvelias.

— Ce sont eux ?

— Nous n'en avons pas encore la preuve formelle, mais il y a du sang sur la neige et deux cadavres de loups. Ça pourrait correspondre au coup de feu d'hier soir.

— Un coup de feu pour deux loups morts, je préfère que vous vous en teniez aux faits et que vous me laissiez les déductions.

— Bien monsieur.

— Des traces ?

— Non monsieur, il a trop neigé cette nuit.

— Qu'est-ce que ça donne en thermique ?

— Un feu à l'intérieur, et peut-être quatre ou cinq personnes.

— Rien d'autre ?

— Deux empreintes thermiques. La première à l'ouest du refuge, la seconde au nord de la première. Immobiles. De gros animaux, probablement. Trop abrités pour y envoyer le drone. Vous voulez qu'on envoie une reconnaissance ?

— Non, fini de jouer, essayez avec le drone, mais moi j'ai besoin de tout le monde pour préparer l'assaut.

Les hommes sont prêts. Le commando au complet. Ils ont passé des combinaisons blanches et se sont harnachés d'armes, de caméras et de micros.

— Nous n'attendons pas les renforts, monsieur ? Ils ne devraient plus tarder maintenant avec l'accalmie.

— Pas le temps. S'ils envoient un hélico, il nous rejoindra en soutien au-dessus du refuge. On progresse en colonne jusqu'à cent mètres de la clairière et on se déploie. Personne ne bouge ni ne tire sans mon feu vert. Deux hommes avec moi en frontal. Trois sur la gauche, et trois sur la droite avec Delesteros. Apparemment la cabane est adossée à une petite falaise. Un des hommes de Delesteros grimpe sur le toit pour neutralisation par la cheminée à la lacrymo avant l'assaut. Compris ?

Tout le monde semble attentif, sauf le chef du commando qui regarde par-dessus l'épaule de Marvelias. L'homme du FBI se retourne et aperçoit Delesteros qui vient vers eux. Freeman l'accompagne.

— Quoi encore, Steffie ! Je te rappelle que j'ai consigné cet homme ! grommelle Marvelias.

Il avait envoyé sa partenaire informer Denise et Freeman de l'imminence de l'action et leur ordonner de rester cloîtrés dans le restaurant.

— Il vient avec nous, soupire Delesteros.

— Négatif. Pas de civil dans une opération comme celle-là. Et en plus il tient à peine debout.

— Ne faites pas l'idiot, Marvelias. Si je ne vais pas avec vous, je vous suis. Avec les traces de votre armada, ça ne sera pas difficile.

— Arrêtez-moi cet emmerdeur !

Mais Freeman défouraille un Colt plus vite que tout le monde et le pointe sur Marvelias. Les huit commandos et Delesteros le braquent aussitôt de leurs armes.

— Freeman, on n'a pas le temps pour ces enfantillages. Vous nous faites perdre un temps précieux. Du temps perdu qui pourrait être fatal à des innocentes. À votre fille même, peut-être bien…

— Justement. Ça fait quatorze ans que je la cherche jour après jour, nuit après nuit, alors si Louise est là-haut, ma place y est aussi. Le seul moyen que vous avez de m'en empêcher, c'est de me flinguer et vous ne pouvez pas.

— Oh que si, je peux. Vous braquez une arme sur un agent fédéral. C'est suffisant pour vous faire descendre, Freeman.

— Décidément, vous êtes un roi de la com, vous. Dix ans après avoir abandonné les recherches pour retrouver une pauvre fille kidnappée, le FBI incompétent envoie un agent descendre le père de la victime, seule personne à avoir pourtant guidé le FBI jusqu'au vrai kidnappeur, par ailleurs membre de la police locale.

— Vous m'avez déjà fait le coup, Freeman, ça ne prend plus.

— Sauf que cette fois il y a peut-être la liberté de ma fille au bout et que je suis prêt à tout pour ça.

Marvelias écarte les bras en secouant la tête dans un geste de résignation.

— C'est bon, vous pouvez venir. Mais vous restez derrière et sans arme, soupire Marvelias en tendant la main pour récupérer le Colt.

— D'accord, accepte Freeman en lui remettant son arme.

Marvelias la récupère et la glisse à sa ceinture sans quitter Freeman des yeux.

— Bon, maintenant qu'il n'est plus armé, arrêtez-moi cet emmerdeur.

Un commando s'empare aussitôt de Freeman sous les yeux désolés de Delesteros qui interroge Marvelias du regard.

— Quoi ? aboie Marvelias. C'est la procédure. Pas de civil !

— Et qu'est-ce que tu vas faire maintenant pauvre idiot, te priver d'un homme pour le surveiller ?

— Pas besoin. On le menotte à un radiateur dans le bureau du motel et on y va.

— Tu ne vas pas faire ça ? s'indigne Delesteros.

— Je vais me gêner.

De sa fenêtre, Denise voit des hommes menotter Freeman et le pousser dans le bureau du motel. Puis le commando se forme. Deux par deux, les hommes vérifient réciproquement leur matériel une dernière fois, et s'enfoncent en silence dans la forêt. Avant de disparaître sous les arbres alourdis par la neige, Delesteros se retourne et regarde Denise au loin. Elle est immobile derrière ses rideaux. Pilgrim's Rest est désert, pris dans l'air glacé. Sur le parking, la Camaro est la seule tache de couleur. Rouge. Est-ce que tout, dans la tête de Denise, est immobile aussi, figé par le temps et la douleur ? Est-ce le calme après la tempête ? Ou avant ?

Chapitre 51

Où la surprise vient du ciel

Il lui a manqué deux secondes pour le descendre. Par chance il n'a pas tiré et ne s'est pas trahi. Il pourra encore l'avoir. La visée télescopique affiche huit cent vingt-sept mètres. À cette distance-là, s'il avait eu le temps de tirer, il lui aurait arraché la tête sans problème. Mais Hunter a fait trop vite. La porte s'ouvre, il cherche quelque chose dans la neige, le dégage, l'observe, puis l'emporte à l'intérieur. Son erreur à lui, c'est de chercher à savoir ce que c'est. Il baisse son angle de tir. Les diodes dansent dans la lunette et il se concentre sur ce que Hunter tient dans ses mains. Une gamelle. Ce type a mis une gamelle à refroidir dans la neige ! Hackman n'aime pas ça. Un type traqué, ça ne cuisine pas. Et puis quand a-t-il cuisiné ? Il surveille la maison depuis des heures et il ne l'a pas vu sortir la gamelle. Il aurait cuisiné dans la nuit ? Des questions sans intérêt qui l'ont distrait et empêché de l'avoir. Le temps qu'il reprenne sa tête en ligne de mire, Hunter disparaît et la porte se referme.

Il aurait pu le tuer, mais il ne l'a pas fait et c'est tant mieux. Cela n'aurait servi qu'à alerter les autres. Il doit les tuer tous, lui et les filles, alors il faut qu'ils sortent à découvert et qu'il les aligne comme à la foire. Hunter d'abord, puis les filles affolées ensuite, l'une après l'autre. Il a déjà eu Lydia. Il en reste quatre avec la nouvelle. Quatre c'est facile. Il abat Hunter et les deux premières restent là, sans comprendre, tétanisées par la peur. Sans problème. Les deux autres chercheront à se planquer et pour celles-là il devra faire vite. Mais il n'a pas besoin de les abattre sur le coup. Il lui suffit de les blesser pour les immobiliser et de les achever après, de loin, en prenant tout son temps. Il repense à la gamelle. Si ça se trouve Hunter leur a préparé le petit déjeuner. Ça pourrait vouloir dire qu'ils vont bientôt sortir. Hunter n'a aucune raison de rester là. Surtout avec l'accalmie qui va rendre leur poursuite plus facile.

Quand l'ombre passe au-dessus de lui, il pense d'abord à un oiseau de proie et cherche à le reconnaître. Il aperçoit le drone au moment où la flèche le percute. L'engin tangue, part en vrille sur le dos, et tombe dans les arbres à quelques mètres de lui en provoquant des avalanches de neige molle de branche en branche.

Chapitre 52

Où la mort tombe des arbres par surprise

— On a perdu l'image, monsieur !

— Quoi ?

— Le drone a été heurté par quelque chose, monsieur.

— Vous avez eu le temps de voir ce que c'était ?

— Non monsieur. Un oiseau peut-être.

— Un oiseau ? Et depuis quand les oiseaux se télescopent avec des engins qui volent moins vite qu'eux ?

— Notre drone peut atteindre une vitesse de…

Marvelias est sur les nerfs et le commando préfère ne pas polémiquer. Tout le monde a intérêt à calmer le jeu. Il a déjà connu ce genre d'opération qui foire à cause d'un civil trop énervé aux commandes. Le genre qui marche en tête l'arme à la main jusqu'au contact avec la cible, puis qui passe derrière avec un mégaphone pour lancer les autres à l'assaut. Il n'a encore jamais travaillé avec ce Marvelias, mais pour l'instant le petit chauve lui semble un peu trop sur les nerfs pour le rassurer. La fille, elle, paraît mieux maîtriser son flux d'adrénaline. Reste à savoir si elle ne laissera pas exploser la pression quand ils se feront tirer dessus. Parce que la configuration des lieux ne lui laisse aucun doute sur ce qui se prépare. Quel que soit le type après qui ils sont, il les attend. Ça ne fait aucun doute. Tout le commando l'a déjà compris. Et réfugié dans une cabane adossée à une falaise, ça ressemble plutôt à un mini Wako, avec un type préparé, décidé et armé, qui les attend pour les tirer comme à la foire. Ou pire encore, un suicide policier. Un désespéré qui se jette sur eux l'arme à la main pour qu'ils le mitraillent, parce qu'il n'a pas le courage de se tuer lui-même. Ou parce qu'il pense que le système sera à jamais marqué du sang versé par son assassinat. Quoi qu'il en soit, ils montent vers les emmerdes et ce fêlé ne les attend pas pour leur servir le petit déjeuner.

Soudain Marvelias s'immobilise, poing levé, et tous se figent sur place. Puis il se retourne, l'index et le majeur contre ses narines, et interroge la petite troupe du regard. C'est Delesteros qui comprend la première et lui répond dans un murmure.

— Gâteau de carottes…

Marvelias n'y croit pas. Ce type n'est quand même pas en train de se préparer un petit déjeuner. Ou alors ce n'est pas lui, ni ses prisonnières. Une famille de randonneurs peut-être. Une bande de chasseurs. Des étudiants en mode stage trappeurs. Il désigne d'un geste deux hommes pour avancer en éclaireurs puis fait signe au reste du commando qu'ils font une pause. Les hommes se délestent aussitôt de leurs paquetages et les posent contre un arbre. Les chocs font tomber un peu de neige depuis les branches, puis du bois craque et casse net et le corps congelé de Cynthia leur tombe dessus. Par instinct, chacun tire son arme et vise le corps bleui, mais un commando ne parvient pas à maîtriser son réflexe et le coup part.

La détonation claque dans l'air glacé. À dix mètres de là, les éclaireurs s'immobilisent et se plaquent au sol pour attendre les ordres. À un kilomètre de là, Hackman se fige aux aguets pour deviner de quelle direction vient le tir. Pas de la cabane. Ça ne peut être que le FBI qui monte à l'assaut. Il le sait. Hunter aussi le sait et rassure les filles. Les flics arrivent. Tout ça va bientôt finir. Il va falloir qu'elles se préparent, comme il l'a dit. Marvelias est furieux et fusille des yeux le commando. Il s'approche du leader et fait confirmer l'ordre aux éclaireurs d'établir un contact visuel avec la cabane. Puis il fait signe à Delesteros de s'approcher d'eux.

— Qu'est-ce que ça veut dire ? demande Marvelias.

— Rien. Le pauvre garçon a fait une connerie, il a été surpris par la chute du corps, répond Delesteros.

— Je ne parle pas de ça, je parle de la fille. Que faisait ce cadavre ici, congelé et planqué dans un arbre ? demande-t-il en se tournant vers le chef du commando.

— Comment voulez-vous que nous le sachions, monsieur ?

— Eh bien réchauffez ce qu'il vous reste de soupe à neurones. Nous sommes convaincus que Hackman n'a pas emmené les filles. Alors soit elles se sont fait la belle toutes seules, mais dans ce cas-là pourquoi courir en pleine nuit d'hiver à travers la forêt, soit Hunter a mis la main dessus et c'est lui qui les tient.

— Et sauf votre respect, monsieur, qu'est-ce que ça change ?

— Ça définit des hypothèses, histoire de savoir ce qui nous attend là-haut. S'il n'y a que les filles, pourquoi ont-elles tué l'une d'entre elles et comment et pourquoi ont-elles monté son corps dans un arbre ? Ou alors Hunter les a rattrapées.

— Dans ce cas, s'il était après elles pour les éliminer, c'est un charnier que nous aurions dû trouver. Pourquoi une seule victime ? Et pourquoi planquer le corps dans un arbre ? Ça sert à quoi ? Où sont les autres et que fait-il avec elles ?

La réponse d'un des éclaireurs grésille dans les écouteurs de Marvelias, de Delesteros et du leader.

— Il prend son petit déjeuner, monsieur.

— Qu'est-ce que vous racontez ?

— Nous sommes en visuel avec la clairière et nous avons aperçu Hunter, monsieur. Il est sorti quelques secondes récupérer une gamelle dans la neige. Gâteau aux carottes, apparemment…

— Les lieux ?

— Comme sur l'image du drone. Petite clairière ouvrant sur une longue piste pare-feu. Cabane en bois, structure robuste, adossée à une falaise. Du feu dans la cheminée. Volets obstrués de l'intérieur.

— Et en thermique ?

— Quatre empreintes à l'intérieur. Toutes en mouvement.

— Quatre, vous êtes sûr ?

— Affirmatif !

— Hunter et trois filles, compte Marvelias à voix basse. Plus la fille tuée dans la chambre du motel et celle de l'arbre, ça fait cinq. Il en manque une. Soit une « historique » est morte au cours des dix dernières années, soit on a encore un cadavre quelque part…

— Vos ordres, monsieur ? s'impatiente le leader. La cible doit être sur ses gardes à présent. Il a dû entendre le coup de feu.

— Vous voulez dire celui tiré dans la panique par un de vos hommes supposés être des professionnels surentraînés ?

— Je veux juste dire le coup de feu, monsieur.

Delesteros voit les deux mâles monter sur leurs ergots et décide de calmer le jeu.

— Hey, on passe aux choses sérieuses ou on laisse encore un peu plus de temps à Hunter pour s'organiser ?

— L'agent Delesteros a raison, ne peut s'empêcher d'envenimer le leader malgré le ton factuel qu'il adopte.

— D'accord, alors on se déploie comme convenu mais personne ne bouge sans mon ordre. Est-ce que vos hommes sont capables de comprendre ça ?

Un « sale con » parasite leur échange dans les écouteurs de tout le monde et Marvelias fait mine de ne rien entendre. Pour l'instant il a un assaut à commander.

Les hommes sont déployés. Trois baptisés Alpha sur la gauche, trois baptisés Bêta avec Delesteros en renfort sur la droite, et deux Delta de front avec lui. Il insiste sur sa stratégie. Forcer Hunter à sortir pour le neutraliser et l'avoir vivant. Blessé au pire, mais vivant. Dès qu'il est neutralisé, rush pour investir la cabane et gérer les filles.

— Aux hommes d'intervention : on n'est sûr de rien avec les filles. A priori, elles sont victimes, mais attention au syndrome de Stockholm qui peut en faire des complices. On ne prend pas de risque. Grenade aveuglante et immobilisation sur place. Leader, détachez un homme du groupe Bêta pour grimper sur le toit. Fumigène par la cheminée. C'est Delta qui neutralise Hunter. C'est Alpha qui fait le rush. Bêta en stand-by pour récupérer les filles ou apporter votre soutien dans l'assaut. À mon signal. J'ai bien dit à mon signal. Tout le monde en place et à couvert.

Les groupes s'enfoncent à reculons dans la forêt pour se redéployer sans être vus, puis confirment chacun leur position et leur statut.

— Alpha, prêt !

— Bêta, prêt !

— Delta à tous. Nous n'avons plus l'effet de surprise grâce à l'extraordinaire professionnalisme d'un d'entre vous. Hunter sait que nous sommes là et il s'est peut-être préparé à nous faire danser. Alors on ne fait pas l'orchestre. Pas de mitraille. On ne tire que si on l'a en visuel avec la certitude de l'avoir, ou s'il menace directement une des otages. Et puisqu'il nous attend, on va lui parler avant le bal.

Chapitre 53

Où rien ne va comme prévu

— Hunter, sors de là, il faut qu'on parle !

Marvelias se retourne, stupéfait, et Freeman est là. Il boite dans la neige et se dirige vers la clairière, sans un regard pour l'agent du FBI ni pour les deux commandos tapis derrière un tronc cisaillé par le gel.

— Mais qu'est-ce qu'il fait encore là, celui-là ! Neutralisez-moi cet abruti !

Le temps que les deux hommes se relèvent et se lancent après lui, Freeman est déjà à découvert, un revolver à la main brandi à bout de bras droit vers le ciel. Il tire à deux reprises avant de se faire plaquer au sol par les hommes de Marvelias. Ils le traînent aussitôt à l'abri, comme dans les films où des soldats intrépides et morts de peur traînent le corps d'un marine blessé après une embuscade. Freeman ne cherche pas à se défendre, mais on lui tord quand même le bras pour lui arracher son arme. Marvelias, furieux, le retourne sur le dos, prêt à lui fracasser la tête à coups de poing, quand il aperçoit Delesteros traverser la clairière en courant pour les rejoindre.

— Mais c'est pas vrai ! Steffie, qu'est-ce que tu fais !

— Je viens t'empêcher de faire une connerie !

— Une connerie ? Donner une leçon à cet emmerdeur qui vient de faire foirer un assaut du FBI ? Je crois qu'on va plutôt me donner une médaille, moi, pour lui défoncer le portrait à ce malade !

— Ricky, calme-toi. Freeman a juste fait ce que tu t'apprêtais à faire.

— Steffie, ce type n'est pas du FBI, il n'a rien à faire ici, rien à dire. Tu te rends compte qu'il débarque ici armé, armé tu m'entends, au beau milieu d'une opération d'assaut contre un évadé du couloir de la mort soupçonné d'avoir en otage des femmes qu'il a kidnappées il y a quinze ans, et ce type vient tout faire foirer un pétard à la main ! Ficelez-moi ce type à un arbre s'il le faut, pendez-le par les pieds s'il le faut, mais que je n'en entende plus parler jusqu'à ce que l'opération soit terminée. Et après, laissez-moi lui casser la gueule.

Les deux commandos redressent Freeman pour le menotter dans le dos, mais Delesteros s'interpose.

— C'est bon, je m'en occupe.

— Steffie, je t'en prie ! soupire Marvelias.

— Écoute Ricky, tu connais Hunter, toi ? Tu connais les filles, tu pourrais les reconnaître, mettre un nom sur leur visage ? Qui a identifié Dorothy Mallum, toi ou lui ?

— Et alors ?

— Alors on risque d'avoir besoin de lui. Pas la peine de le pendre haut et court. C'est Denise qui l'a libéré, de toute évidence. Elle et lui ont plus de raisons que toi de prendre Hunter vivant.

— Ah oui ? Alors pourquoi il se pointe avec une arme ?

— Je m'en occupe, je t'ai dit. Laisse-le moi, je le gère.

— Le gérer, lui ? Depuis le début il est ingérable ! Mais si tu en prends la responsabilité…

— Je la prends.

— Comme tu veux !

Marvelias leur tourne le dos, et reprend contact avec les autres groupes pour s'assurer que le dispositif est toujours en place.

— Okay. On y retourne. Tout le monde à son poste. Beta, un homme sur le toit pour le fumigène.

Le commando jaillit aussitôt de la forêt et se précipite jusqu'à la cabane en profitant d'un angle mort. En deux bonds et trois rétablissements il est sur le toit, dégoupille une grenade lacrymogène, la glisse dans la cheminée, saute du toit, se reçoit en roulé-boulé dans la neige et court se perdre à nouveau entre les troncs. Tous gardent les yeux fixés sur la porte de la cabane.

— Delta à tout le monde. N'oubliez pas. On neutralise Hunter dès qu'il sort !

Chapitre 54

Où tout le monde se prépare à l'assaut

Hunter s'attend à quelque chose, mais pas à ça. Le premier coup de feu l'a alerté, mais les deux autres l'intriguent. Et cette voix surtout. Quand il entend les deux détonations, juste là dans la clairière, il redoute que Hackman les ait piégés avant que les flics ne les retrouvent. Puis il entend la voix dans le mégaphone et comprend que ce n'est pas Hackman. Ils sont plusieurs dehors. Il le devine. Le FBI peut-être. Il l'espère. C'est ce qu'il est venu faire dans cette cabane. Attendre les renforts. Ils vont lancer un assaut, c'est sûr. C'est leur technique. Surtout avec un type fiché comme tueur en série évadé du couloir de la mort. D'ordinaire ils parlementent, ils négocient, ils fatiguent, ils exténuent, mais là ils vont tenter l'assaut. Il le sent.

Leur technique, ça va être de les faire sortir et pour ça il n'y a pas trente-six solutions. Ils vont les enfumer. Alors il éteint le feu en l'inondant de plusieurs brocs d'eau. Puis demande à Thelma une couverture, la trempe dans l'évier de fortune, la plie bien épais en huit encore toute ruisselante, et la fourre dans le conduit de la cheminée en la poussant le plus haut possible à l'aide du manche d'un balai. Et pour être sûr, il dégage le foyer des quelques tisons mouillés qui restent, y pose un tabouret, et bloque dessus la brosse du balai. Quand il entend un homme courir un aller-retour sur le toit, il sait déjà que la lacrymo ne les forcera pas à sortir et qu'ils sont à l'abri d'une aveuglante tant qu'ils n'ouvrent pas la porte. Les hommes dehors ne devraient pas tarder à comprendre que l'assaut va vite représenter une option plus compliquée que prévu.

Alors il regroupe les filles et leur répète une dernière fois ce qu'il leur a déjà expliqué. Son plan. Le seul moyen pour elles de s'en sortir. La seule façon pour lui d'obtenir ce qu'il veut.

Chapitre 55

Où la punition finale se prépare

Hackman s'inquiète et cherche à comprendre. C'est quoi cet engin qui lui tombe presque dessus ? Qu'est-ce qu'il fichait là-haut au-dessus de lui ? Est-ce que ces frimeurs du FBI l'ont repéré ?

À travers sa lunette de visée, il observe l'agitation autour de la cabane et se persuade que non. Personne ne s'occupe de lui. Personne ne surveille dans sa direction. Ces imbéciles prétentieux du FBI semblent plutôt empêtrés dans un assaut qui part en vrille. Il voit même cet emmerdeur de nègre surgir dans la clairière et se faire tacler par deux commandos. Puis l'autre agent spécial, la femme, traverse à découvert sans aucune discipline. Comment peuvent-ils accepter de telles pétasses dans leurs équipes d'intervention ? Même derrière les bureaux, il n'est pas pour. La police, ça ne peut être qu'une affaire d'hommes.

Maintenant il suit le parcours du combattant d'un commando qui monte sur le toit balancer une lacrymo dans la cheminée, puis redescend d'un saut se planquer dans la forêt. Et là, il se dit que ça devient sérieux parce que les autres salopes vont bientôt être obligées de sortir de leur planque pour laver dans la neige leurs yeux qui brûlent. Et le temps qu'elles s'immobilisent pour remplir d'air froid leur gorge et leurs poumons, comme des carpes au bord de l'asphyxie, lui leur explosera la poitrine d'un tir en plein cœur.

Chapitre 56

Où le système bute sur l'homicide légitime

C'est Freeman qui comprend le premier.

— Il ne sortira pas.

— Mais qu'est-ce que vous en savez ? s'énerve Marvelias.

Sans répondre, le noir lui désigne du menton le lourd panache de gaz qui reflue de la cheminée.

— Oh non, cet enfoiré a anticipé l'assaut !

— Vu la façon dont vous l'avez mené, ce n'était pas très compliqué.

— Fermez-la, Freeman, ce n'est pas le moment.

— Ah oui ? Et c'est le moment de quoi, alors ? Monter à l'assaut comme sur le mont Suribachi, tout cramer comme à Wako ? Vous ne pensez pas qu'il serait temps d'essayer de lui parler ?

— Lui parler ? Un tueur en série en cavale avec plusieurs otages ? Encore une idée de flicaillon à la ramasse, ça. Combien de fois vous avez négocié à Brooklyn avant de défourailler ?

— Chaque fois que j'ai pu.

— Eh bien moi ici, je ne peux pas. Et de toute façon, je ne suis pas qualifié pour ça. Je ne suis pas négociateur.

— Tout le monde avait deviné. Et si vous commenciez juste par les sommations, histoire de sauver la procédure si vous parvenez à l'arrêter vivant ?

— Il a raison, murmure Delesteros. On est déjà très loin dans le vice de procédure, tu ne crois pas, Ricky ?

Marvelias inspire tout l'air qu'il peut, bloque son torse en version apnée, puis relâche profondément la pression avant de s'emparer du mégaphone.

— Hunter, ici l'agent Rick Marvelias du FBI. Relâchez vos otages et sortez sans arme les mains en l'air.

Contre toute attente, Hunter répond aussitôt.

— Vous êtes vraiment du FBI ?

— Je viens de vous le dire, Hunter. Agent spécial Rick Marvelias, accompagné de l'agent Steffie Delesteros. Relâchez vos otages et sortez sans arme et les mains bien en évidence.

— Je n'ai pas vraiment confiance en vous, agent Marvelias. En fait je n'ai pas du tout confiance en la police.

— Hunter, faites ce que je vous dis. Ne cherchez pas à gagner du temps ou à résister. La clairière est sécurisée par un commando d'intervention. Vous n'avez aucune issue. Votre seule chance est de vous rendre.

— Me rendre pour quoi ?

— Pour avoir pris plusieurs jeunes femmes en otage, par exemple.

— Je n'ai pas pris ces femmes en otage, je les ai libérées.

— Dans ce cas rendez-vous, et la justice en tiendra compte.

— La justice ? Quelle justice ? Celle qui m'a mise au trou pendant plus de dix ans pour des crimes que je n'ai jamais commis ?

— Hunter, vous avez été reconnu coupable par un jury populaire. Si vous avez des éléments nouveaux concernant votre affaire, rendez-vous d'abord et vous pourrez ensuite les exposer au procureur.

— Vous savez bien que c'est un mensonge, agent menteur Marvelias. Près de quatre pour cent des quelque trois mille condamnés qui attendent dans le couloir de la mort sont considérés comme innocents et finiront par mourir.

— Si vous voulez jouer à ce jeu-là, Hunter, plus de cent condamnés à mort ont quitté ce couloir après avoir été innocentés.

— Je connais très bien cette statistique, agent très manipulateur Marvelias. Vous oubliez juste de préciser que ce sont cent vingt innocentés depuis le rétablissement de la peine de mort en 1976. Cent vingt en quarante ans. Ça fait trois par an, sur les cent vingt innocents actuels de ma statistique !

— Arrêtons ce petit jeu, Hunter. Rendez-vous et vous pourrez défendre votre cause. Nous-mêmes au FBI avons désormais quelques doutes sur votre culpabilité.

— Quelques doutes ? Tout à coup, comme ça, au bout de douze ans ? Alors qu'on aurait pu m'exécuter n'importe quand au cours de ces dix dernières années ?

— Ça n'a pas eu lieu, Hunter, alors profitez de

cette chance. Nous pouvons vous aider. Nous avons même un nouveau suspect.

— Hackman, je suppose. C'est justement lui que j'avais prévu de séquestrer dans cette cabane jusqu'à votre arrivée, pour lui faire avouer ses crimes devant vous, mais il se trouve qu'en chemin je suis tombé sur ses victimes et que je les ai libérées. Vous savez, celles que vous n'avez pas su retrouver il y a quinze ans, et que vous avez cessé de rechercher il y a plus de dix ans. Et vous voulez que je me rende à des flics alors que c'est un flic qui m'a piégé à mort ?

— Je n'ai rien à voir avec Hackman. Et le FBI est une institution fédérale qui n'a rien à voir avec la police municipale de Pilgrim's Rest.

— Ah oui ? Ce n'est pas le FBI qui qualifie d'« homicide légitime » les mille morts par an du fait de la police ?

— Le dernier vrai chiffre connu est de quatre cent soixante et un…

— Vous voyez, agent désinformateur Marvelias, des esprits sensés pourraient penser que des flics surentraînés seraient justement capables de neutraliser un suspect sans l'abattre.

— Ce sont des cas de légitime défense, Hunter, vous le savez bien.

— Avec combien de flics illégitimement homicidés ?

— …

— Combien, Marvelias ?

— Vingt-sept cette année, Hunter, mais ces statistiques ne veulent rien dire. Chaque cas est la conclusion d'un drame particulier.

— Et moi, mon drame, là, il va se conclure comment d'après vous, avec vos Robocops surarmés ? Si je ne me rends pas, vous allez m'homicider légitimement malgré les doutes que vous venez d'exprimer ?

— C'est la procédure, Hunter. D'abord vous relâchez les otages, ensuite vous vous rendez, et après on parle.

— Non, non, agent tricheur Marvelias, vous savez très bien que le protocole, c'est tout à fait autre chose. Je me rends, et ensuite on me jette en taule pour évasion et prise d'otage, même si je me suis évadé pour récupérer des otages qui sont en fait les témoins de mon innocence…

— Si vous avez retrouvé des témoins qui prouvent votre innocence, il en sera tenu compte dans ce que le procureur retiendra contre vous.

— Bien sûr que non, agent embobineur Marvelias. Votre système, c'est la séparation des affaires. Comment dites-vous déjà ? La « criminalisation de la vengeance », c'est ça, n'est-ce pas ?

— Nul n'a le droit de se faire justice lui-même, c'est un principe de justice.

— Mais alors si moi je n'ai pas le droit de faire ce que je fais aujourd'hui, qui le fera pour moi ? La police qui m'a piégé ? Le procureur qui n'a instruit qu'à charge ? La justice qui n'a écouté qu'elle-même ? Mettez-vous un seul instant dans la tête que je sois innocent, juste comme une hypothèse de réflexion, vous faites quoi à ma place aujourd'hui ?

— Je fais confiance au FBI.

— Non, agent imposteur Marvelias. Vous homicidez, légitimement ou pas, tous ceux qui vous ont plongé dans ce merdier.

— Ne faites pas de bêtises, Hunter. Ne faites pas empirer les choses. Ne nous forcez pas à donner l'assaut.

— Personne ne vous force à donner l'assaut, agent sans peur Marvelias. Tout homme, vous compris, devrait avoir assez de libre arbitre pour prendre des décisions courageuses.

— Je ne peux pas, Hunter, et vous le savez très bien. Cet épisode-là doit se terminer par votre arrestation. Mais je m'engage à ce que le FBI rouvre votre dossier et tienne compte de ce que nous établirons pour alléger les nouvelles charges contre vous.

— Agent baratineur Marvelias, tu entends vraiment ce que tu dis ? Tu sais de quoi on parle, là ? Quelques années de taule en plus, peut-être même une dizaine, le temps d'une nouvelle instruction et d'un nouveau procès. Tu sais ce que c'est la taule où tu envoies ceux que tu arrêtes, Marvelias ?

— Au moins tu ne seras plus dans le couloir de la mort, Hunter !

— Mais putain, Marvelias, à part l'angoisse que tu ne connaîtras jamais de sursauter à chaque tour de clé qui peut t'annoncer la piqûre fatale, j'y étais bien, moi, dans ce couloir. Parce que le pire du pire, ce n'est pas la ligne verte, le pire c'est la taule. La normale. Juste la taule ordinaire. Celle où ton protocole se propose de me renvoyer pour quelques années. La taule, c'est l'enfer au quotidien, Marvelias. L'enfer où toi et tes gros bras de commandos surentraînés à homicider légitimement ne tiendriez même pas vingt-quatre heures. Ta taule, agent mystificateur Marvelias, ce n'est pas la privation provisoire de ta liberté. C'est la destruction définitive de ta dignité, l'extinction de ta fierté, la désintégration de ton humanité. C'est ça la taule où tu veux me renvoyer « temporairement », Marvelias. C'est qui, déjà, ton binôme, Marvelias ?

— Je suis l'agent spécial Delesteros, intervient aussitôt Steffie.

— Delesteros, c'est ça. Vous regardez la télé, agent spécial Delesteros ?

— … ?

— VOUS REGARDEZ LA TÉLÉ ?

— Oui, bien sûr, ça m'arrive.

— Les séries policières ?

— Quelquefois…

— Vous les trouvez réalistes ?

— Assez. Elles bénéficient souvent de consultants professionnels.

— Est-ce qu'il y a des aspects un peu exagérés ?

— Cela arrive, oui. Le nombre d'affaires traitées par une seule équipe. Le temps de résolution. Parfois l'équipement et l'armement. Quelques entorses à la procédure…

— C'est tout ?

— C'est tout ce que je vois…

— Alors, vous voyez Marvelias ?

— Je vois quoi ?

— Ce que votre binôme ne trouve pas exagéré.

— … ?

— Les interrogatoires, agent bonimenteur Marvelias. Les interrogatoires. Ceux où dans chaque épisode de chaque série, même la plus familiale, le bon flic finit toujours par menacer le suspect de le balancer en provisoire juste le temps de goûter un peu à la prison. Et quand le jeune con de suspect ne percute pas tout de suite, le Marvelias de la télé, et même la Delesteros du petit écran, se font plus explicites. Tu veux finir à Rikers Island à te faire défoncer chaque nuit par des nègres ? J'en connais pas mal à Rikers qui vont l'adorer ton petit cul ! Je me demande qui te fera le plus mal à Rikers, celui qui t'enculera chaque soir en échange de sa protection, ou ceux qui te violeront chaque jour parce que tu ne seras pas protégé. Révélateur, n'est-ce pas agent spécial Delesteros, comme ce genre de menace utilisée dans chaque scénario de chaque épisode de chaque série ne fait pas partie des choses que vous trouvez exagérées.

— Ça ne se passe pas comme ça…

— Ferme-la, Marvelias ! Qu'est-ce que tu en sais ? Tu parles à un innocent qui vient d'y passer douze ans ! Combien de temps as-tu passé en taule, du mauvais côté des barreaux ?

— Pas une seule minute, parce que je n'ai jamais rien fait qui aurait dû m'y conduire.

— Vraiment ? Pas un seul petit homicide légitime qui te titille la conscience, tu es sûr ?

— Pas un seul !

— Eh bien moi aussi jusqu'à aujourd'hui, tu vois ? Pas un seul, tu m'entends ? Pas un seul. Et pourtant j'ai fait dix ans de taule, Marvelias. Dix ans ! Tu sais combien de fois j'ai été violé en dix ans ? Combien de fois des gangs m'ont défoncé le cul ? Combien de fois je l'ai offert en suppliant à celui qui pouvait me protéger ? Combien de matons j'ai sucés pour m'éviter les raclées et les punitions arbitraires ? Combien de fois j'ai dû vendre ma dignité pour survivre ? Qu'est-ce que je dis, vendre ! Brader, abandonner, piétiner, solder ! C'est ça, la taule où tu veux m'envoyer « provisoirement » quelques années, Marvelias !

— On peut…

— Tu ne peux rien du tout. Tu n'es qu'un pion dans un système. Un fonctionnaire avec un flingue. Un rond-de-cuir avec autorisation d'homicide légitime. Quand tu partiras à la retraite, tu n'auras pas mal au cul. Tu auras mal à la gorge, mais pas pour avoir dû avaler des bites chaque jour de ta putain de vie. Juste des couleuvres. Ils ont anesthésié ton libre arbitre dans leurs protocoles, ta conscience trempe dans leur formol. Sauf que moi je suis là, cette fois, et tu vas bien être obligé de voir ce que vous avez fait de moi. Ce que je suis devenu, Marvelias, c'est ton système qui l'aura voulu.

— Hunter, ne faites pas l'idiot ! intervient Delesteros.

— C'est trop tard, ma belle.

— Il n'est jamais trop tard, Hunter !

— Bien sûr que si, parce que les dix ans que j'ai vécus, ça ne se rattrape pas. Ça se vomit sur tout ce qui bouge, ça se dégueule contre ceux qui essayeront de m'approcher, ça s'éjacule dans la tronche de leurs gosses, ça se…

— Hunter, écoute-moi, coupe Freeman, je m'appelle Ernest Lazarus Freeman et je me fous de ce qui t'est arrivé et de ce qui t'arrivera. Que tu sois innocent ou pas, j'en ai rien à battre, et que tu te sois fait défoncer par un gang de nègres ou que tu retournes te faire défoncer par un gang de la Suprématie blanche, je m'en contrefous. Je veux juste savoir ce que tu sais de ma fille, Louise. Et si elle est ton otage, je veux que tu me la rendes, maintenant, tu comprends ?

L'intervention inattendue de Freeman laisse tout le monde sans voix et chacun reste suspendu au silence glacé qui fige soudain la clairière.

— MAINTENANT !

Chapitre 57

Où la mort claque comme une délivrance

Quand le loquet grince et que la porte s'entrouvre, on entend dans le froid sec le cliquetis des culasses qu'on arme. Un court instant il ne se passe rien, puis les hommes du commando se raidissent quand ils devinent un mouvement. Une femme apparaît et s'immobilise dans l'encadrement de la porte. Elle est à peine couverte d'un poncho taillé dans une couverture comme l'était Dorothy Mallum quand elle a surgi de nulle part. La pauvre est terrorisée. Elle lève les mains haut au-dessus d'elle et son mouvement relève le poncho qui découvre ses maigres jambes nues jusqu'à ses cuisses. Elle regarde les hommes armés qui se sont avancés à découvert et la tiennent en ligne de mire. Puis soudain elle repère Freeman et court vers lui en récitant un texte appris par cœur.

— Je suis Suzanne Vanderbelt, de Mankato, Minnesota. Enlevée et séquestrée par le shérif Hackman depuis le 13 mai 2001. Je suis Suzanne Vanderbelt, de Mankato, Minnesota. Enlevée et séquestrée par le shérif Hackman depuis le 13 mai 2001. Je suis Suzanne Vanderbelt, de Mankato, Minnesota. Enlevée et séquestrée…

— Nom de Dieu ! soupire Marvelias. C'est pas vrai !

Delesteros regarde, bouche bée, ce fantôme improbable, cette jeune femme dépenaillée, cette victime enlevée quinze ans plus tôt reprendre chair et revenir terrorisée à ce monde lâche et vil qui l'a abandonnée. Freeman, lui, regarde le trou sombre de la porte derrière Suzanne Vanderbelt, chaque muscle de son corps meurtri tendu comme un câble d'acier. À toi, Louise. À ton tour, ma petite Lou. Vas-y, sors maintenant. Mon Dieu, faites qu'elle sorte. Relâche-la aussi, espèce d'enfoiré. Lou, sors, je t'en prie. Je t'en supplie ! Je n'ai pas arrêté une seule seconde de te chercher moi, ma petite Lou. Je ne suis pas comme eux. Sors, je t'en prie, fais-le pour moi. Lou ! Lou !

— Je suis Louise Freeman, de Brooklyn, New York. Enlevée et séquestrée par le shérif Hackman depuis le 12 septembre 2002. Je suis Louise Freeman, de Brooklyn, New York. Enlevée et séquestrée par…

C'est un uppercut qui le sonne pour le compte. Ses jambes le trahissent et il s'adosse à un sapin. Il se fige, incapable du moindre mouvement, au moment même où tous les autres sortent de leur stupéfaction. Marvelias fait signe à ses hommes de se porter au-devant des deux femmes pour les entraîner à l'abri. Delesteros s'apprête à les récupérer. Le groupe Alpha se positionne pour le rush à la grenade aveuglante. Tout se précipite mais Marvelias garde le poing fermé. L'infrarouge a identifié quatre empreintes. Il reste encore deux personnes dont peut-être une autre fille.

Mais quand Freeman reprend ses esprits et se lance à la rencontre de Louise, le premier coup de feu retentit. Loin sur sa gauche. Longue distance. Arme de chasse. Suzanne est frappée en pleine tête au moment où elle croit se jeter dans les bras de la femme flic. La balle lui arrache la moitié du crâne et le sang mêlé de matière et de cheveux éclabousse le visage de Delesteros. Elle plaque au sol le corps déjà mort de la jeune femme et se jette dessus, l'arme à la main, dans une dérisoire tentative de répliquer. Tous les hommes se couchent dans la neige et braquent leur arme dans la direction du tir. Une seconde entre la détonation et l'impact. Le tireur à une distance entre huit cents et mille mètres. Freeman fait un autre calcul. Quatre secondes depuis l'impact. Le temps de réajuster sa visée, prochain tir dans deux secondes. Il se jette à la rencontre de Louise qui trébuche, affolée, contre le corps ensanglanté de Suzanne. Quand le second coup claque loin sur sa gauche, il sait qu'il n'a plus qu'une seconde pour sauver Lou. Là-haut, c'est Hackman, il le sent. Hackman qui fait le ménage. Dans sa folie meurtrière, il élimine les témoins directs et la cible vers laquelle sa dernière balle traverse l'air pur de l'hiver, c'est Lou.

Il se jette sur elle au moment de l'impact et la balle le perfore de part en part. La dernière image qu'il garde de sa vie, c'est le regard stupéfait de Lou blessée à travers lui. Mais pas stupéfait de sa blessure. Stupéfait de le voir lui. Son père. Ici. À cet instant où un léger vent se lève et où la mort la frappe elle aussi.

Chapitre 58

Où celui qui tue dans le sang, meurt dans le sang

Elle n'est pas morte. Il le sait. Instinct de chasseur. C'est ce fouille-merde de nègre qui s'est fait allumer. Bon débarras. Il a encore le temps de l'avoir. Le cadavre de son père l'écrase dans la neige rougie par leurs sangs, mais sa tête dépasse encore. Il a le temps de l'ajuster. Tous ces guignols avec leur armement de guerre en ont encore pour au moins dix ou vingt secondes avant de le localiser et de répliquer. D'ici là il sera ailleurs. Il ajuste son œil à la lunette de visée et cible la tempe de cette petite salope de négresse qui voulait aller le dénoncer au FBI. Il va lui régler son compte, comme à la première. Après, il ne restera plus que Cynthia et cette petite garce, la môme du rouquin. Et Hunter, bien sûr. Mais il sait où les trouver.

Son doigt caresse la détente et s'apprête à la presser quand soudain son œil le pique et sa vue se brouille. Sa paupière se ferme par réflexe et quand il l'ouvre à nouveau, c'est pire encore. L'image de sa cible se trouble dans le viseur. Quand il perçoit dans l'air un léger parfum de pomme, il comprend. Alpha-Chloroacétophénone. À très faible concentration mais suffisante pour irriter l'œil. Le gaz que ces types ont balancé dans la cheminée et que le petit vent qui s'est levé disperse jusqu'à lui. Il cligne plusieurs fois des paupières et se prépare à reprendre sa visée quand les premiers coups de feu claquent depuis la clairière. Une seconde après, les impacts déchiquettent les troncs les plus fins autour de lui. Mais Hackman ne s'affole pas. Il connaît leur tactique. Une partie du commando arrose la zone où ils suspectent sa présence le temps qu'une autre partie progresse vers lui. Ça lui laisse largement le temps d'aller chercher Hunter là où il sait le trouver. Mais comme il va pour se relever, une poigne de fer se noue autour de ses pieds comme un piège à loup puis le tire si fort et si vite en arrière qu'il ne peut ni garder son arme, ni se retourner. Quand il sent le rythme de son agresseur ralentir, il cherche à saisir le Colt qu'il porte à sa ceinture, mais celui qui le tient lui écarte soudain les jambes et repart aussitôt en le tirant de toutes ses forces. Dans la seconde qui suit, il l'enfourche sur le tronc d'un jeune bouleau et Hackman hurle de douleur quand ses testicules éclatent sous le choc. La douleur irradie son corps et son cerveau et pulvérise en lui tout instinct de résistance. Il se déchire la lèvre et la langue de ses propres dents dans un réflexe idiot de ne pas hurler. Maintenant il gémit, toute force abandonnée, dans les mains de son agresseur qui le déshabille à terre puis le redresse, nu, d'une main de fer qui lui écrase la gorge. Il ne ressent même pas la douleur quand le trait d'arbalète cloue sa main droite au tronc d'un sapin rouge. Ni quand le monstre qu'il devine à travers ses larmes l'écartèle pour clouer son autre main à un autre tronc. C'est quand il se croit crucifié que la douleur le rattrape. Quand il croit comprendre ce qu'on veut lui faire. Pareil qu'à ses victimes, sauf qu'il n'a aucun tronc dans son dos pour qu'on l'y plante d'un trait au plexus, puis d'un autre dans le cœur. C'est alors seulement qu'il panique. Quand le fou qui le torture sort d'un sac à dos une robe de mariée, la lui enfile par les pieds, et finit par nouer le bustier autour de ses épaules. Puis quand il lui écarte les jambes pour clouer ses pieds en bas de chaque tronc. Cette fois la peur et la rage le déchaînent mais chaque gesticulation lui arrache aussitôt des hurlements de douleur. Alors l'autre monstre, pour le bâillonner, lui enfonce un corbeau mort dans la bouche et il se vomit à l'intérieur en s'étouffant avant de s'effondrer sur lui-même, les poumons distendus par sa crucifixion. Et il se pisse et se chie dessus comme ont dû le faire ses victimes. Ses putains de victimes qui sont aujourd'hui la cause de tout ça. Ces salauds venus leur piquer leurs femmes et qu'il aurait dû torturer plus que ça pour ce qu'on lui fait aujourd'hui à cause d'eux. Plus les faire souffrir, ces ordures. Plus les déchirer, plus les regarder chialer comme il chiale maintenant. Quand l'homme en noir s'approche de lui à nouveau, il cherche le courage et la colère de soutenir son regard. Il est Hackman quand même, le shérif de Pilgrim's Rest. Celui qui a cloué cinq types à des arbres et kidnappé leurs femmes. À ces impuissants qui n'avaient même pas su les sauver ! Mais l'homme se colle à lui et ce qu'il voit dans ses yeux le tétanise. Juste un regard gris sans vie. Métallique. Froid. Comme mort. Ils sont ventre contre ventre et ce monstre ne se préoccupe même pas de son sang qui coule de ses blessures sur son manteau et ses bottes. Ce fou furieux pose même des baisers sur le plumage du corbeau mort qui le bâillonne. Quand il devine qu'il glisse une main sous la robe de mariée pour remonter entre ses cuisses, Hackman sent le dégoût lui gicler sa bile amère dans la gorge. Cette ordure est pédé en plus. Il ne veut plus le regarder. Il baisse les yeux. Tourne la tête de côté pour ne pas voir la main qui lui fouille le ventre. Et c'est dans ce mouvement qu'il aperçoit l'autre corbeau. Dans la main gauche de l'homme. Mort. Puis une douleur lui déchire le ventre et il comprend que ce n'était pas la main de l'homme qui fouraillait sous la robe. C'était son couteau. Il sent sa peau se fendre et ses tripes chaudes jaillir hors de lui. Il peut même deviner qu'elles fument dans l'air glacé. Il n'ose y croire. Ça ne peut pas être ça. Il fixe l'homme dans les yeux, incrédule. Le sang lui pisse entre les jambes et creuse la neige à leurs pieds. Puis il devine que l'autre fouille sous ses jupes de l'autre main. Quand il comprend que ce fou enfonce le corbeau mort dans ses viscères, il veut perdre connaissance et mourir tout de suite, mais l'autre se recule et se penche pour ramasser un engin qu'il pose face à Hackman, avant de disparaître dans la forêt, ses premières empreintes rougies de sang.

Chapitre 59

Où l'échec déchaîne d'amères colères

— Monsieur, on a une image monsieur.
— Du drone ?
— Oui. Enfin presque…
— On a une image, oui ou non ?
— On a une image monsieur, mais fixe et au sol.
— Et ?
— Et… vous devriez venir voir, monsieur.

Marvelias a autre chose à faire. Aussitôt après le second coup de feu, il a envoyé deux hommes récupérer les victimes, mortes ou blessées, et dans le même temps il a enregistré que Hunter se barricadait à nouveau dans la cabane. Avec au moins un otage à en croire les clichés thermiques. Mais personne ne pouvait lui en vouloir après le fiasco de l'opération. Alors il a lancé le reste du commando à l'assaut de la position du tireur et maintenant il suit leur progression, l'esprit bandé comme un arc. Ils ne sont plus qu'à une centaine de mètres de la zone d'où ont été tirés les coups de feu. Mais quand il voit l'image à l'écran du moniteur, il donne aussitôt l'ordre d'arrêter la progression.

— Qu'est-ce que c'est encore ?

À l'écran, écartelée entre deux arbres, il découvre une silhouette en robe de mariée qui pisse un sang fumant de sous ses jupons ensanglantés. Delesteros délaisse un instant Louise dont la blessure est superficielle et vient voir ce qui paralyse Marvelias.

— Ne me dis pas que c'est…

— Une des otages ? Qui veux-tu que ce soit d'autre ? Sauf que l'otage est avec Hunter, et que ça, c'est la signature de ton fameux Crow.

— Qu'est-ce que Crow vient faire dans cette histoire ?

— On aurait peut-être dû se poser la question plus tôt, non ?

— Monsieur… ?

— Tu crois qu'ils auraient pu se lier par une sorte de pacte diabolique ?

— Monsieur…

— De toute évidence ils ont un deal entre eux, puisque c'est grâce à ça qu'ils sont tous les deux dehors !

— Monsieur…

— Et tu crois que leur marchandage allait plus loin ? Que nous nous sommes arrêtés à tort sur leur libération ? Qu'on aurait dû envisager une partie plus gore de leur accord ?

— On ne l'a pas vue parce qu'on ne l'a pas cherchée.

— Monsieur…

— Putain, mais dites ce que vous avez à dire au lieu de nous bassiner avec vos monsieurs ! QUOI ? QUOI, « MONSIEUR » ?

— Monsieur, je pense que la mariée n'est peut-être pas une femme…

— Ah oui, et quoi alors ? Un travelo peut-être ? Vous êtes spécialiste en travelologie, vous ?

— Marvelias…

— J'en ai ras-le-bol de cette affaire qui part en vrille chaque fois que quelqu'un ouvre la bouche…

— Rick…

— Alors d'après vous, c'est quoi, un travelo ? Une drag-queen ? Un transsexuel peut-être ? Ou bien un transformiste, hein ? Transformiste, ça le fait, non ?

— MERDE, RICKY, FERME-LA POUR UNE FOIS ! Il a raison. Ce n'est pas une des otages de Hunter. C'est Hackman !

Marvelias se jette aussitôt sur l'écran et examine l'image pixel par pixel. Delesteros a raison. La tête pendante sur la poitrine de la mariée empêche de voir son visage, mais ce n'est pas une femme. La carrure, l'attache des poignets et des chevilles, la pilosité.

— Un homme, je veux bien, mais pourquoi Hackman ?

— Parce que c'était le seul à avoir intérêt à flinguer tout le monde.

— Et Crow passe par là et fait le boulot à notre place en éliminant ce pervers ? Pourquoi pas l'inverse ? Le shérif Hackman surprend Crow qui nous canarde et cherche à l'arrêter, mais il n'a pas le dessus ?

— Crow n'a aucun intérêt à tuer les filles. Ce n'est ni son histoire ni sa méthode. Mais je suis prête à parier que les entrailles de Hackman sont farcies au corbeau mort.

— Sauf que, comme tu le dis si bien, cette fois la mariée n'est pas une femme et que Crow n'a jamais éviscéré un homme.

— Vrai, admet Delesteros, mais il a pu joindre l'utile à l'agréable.

— L'utile ?

— Et si, depuis qu'il est dans le coin, Hunter était couvert et protégé par Crow ? Qui a trouvé et préparé cette planque pour lui, par exemple ?

— Tu crois que c'était ça, leur deal ? Crow gardait un œil sur Hunter ? Mais qu'est-ce que Crow y gagne en échange ?

— Je ne sais pas, moi. La femme de l'adjoint, par exemple.

— Tu crois que…

— Oui. Ce psychopathe va sûrement l'épouser à la Crow. En fait, le serial killer dans la nature, le vrai malade en liberté, c'est plus Crow que Hunter.

— Monsieur… ?

— Et Hunter, dans ce cas-là ?

— Peut-être qu'il est juste revenu à Pilgrim's Rest pour trouver de quoi le disculper et prouver son innocence.

— Monsieur…

— QUOI ENCORE ? Tu m'appelles encore une fois comme ça, mon garçon, une seule fois, et je te fais bouffer tes écrans, ton drone et toutes les antennes et les manettes qui vont avec. Quoi ?

— L'image, monsieur, elle bouge maintenant !

Ils se repenchent tous sur l'écran. L'image bouge dans tous les sens. La caméra semble tenue à bout de bras, objectif en bas. Des pieds qui marchent. Des bottes de grande pointure. Noires. Et le pan d'un manteau. Noir aussi, mais taché de sang. Puis le sol s'éloigne. Quelqu'un soulève le drone. On aperçoit des mains comme des battoirs. Des bracelets aux poignets. Indiens de toute évidence. Puis l'image se met à danser. Le drone est suspendu à une branche et tangue haut au-dessus du sol. Quelqu'un a écrit un message dans la neige. Ils doivent attendre que le drone se stabilise pour le lire.

Just married !

Puis un visage apparaît, penché par-dessous la caméra. L'objectif lui déforme le nez et boursoufle ses lèvres. Et dans la seconde où l'homme glisse et coulisse son majeur dans sa bouche avant de le pointer en doigt d'honneur, Marvelias reconnaît Crow.

Il ordonne aussitôt à ses hommes de franchir les derniers cent mètres de l'assaut et de lui ramener ce détraqué. Il les regarde faire en approuvant mentalement leur stratégie de déploiement. Il lui faut ce dégénéré vivant.

— Monsieur…

Quel peut être le deal entre Crow et Hunter ? Qu'est-ce que Hunter gagne avec la mort de Hackman ? Est-ce que Hunter avait un plan ? Est-ce que Crow a dérapé ? Qui manipule qui dans tout ce merdier ?

— Monsieur…

— QUOI ENCORE ? Je supervise un assaut, ça ne se voit pas, non ?

— C'est la fumée, monsieur.

— Quoi, la fumée ?

— C'est de la fumée, monsieur, justement.

— … ?

— Je veux dire que c'est de la fumée, monsieur. De la vraie, pas du fumigène. La cabane brûle, monsieur…

Marvelias tourne la tête et voit la fumée qui sourd par des interstices jusqu'alors invisibles. Une fumée lourde, soudain âcre et jaune, qui roule hors de la cabane avant que le vent léger ne l'enroule en volutes épaisses. Marvelias sait trop bien ce que ça veut dire. Que l'incendie fait déjà rage à l'intérieur. Que le feu enfle et cherche à sortir. Si Hunter a bien obstrué le conduit de cheminée pour bloquer la lacrymo, le brasier est contenu à l'intérieur comme dans une cocotte-minute. À sa première bouffée d'oxygène, ce feu va exploser et jaillir de partout et tout embraser dans la seconde. Delesteros aussi le sait. Le feu, c'est ce qui la panique le plus. Les incendies en milieu fermé, les bombes incendiaires, les milliers d'hectares en flammes des incendies pyromanes de l'été. Même à l'entraînement, ça la panique.

— Ricky, Hunter est là-dedans avec encore au moins une otage !

À côté d'elle, le commando resté pour s'occuper des victimes relève la tête, évalue ses chances, puis bondit vers la cabane. Marvelias hurle pour le rappeler à l'ordre mais Delesteros n'a pas le temps de le retenir. Quand il enfonce la porte, le feu aspire dans la seconde tout l'oxygène de la clairière puis le recrache en torchères par la porte dans la même seconde. Le commando reçoit en plein visage ce souffle de feu ardent qui le grille et le projette à plusieurs mètres. Les flammes jaillissent par la porte puis se séparent pour envelopper la cabane par l'extérieur. Une pieuvre incandescente dont le corps réintègre soudain son antre en ronflant à reculons pour mieux exploser fenêtres et volets et lancer ses torches voraces à l'assaut de tout ce qu'elles peuvent consumer. Marvelias se précipite vers l'homme qui se cambre en hurlant dans des convulsions désespérées. Il ôte son manteau et le jette sur lui pour éteindre sa combinaison en flammes et le plaque dans la neige pour éviter que les brûlures ne gagnent en profondeur. C'est ce qu'on lui a appris. Au moins un quart d'heure avec de l'eau froide. Mais la neige fera encore mieux l'affaire. Saleté de journée. À peine le milieu de matinée et déjà trois victimes par balles, un assassin éviscéré, et un commando gravement brûlé. Sans compter Hunter et son dernier otage qui n'ont aucune chance de réchapper à cet incendie. Que pourrait-il honnêtement lui arriver de pire ?

— Monsieur…

Marvelias se retourne sans colère cette fois. Il a épuisé sa dose de bile. Il est à sec de rage. Delesteros est seule à s'occuper tant bien que mal de Freeman et de sa fille. Elle a abandonné le corps de Suzanne pour l'instant. Morte. Aucun espoir pour elle. La neige pour chambre froide. L'homme brûlé s'est affaissé sous lui et Marvelias lui maintient le visage dans la neige tout en surveillant au loin la lisière de la forêt où s'est enfoncé le commando. Aucun coup de feu. Ils n'ont pas trouvé Crow. Pas encore. Du moins il l'espère.

— Monsieur ?

— Oui…

— Leader veut vous parler.

Il s'aperçoit qu'en défaisant son manteau, il a déconnecté sa radio. Le technicien du drone lui tend son équipement.

— Oui, Leader ?

— Monsieur, c'est complètement dingue ce qu'on a trouvé ici.

— Je sais, Leader. J'ai vu les images.

— Oui mais en vrai, c'est pire que les images.

— Je comprends, Leader. Quelque chose de particulier ?

— Hackman, le shérif, il est mort.

— Je m'en doutais un peu, Leader, pas vous ?

— Non, je veux dire qu'il est mort maintenant. Mais il vivait encore quand nous sommes arrivés…

— Vous n'êtes pas après Crow ? coupe Marvelias qui sent son exaspération remonter en pression.

— Si, quatre de mes hommes sont après lui. Je suis resté avec un autre pour m'occuper du shérif.

— Et alors ? Vous vous êtes aperçu que vous aviez oublié votre nécessaire de couture pour le raccommoder ?

— …

— Leader ?

— Écoutez, Marvelias, j'en ai plein le dos de vos allusions et de vos insultes de chefaillon colérique. De toute ma carrière, je n'ai jamais participé à une opération aussi merdique. Vous êtes la caricature de l'agent qui se croit spécial. Spécial que dalle, oui. Spécial en foirage, spécial en connerie, spécial en mort des autres. Vous arrivez à tenir la liste des morts par la faute de votre incompétence depuis les dernières quarante-huit heures ? Je vais vous dire une chose, Marvelias, je vais vous ramener ce dégénéré de Crow, et je le ferai moi-même de façon à pouvoir vous mettre mon poing dans la gueule par la même occasion. Je sais que ma carrière en souffrira plus que la vôtre, mais le dégoût que vous nous inspirez, à mes hommes et à moi, est à ce prix.

— C'est tout, Leader ?

— C'est tout pour ce qui vous concerne, monsieur. Pour ce qui concerne Hackman, il a parlé avant de mourir.

— Vous ne pouviez pas le dire plus tôt ? Qu'est-ce qu'il a dit ?

— Si j'ai bien compris, c'était un message pour « ce connard du FBI », monsieur.

— Alors ça tombe bien, Leader, puisque ce connard vous écoute. Le message ?

— Hunter, roche, cabane, derrière.

— … !?

— Je répète : Hunter, roche, cabane, derrière.

— J'ai compris, Leader. Je cherche juste à savoir ce que ça veut dire.

— C'est vous le génie, monsieur, pas moi. C'est à vous de voir.

Marvelias se dit que Leader doit être vraiment furieux pour s'autoriser à lui raccrocher au nez. Mais il n'a pas le temps de s'en formaliser. D'une part parce que la cabane vient de s'effondrer dans une gerbe de tisons virevoltants. Elle a basculé à plat, vers eux, en se détachant de la paroi rocheuse contre laquelle elle s'appuyait. Et d'autre part parce qu'un hélico du FBI surgit au même moment dans le ciel d'un bleu insolent après tous ces jours de tempête. Marvelias court aussitôt à la rencontre de l'engin qui se pose au milieu de la clairière sans couper ses rotors. Un homme en tenue commando se penche en hurlant par la porte.

— Nous nous sommes branchés sur votre canal et nous avons suivi vos échanges. Voulez-vous que nous apportions un soutien aérien au commando chargé de la traque, monsieur ?

— Négatif, crie Marvelias. J'ai besoin de vous ici pour rapatrier les morts et les blessés.

— À Notchbridge, monsieur ?

— Non, ici, à Pilgrim's Rest. Il y a d'autres corps là-bas et les blessés ont besoin des premiers secours d'urgence avant un transfert plus long.

— C'est vous le chef, monsieur, répond le commando en passant le tranchant de sa main sur sa gorge pour faire signe au pilote de couper son moteur.

Les turbines expirent dans un long soupir aigu et quatre hommes sautent de l'engin. Deux se précipitent pour aider Delesteros, le pilote reste près de son engin qu'il inspecte aussitôt, et le plus gradé rejoint Marvelias pour se mettre au courant.

— Quel merdier ! murmure-t-il quand il a tout entendu. Quelque chose que je peux faire ?

— Oui, peut-être. Que vous inspirent les quatre derniers mots de Hackman ?

— Hunter, roche, cabane, derrière, monsieur ? Eh bien, je ne sais pas, peut-être que…

— Oubliez ça ! hurle soudain Marvelias en courant vers le brasier, laissez tomber et suivez-moi !

En s'affaissant, la cabane a découvert le pied de la falaise. Malgré les flammes qui lèchent encore les poutres au sol et la fumée brûlante qui gondole les perspectives, ce que voulait dire Hackman est là, très clairement, sous leurs yeux.

Chapitre 60

Où le salut des innocents vient du feu

Dès le premier coup de feu, il claque la porte et se barricade. Il n'avait pas prévu ça. Hackman a tué Suzanne et Louise. Ça ne peut être que lui, mais il ne comprend pas pourquoi. Il aurait dû fuir, disparaître. Pourquoi a-t-il tiré sur les filles ? Il n'espère quand même pas éliminer tous les témoins ? Mais il se convainc très vite qu'Hackman est assez malade pour échafauder un tel plan. Descendre tout le monde. Sur les six témoins qui auraient pu provoquer une révision de son procès, quatre déjà sont morts. Le frère de Hackman, Suzanne et Louise, et Jennifer dans les bois. Cinq même, parce que si Hackman s'est lancé dans ce jeu de déglingue, c'est qu'il a sûrement tué Dorothy aussi. Ne reste plus que Thelma, tremblante comme une feuille contre lui.

— Là ! Là ! Calme-toi. Ça va aller…

— Ça va aller que dalle oui ! Kathia et Sofia viennent de se faire descendre, et nous on se retrouve barricadés dans une cabane en bois avec une armée de nettoyeurs tout autour !

— Oui, je sais, mais on va s'en tirer !

— Non mais tu rêves : t'as vu ta baraque ? On est coincés dedans comme les petits cochons par une meute de loups !

— On n'est pas coincés, Thelma.

— Ah oui ? Tu vas voir, c'est pas du bout des lèvres qu'ils vont nous la souffler ta cabane, c'est à grands coups de rafales de M-16. Merde, j'ai vraiment besoin de quelque chose. Il reste des joints ? Ne me dis pas qu'on a tout fumé cette nuit ! s'énerve-t-elle en fouillant partout. Dis-moi qu'il en reste !

La gifle la cueille par surprise mais elle ne tombe pas. Il la retient par le bras de son autre main.

— Ferme-la, Thelma, et écoute-moi, d'accord ? Ils ne vont pas nous avoir et tu ne vas pas mourir, et tu sais pourquoi ?

— Parce que t'es Batman, hein, c'est ça ? Tu vas attendre la nuit et t'envoler dans le noir avec moi en dessous accrochée par…

La deuxième gifle, elle s'y attend un peu, mais elle lui fait bien plus mal que la première.

— Tu ne vas pas mourir parce que tu es mon dernier témoin. J'ai besoin de toi. Tu es plus précieuse que ma propre vie. Même si j'y reste, tu es mon seul espoir de pouvoir raconter à tout le monde ce qui s'est passé, alors je te garantis que tu ne vas pas mourir dans cette cabane.

Maintenant elle pleure. Il la serre aussitôt contre lui et sent ses larmes dans son cou. Elle colle soudain son ventre contre le sien et relève la tête. Ses lèvres cherchent les siennes.

— Thelma, s'il te plaît, pas ça, pas maintenant…

— Si, justement, je t'en prie. Chaque fois que ça

allait mal, avec Marty, on le faisait et ça allait mieux. J'en ai besoin, Hunter. Je t'en prie, c'est pas compliqué ! Je sais rien faire d'autre que ça, c'est le seul truc qui me maintienne en vie. Je veux pas mourir sans le faire une dernière fois, Hunter, surtout avec toi. Laisse-toi faire. Rien qu'un quicky. Debout même, si tu veux...

Il la prend par les poignets pour la repousser doucement. Elle cherche encore sa bouche malgré tout et il doit la tenir à bout de bras pour l'éloigner. Elle est terriblement désirable en petite junkie paumée et il en a tellement envie.

— Il faut penser à sauver notre peau.

— Je préfère mourir en baisant.

— Ne dis pas de bêtises...

— Et ça, c'est une connerie, espèce de pédé ?

Son pied part trop vite entre ses jambes pour qu'il l'évite et la douleur le paralyse. Il tombe à genoux et le deuxième coup le tape à la tempe. Il bascule sur le côté quand elle arme à nouveau son pied. Il détend le sien et fauche sa jambe d'appui à hauteur de la cheville. Elle tombe sur lui de toute sa hauteur et il se tourne sur le dos au dernier moment pour amortir sa chute. Mais dès qu'elle est sur lui, elle le chevauche et l'étreint dans ses bras et l'embrasse, lèche sa langue, fouille sa braguette entre leurs ventres mais...

— Ah ça, c'est de ta faute, se moque-t-il, fallait pas y aller à coups de pied si tu voulais en profiter !

Elle bascule sur le côté.

— Quelle nulle je suis, c'est pas vrai, je ne fais que des conneries !

Il l'aide à se relever. Elle l'aide à se renfourailler et il la laisse faire. Puis il pose ses lèvres vivement sur les siennes et les retire avant qu'elle n'y glisse sa langue.

— Si on s'en tire, je te promets.

— Tu parles. Tu crois vraiment qu'on peut sortir d'ici sans se faire descendre ?

— Oui, dit-il en s'épaulant contre la lourde armoire. Par ici…

Il fait glisser le meuble de côté, et Thelma découvre une faille dans la roche.

— C'est quoi, un passage secret ?

— Oui, cette falaise est faite de l'assemblage de deux mégalithes.

— Whaouu, megacool, se moque Thelma, c'est quoi ?

— D'énormes blocs rocheux. On en trouve un peu partout dans la région sans trop savoir comment ils sont arrivés là. Ces deux-là sont bien soudés au sommet, mais avec un peu d'espace à leur pied et ça forme une galerie. Ça sort trente mètres plus loin. C'est pour ça que j'ai choisi cette cabane au début. Au cas où.

— Au cas où quoi ?

— Au cas où des abrutis de *rednecks* de chasseurs consanguins viendraient brûler ma cabane à rêves par surprise dans la nuit.

— Tu déconnes, qui voudrait brûler un refuge aussi cool que ça ?

— Moi.

— Toi ?

— Oui, moi. Et maintenant !

Chapitre 61

Où se pose la question d'une mort heureuse

C'est ce cri qui déchire sa mort. Pas le hurlement de folie de Joyce quand elle a appris pour Louise. Pas celui terrifié de Lou quand il imagine qu'elle l'appelle pour la sauver, de l'intérieur d'un coffre ou du fond d'une cave et qu'il n'est pas là. Pas le cri qui lui éraille la gorge chaque fois qu'il s'arrête n'importe où au volant pour cracher au ciel son impuissance. Pas le cri muet de stupeur quand il a compris que l'autre allait tuer Lou qu'il venait à peine de retrouver. Ni celui de douleur pour cette balle brûlante qui lui a frôlé le cœur. Ce cri qui déchire sa mort et le ramène au bord de la vie est pire que ça. Pire que tout ça. C'est un cri qu'il comprend. C'est le cri qu'il aurait hurlé si ça lui était arrivé. C'est le cri de Denise qui s'effondre sur le corps à peine retrouvé de Suzanne. Un cri qui déchire tout, montagne et forêt, un cri à fendre les roches, à faire tomber les oiseaux. Un cri humain et animal à la fois. Un cri de folle douleur. Un cri de pure folie.

On le porte. Il tangue. On a planté quelque chose dans son bras. Un tuyau transparent qui remonte à une poche de liquide dans laquelle joue un soleil de glace au-dessus de lui. Les éclats de lumière font pleurer ses yeux. Il les ferme et quelqu'un prend sa main sous la couverture de survie dorée comme un papier de bonbon. Il ouvre les yeux à nouveau. La jeune femme est allongée près de lui et c'est Louise. Sa Louise. Cette femme qui le regarde est sa petite Lou, avec des yeux de petite Lou heureuse et un regard d'inconnue meurtrie. Il pleure. Elle aussi. Il entend hurler Denise mais il ne regarde plus que Lou. La douleur prend toutes ses forces, mais il cherche au moins celle de dire son nom. Lou. Elle comprend qu'il ne peut pas et lui sourit. Mon Dieu, le sourire de Lou qui inonde le monde, il aura au moins vu ça. Maintenant il capte des bribes d'ordres et de confidences. Le pauvre. Pauvre enfant. Le stabiliser pour le transférer. Sa fille s'en sortira. Courageux. Chance. Pour rien au monde… les voix se mélangent et se détachent, comme des carillons silencieux quand les brancardiers reprennent leur marche et qu'il perd connaissance à nouveau. Ou qu'il s'endort. Ou qu'il sombre dans la mort, bercé par les pleurs de Denise.

Avant de ne plus exister, il repense à son enfance. Aux sommeils imposés, petit, au cœur des après-midi moites du Bronx. Le Bronx avant Brooklyn. Townsend Avenue avant Joyce. Avant Lou. Quand il était môme. Les yeux lourds se ferment, les bruits de la ville se feutrent. Le cri des plus grands dans la rue. Les parents ont défoncé une borne à incendie pour rafraîchir. Il ira tout à l'heure. L'eau froide et les fous rires joyeux. Les pneus des voitures sur l'asphalte mouillé.

Une dispute quelque part dans un appartement au fond d'une cour. Des pas qui se carapatent en douce. Des amoureux sur les escaliers de secours. D'autres en bas qui se moquent. Des insultes. D'autres pas qui courent. Une bagarre. La police sous les sifflets et les moqueries. Un dernier glissement, et la fatigue qui l'enlise. Et juste avant de se dissoudre dans la petite mort du sommeil, l'écho d'une radio…

Denise, Denise, oh, won't you hold me tight
Denise, Denise, oh, can we kiss goodnight
Denise, Denise, I'm so in love with you
Oh, Denise, dooby doo I'm in love with you
Denise, dooby doo I'm in love with you

Chapitre 62

Où les chefs sont faillibles, et leurs failles des désastres

Marvelias décide d'évacuer d'abord Freeman par hélicoptère. Delesteros se bat pour que Louise embarque avec lui et ne comprend pas pourquoi il refuse.

— Parce qu'elle n'est que superficiellement blessée. La balle a traversé le corps de son père avant de la toucher. Elle est consciente, apparemment cohérente, et elle était avec Hunter. C'est un témoin capital. Je veux l'entendre dès que possible.

— Ricky, cette fille a vu son père se faire descendre dans ses bras alors qu'elle venait de s'évader de quatorze ans de séquestration. C'est complètement imbécile de penser qu'elle puisse témoigner utilement.

— Eh bien c'est ça alors, je suis un imbécile, réplique Marvelias en tournoyant du doigt au-dessus de sa tête pour signifier au pilote qu'il peut décoller.

Les rotations seront rapides. Notchbridge n'est qu'à vingt minutes par les airs. Le commando soufflé par l'explosion du feu sera le suivant. Sa tenue de combat l'a sauvé et Marvelias pense qu'il n'est brûlé qu'au visage. Mais quand il voit les chairs calcinées jusqu'à l'os des pommettes et le plastique fondu de ses équipements solidifié dans les boursouflures de ses plaies, il ne veut même pas essayer de se demander si cet homme-là a une famille et des enfants. Un quart de seconde seulement, il entrevoit la vie de malheur et de gueule cassée qui l'attend. Alors il pense à autre chose. Il va aussi garder Denise, si quelqu'un parvient à la décrocher du corps de sa sœur. Pour témoigner contre Hackman. Est-il vraiment possible qu'elle ait pu vivre sans le moindre soupçon à cent mètres du lieu où sa sœur a été séquestrée et violée pendant quinze ans ? Et par l'homme qu'elle croisait tous les jours ? Un homme au corps duquel elle s'était abandonnée plus jeune ? Il faut qu'il lui parle. Le commando doit avoir de quoi la sédater dans la pharmacie d'urgence. Il donne l'ordre de transférer tous les corps dans une des chambres du motel et d'en laisser les fenêtres ouvertes en coupant le chauffage. Le rouquin, Elias, Dorothy, Suzanne et l'autre fille tombée morte de l'arbre. Et Simplet aussi.

— Et le shérif ? demande un commando.

— Bien sûr que non, imbécile ! Personne n'y touche jusqu'à ce que la Scientifique se pointe.

— Mais elle risque de ne pas être ici avant demain, monsieur…

— Et alors ?

— Alors les loups, les corbeaux, les renards et tout ce qui meurt de faim à cause de l'hiver vont s'en donner à cœur joie, monsieur !

— Eh bien pas du tout, tu te trompes mon gars !

— Comment ça, monsieur ?

— Parce que tu vas monter la garde près du corps et qu'un autre membre de votre équipe de bras cassés viendra te relever pour la nuit.

Et il plante le commando sidéré pour aller inspecter sa morgue provisoire qu'il n'a pas le temps d'atteindre.

— Monsieur ?

Marvelias se retourne et le poing de Leader le sèche net d'un direct au menton. Il trébuche en arrière et bascule à la renverse dans la neige poisseuse d'avoir été trop piétinée.

— Je vous avais prévenu, vous ne donnez plus un seul ordre à mes gars sans passer par moi ou je vous sèche à chaque fois. C'est bien compris ?

Le coup l'a sonné. Marvelias n'a plus toute sa tête. Il se relève en titubant et dégaine son arme malgré le vertige qui lui noue les jambes.

— Espèce de…

Le crochet de Delesteros le fait tournoyer sur lui-même et il s'affale contre un des Hummer. Sans tomber cette fois. Delesteros le plaque joue contre le métal gelé et se penche sur lui.

— Vous arrêtez vos combats de petits coqs tous les deux. Si ça vous amuse de savoir qui a la plus grosse, alors dites-vous que c'est moi.

Elle le retient longtemps et ne lâche la pression que quand elle le sent revenir à la raison malgré sa colère. Elle dégage d'un ordre du menton tous les témoins figés sur place avant de le redresser.

— Ricky, on a sept morts, trois blessés, deux tueurs en série en cavale dont un avec une otage, la femme de l'adjoint qui a disparu, et tout ce que tu trouves à faire, c'est de braquer ton arme sur un type du FBI ? Reprends-toi, Ricky !

— C'est ce petit con qui me cherche…

Le genou de Delesteros lui écrase les testicules et il tombe à genoux en crachant de la bile.

— Tu l'auras cherché, Marvelias. C'est moi qui prends le commandement, hurle-t-elle en se retournant vers ceux qui regardent la scène à distance. Vous avez entendu ? C'est moi qui prends le commandement !

Chapitre 63

Où l'envie cède au désir, et la passion à la prudence

— C'était grand ta façon de mettre le feu ! Tu crois que tu en as cramé quelques-uns ?

— C'était pas le but, Thelma…

Ils dégringolent en glissade une longue pente enneigée sous les sapins. Il ne craint pas les hélicos. Il semble qu'ils n'en aient qu'un seul et il l'a entendu filer vers Notchbridge. Évacuation des blessés, sûrement. Il s'inquiète plus de leurs traces dans la neige que les commandos pourraient suivre pour les traquer. Mais il croit bien les avoir entendus se lancer après Hackman.

— Saloperie d'Hackman ! jure-t-il en dévalant dans la neige.

Il ne parvient pas à y croire. Ce malade s'était embusqué en haut de la friche pour les descendre au lieu de s'enfuir au bout du monde.

— Qu'est-ce qu'il croyait ? hurle-t-il à lui-même, essoufflé. Avoir le temps de nous flinguer tous ? Avec tous ceux du FBI en prime ?

Thelma le suit. Elle glisse, se relève, retombe, mais il la tient par la main et l'entraîne et ça la fait rire. Tout ce truc de dingue la fait rire aux éclats. C'est encore mieux qu'avec Marty. Ils fuient un vrai tueur et ils ont le FBI aux trousses. Le FBI, quand même ! Et ce Hunter qui est beau gosse en plus. Petit, mais beau gosse.

Elle se prend le pied dans une racine sous la neige et trébuche en avant en battant des bras. Elle en rajoute beaucoup et part en vol plané, roule dans la neige, rebondit, se relève en déséquilibre et se jette sur le dos de Hunter qui s'affale à son tour. Ils boulent tous les deux entre les sapins, lui l'enlaçant pour la protéger, elle l'enlaçant pour l'agripper, jusqu'à ce qu'ils se cognent net et fort contre un tronc. C'est Hunter qui prend et perd connaissance.

Quand il revient à lui, les petits seins nus bleuis par le froid de Thelma s'agitent au-dessus de son nez au rythme de ses reins. Cette folle est nue dans ce froid de cristal, à part les chaussettes et les chaussures de piste du Double Seven. Elle le chevauche dans un fou rire et ses mains déboutonnent sa braguette à la recherche de son sexe.

— Thelma, qu'est-ce que…

— Ferme-la, Hunter, ferme-la et prends-moi, je t'en prie !

— Écoute…

— Baise-moi, là, maintenant, tout de suite, dans la neige. Ne me dis pas que tu n'en as pas envie. Mais t'es quoi comme mec ? Ça t'excite pas tout ça ? Ça te fait pas bander d'avoir le FBI à nos basques ? Si l'autre tueur de shérif ou ces fêlés de commandos doivent nous dézinguer, alors faut que je baise une dernière fois avant, pas toi ?

Il cherche à lui répondre, à arrêter ses mains de ses mains, à fuir sa bouche de sa bouche et soudain il la désarçonne et la verse de côté d'un coup de rein. Mais Thelma ne lâche rien. Ils culbutent tous les deux accrochés l'un à l'autre et il se retrouve sur elle avec sa bouche avide, ses seins dardés, ses jambes en l'air contre le ciel. Elle est sous lui et sourit à sa victoire. Ses jambes nues enserrent alors ses reins et le retiennent contre elle. Il se cambre, bras tendus, pour forcer l'étau et soudain voit comme elle est. Belle, petite, cinglée, perdue, allongée sous lui, son dos nu dans la neige, ses petits seins durs et marbrés par le désir et le froid, et dans le regard, soudain fixe et plissé de son sourire, un vrai désir de lui. Alors il cède à ce qu'il retient depuis qu'il l'a vue. La veille déjà, dans la cabane parmi les autres endormies, dans le noir, dans la langueur de la marie-jeanne, dans le silence des respirations assoupies, dans son faux sommeil, il l'avait laissée glisser sa main entre ses jambes, déboutonner son jean, empoigner son sexe et le masturber doucement. Sans bouger. Sans rien dire. Sans rien faire qui puisse trahir son plaisir pour ne pas compliquer les choses au réveil. Il s'était demandé quel plaisir elle y prenait, puis avait deviné qu'elle se caressait en même temps et il en avait été content pour elle. Elle avait joui en silence, d'une petite contraction retenue de ses reins, puis s'était abandonnée à d'autres bras. Ceux de Morphée peut-être, ceux du souvenir de Marty. Ou d'autres garçons de sa drôle d'enfance…

Il bascule doucement sur le côté pour ne pas la laisser le dos dans la neige, et quand elle se redresse sur lui pour le prendre en elle, Thelma est soudain sérieuse et appliquée comme une première communiante qui se dépucelle. Ils jouissent vite et restent un long moment serrés fort l'un contre l'autre, contre le froid et le temps qui va leur manquer, contre cette vie sans trop d'espoir qui les attend maintenant. Contre l'hélico qui revient…

Chapitre 64

Où le tueur s'arrange de l'ordre des choses

Il sait comment ces chasseurs-là traquent leurs proies humaines. Un qui suit la piste, deux autres déployés de part et d'autre, le reste en seconde ligne en renfort à l'arrière. Quand il entend Hackman tirer, il n'est qu'à une vingtaine de mètres de lui. Il le suit depuis la nuit précédente. Depuis qu'il l'a vu rôder près de l'autre cabane. Il savait qu'il viendrait et l'a attendu, caché à l'intérieur, sans feu ni lumière. Il l'aurait tué s'il était entré, mais quand il l'a vu passer son chemin, il n'a eu qu'à suivre ses traces dans la nouvelle neige. Depuis il l'observe. Il le voit tirer une première fois et le temps qu'il lui saute dessus, l'autre fait encore feu une seconde fois. La dernière fois. Et maintenant l'autre est crucifié dans les sapins. Il a le temps de voir le commando progresser vers l'endroit d'où le shérif a tiré. De compter les hommes. De les voir se mettre en place, en deux lignes de trois. Il calcule le temps qu'il lui reste et prend celui d'éviscérer le shérif. Il a la robe de mariée dans son sac à dos. Une chance, parce qu'elle n'était pas prévue pour lui.

Chapitre 65

Où malgré les adieux, l'horreur continue

Crow est là quand ils terminent leur longue glissade à travers les sapins et rebondissent sur le remblai de glace tassé par le chasse-neige. L'engin est immobile en travers de la route, un peu plus loin. Emporté par son élan, Hunter part en soleil par-dessus la congère et Thelma bascule par-dessus lui en riant. Crow aide Hunter à se relever et ils se donnent l'accolade.

— Merci pour tout. La cabane était nickel.

— C'est lui la cabane ? Alors merci pour la beuh, mec, c'était super cool ! s'enthousiasme Thelma.

Crow ne répond pas et regarde Hunter qui inspecte les lieux.

— Le chasse-neige ? s'enquiert-il.

— Il n'ira pas plus loin. Comme ça il bloque la route de ce côté-là.

— Le chauffeur ?

D'un mouvement du menton, Crow désigne le corps que Thelma ne peut pas encore apercevoir, en contrebas, de l'autre côté de la route raclée par la lame d'acier.

— C'est dégagé jusqu'à Medlock Pass. Il y avait une voiture derrière le chasse-neige. Je m'en suis occupé. La route est à nous.

— Ça fait longtemps que tu es là ?

— Je me suis posé à Medlock Pass dès le soir de ton évasion. J'avais préparé la cabane une semaine avant déjà. Pourquoi tu n'as pas mis la main sur le shérif ? Je croyais que tu t'étais convaincu en prison que c'était lui qui t'avait piégé. Qu'est-ce qui s'est passé ?

— Les faits m'ont donné raison, Crow, mais c'est le shérif qui m'a mis la main dessus. Tout est parti en vrille à cause d'un grand noir et d'un petit rouquin. Je t'expliquerai. D'un autre côté, ça a confirmé mes soupçons quand je suis tombé sur ses victimes encore vivantes, sauf que je n'ai plus que le témoignage de cette môme à opposer à la parole du shérif.

— Il ne parlera plus beaucoup maintenant, lâche Crow.

— Qu'est-ce que tu veux dire ?

— Je m'en suis occupé.

— Comment ça ?

— À ma manière.

— Hey, tu ne me présentes pas ? demande alors Thelma.

— Tu n'as pas vraiment envie de le connaître, répond Hunter en regardant Crow.

— Pourquoi, il est en cavale, lui aussi ?

— Tu ne veux pas savoir…

— Hunter, je suis plus une gamine ! se vexe-t-elle.

Et je suis dans la même galère que vous, maintenant. Si c'est ton complice, alors je suis votre complice.

— Tu n'es complice de rien ni de personne, s'emporte Hunter, tu étais mon otage et maintenant tu es libre et nous on se casse.

Thelma le regarde sans comprendre, mais Hunter ne regarde que Crow, ce géant sombre qui la fixe, elle, de ses yeux noirs. Et elle n'aime pas sa façon de la regarder.

— Qu'est-ce que ça veut dire, « on se casse » ? Tu veux dire toi et lui seulement, sans moi ? Et nous alors, Hunter ?

Il s'approche d'elle et prend son visage de gamine déboussolée entre ses mains.

— Et nous rien du tout, Thelma. C'était bien. C'était très bien même, mais là c'est fini. On s'arrête là. Je sais que tu es partante pour tout, mais pas pour la vie qui m'attend. Sûrement pas pour ça, Thelma.

— Mais t'as rien compris ? La vie qui t'attend, c'est que du bonus. Je vais témoigner. Je vais leur dire tout ce qu'a fait cette ordure de shérif. Tout ce qu'il t'a fait. Ça va t'innocenter, Hunter. La justice va te devoir des millions de dollars. Ils t'avaient foutu dans le couloir de la mort et ils vont devoir payer très cher pour ça. Alors la vie qui t'attend c'est prends l'oseille et tire-toi, c'est tout, c'est aussi simple que ça, et moi je suis partante, Hunter !

Il la serre contre lui, caresse ses cheveux, pose ses lèvres sur les siennes et glisse ses mains sur ses fesses. Il sent son corps se tendre, puis s'abandonner aussitôt.

Cc n'est pas ça la fin de l'histoire, Thelma. Ce n'est pas ça du tout. Tu vas témoigner, mais pour sauver ta peau, pas la mienne. Je t'ai enlevée et tu étais mon otage et tant mieux si ce que tu leur dis m'innocente pour le passé. Mais mon passé je m'en fous maintenant. Je vais devenir quelqu'un d'autre et tu n'as pas envie de connaître cet homme-là.

— Hunter, tu vas devenir un homme riche qui pourra aller où il veut faire ce qu'il veut...

— Non, Thelma, je reste un homme prisonnier de ce qu'ils m'ont fait, et je ne veux pas de leur argent. Rien ne pourra racheter ce qu'ils m'ont fait. Tous leurs dollars ne pourraient même pas payer assez pour ça. Ils vont payer, Thelma, crois-moi, mais pas comme ça.

— Mais..

— Ferme-la, Thelma, ne rends pas les choses plus difficiles. J'aurais bien aimé. Franchement j'aurais bien aimé qu'on fasse un bout de chemin ensemble. Mais toi tu n'aimerais pas ça. Pas du tout.

— Hunter, intervient Crow. Il va falloir que tu lui fasses comprendre un peu plus vite que ça, parce qu'il faut qu'on bouge maintenant. Tu veux que je m'en occupe ?

La menace dans la voix de Crow est sans équivoque. Le ton de Hunter pour lui répondre est d'une violence qui tétanise Thelma.

— N'approche pas d'un pas, Crow, et arrête de la regarder. Va lui chercher les vêtements du type du chasse-neige, qu'elle n'attrape pas la mort.

Thelma regarde Crow enjamber la congère qui borde la route et descendre dans la poudreuse jusqu'au corps qu'elle n'avait pas remarqué.

— Qui c'est celui-là ?

— Un type.

— C'est Crow qui... ?

— C'est Crow.

De loin, elle regarde le géant déshabiller le cadavre. Elle a la vision saugrenue d'un simple chasseur indien qui ne fait que dépecer un chevreuil et s'en veut. Le temps de chasser cette idée et Crow est devant elle, les vêtements à la main.

— Mets ça, ordonne Hunter, avec ton cul à l'air tu vas finir par attraper un rhume de cerveau.

Il essaye d'être blessant, mais elle devine qu'il se force.

— Les types du FBI ne vont pas tarder. Dès que tu les entends, tu lèves les mains très haut et s'ils te le demandent tu te mets à plat ventre dans la neige. Même s'ils considèrent que tu es une otage, ils te descendront si tu ne leur obéis pas. Ils ont perdu des hommes. Ils vont avoir la gâchette facile. Tu t'allonges, mains derrière la tête, et tu ne leur résistes pas. Compris ?

— Et vous ?

— Nous, nous ne serons déjà plus là. Tu viens avec nous jusqu'à la voiture et après on se sépare.

Thelma n'ose plus comprendre. Elle enfile les vêtements. Crow a même récupéré les moonboots du mort. Il les lui tend comme Cochise offrait le calumet de la paix dans les vieux feuilletons à la télé. Deux cents mètres plus loin, après un long virage, Thelma aperçoit un Toyota au beau milieu de la route. Il est tourné dans le sens de la descente.

Crow essaye de détourner leur attention une dizaine de mètres plus loin, mais c'est trop tard. Thelma a vu le corps du conducteur que l'indien a balancé de l'autre côté du talus. Cette fois elle ne dit rien et regarde Crow continuer seul vers le 4 × 4, les laissant tous les deux pour les adieux.

— Qu'est-ce que je vais devenir ? demande Thelma en larmes.

— Ce que tu étais déjà avant qu'on se connaisse : une jolie môme qui aime s'envoyer en l'air avec des types un peu givrés. Il y en a pas mal dans ce pays. Un peu de came pour t'aider à les supporter, un ou deux gosses un jour ou l'autre, des fins de mois de merde, des engueulades, des beignes, des séparations, et puis tu vieilliras comme tous les autres et tu finiras d'un cancer comme tout le monde…

— Hunter, ne me dis pas ça, je t'en prie. C'est tout ce qui me fout la trouille. C'est mon cauchemar de chaque nuit sans défonce !

— Alors fais des efforts, quelques concessions, trouve-toi n'importe quel job et rentre dans le moule et dans le rang.

— Et tu crois que ça changera quelque chose ?

— Non, ça sera exactement la même chose, mais en moins violent…

— Et toi, pourquoi tu ne le fais pas ? Pourquoi pas avec moi ?

— Parce que moi j'ai quelque chose à faire et des comptes à régler.

— Quoi ? Qu'est-ce que tu peux bien avoir à faire encore ?

Hunter ne répond pas tout de suite. Il lui prend le visage à nouveau, et plonge dans ses yeux un regard si plein de regrets et d'amour qu'elle s'en étrangle d'émotion.

— Moi, Bébé, j'ai à devenir ce qu'ils ont fait de moi.

— Qu'est-ce que ça veut dire, cette connerie ? Devenir quoi ?

— Un monstre, Thelma. Un monstre que tu n'as pas envie de connaître.

Crow a mis le contact. Le Toyota s'ébroue. Des fumerolles bleutées s'échappent du pot d'échappement. Hunter pose ses lèvres sur celles de Thelma qui tremble de tout son corps.

— Adieu. Tu vas entendre parler de moi, mais n'oublie pas que ça ne sera pas moi. Ça sera juste celui qu'ils ont fait de moi, d'accord ?

Il la laisse pour rejoindre la voiture et elle est pétrifiée de chagrin. La porte côté passager s'ouvre de l'intérieur, et Hunter monte sans se retourner. Un court instant tout reste immobile dans le paysage pris par le froid. Les hauts sapins aux épaules tassées de neige, le couloir de la route dégagée entre les congères, le corps du chauffeur comme un ivrogne affalé dans la poudreuse. Et la voiture immobile… Ils l'attendent ! Oh mon Dieu, ils l'attendent. Dieu soit béni, ils l'attendent ! Mais comme elle s'élance, le Toyota démarre, et de rage elle court après jusqu'à le rattraper et frapper de ses poings contre la vitre arrière.

Le visage d'une femme surgit alors à l'intérieur, la bouche bâillonnée de ruban adhésif gris et les yeux écarquillés de terreur. La vision fige Thelma dans sa course et le 4 × 4 s'éloigne avec la femme qui hurle et supplie en silence et l'implore en se cognant le front contre la vitre.

Chapitre 66

Où la fin n'est que le début d'autre chose

Marvelias s'est calmé, mais Delesteros le tient à l'écart. De temps en temps elle lui jette un œil prudent en continuant à organiser le chaos. Il la regarde faire son boulot à lui, par la porte grande ouverte de la chambre du motel, assis sur le coin du lit, prostré, les mains jointes entre ses genoux.

Leurs carrières à tous les deux vont s'arrêter là. Elle a gardé Louise comme le voulait Marvelias et l'a confiée à Denise. Un juste moyen pour qu'elles se consolent l'une et l'autre. Le commando est revenu avec ses morts. Ils ont organisé leur propre chapelle ardente dans la chambre qui leur servait de dortoir. Aucun des survivants ne s'adresse à Delesteros. Ils ne passent que par leur chef qui ne lui parle plus non plus. Manquent encore à l'appel Hunter et Crow en cavale, et au moins une fille. La copine du rouquin. Delesteros n'arrive toujours pas à comprendre ce qui s'est passé. Elle reste là, plantée au milieu du parking, à regarder tout ce chaos silencieux et c'est là qu'elle voit la voiture et explose de colère.

— Qui a fait ça, qui a osé faire ça ? Vous croyez que c'est drôle, bande d'abrutis !

Elle marche d'un pas furieux jusqu'à la Camaro garée devant la chambre 5. Quelque chose est écrit dans la neige plaquée sur la vitre arrière.

Just married !

Avec rage, elle balaye aussitôt toute la vitre de son avant-bras pour effacer le message.

— Si je chope celui qui…

Mais elle se fige sans terminer sa phrase, puis contourne la Camaro en panique pour dégager de ses deux mains, comme une furie, l'épaisse couche de neige qui masque le pare-brise. Quand elle la voit, son cœur défaille. Lee Ann est là, derrière le volant, en robe de mariée et le regard blanc. Elle a les deux mains posées sur son ventre ensanglanté.

FIN

Composition et mise en pages
FACOMPO, Lisieux

Achevé d'imprimer en Allemagne
par GGP Media GmbH
à Pößneck
en janvier 2019
S29294/01